読み解き源氏物語

――桐壺巻の光と影――

甲斐 睦朗【著】

明治書院

はじめに

本書は、丸一年間の源氏物語・桐壺巻の講読の授業を一冊の書物にまとめたものである。私は京都橘大学文学部で三年間二つの講読の授業をもった。その一つが二年生相手の源氏物語桐壺巻の講読の授業、もう一つが三年生相手の若菜上・下巻の講読の授業であった。私は、そのどちらの講義も、読みすすめる本文についての参考事項および問題点を記載したプリントと、前時に学生から提出されたレポートのいくつかを掲載したプリントを配布して、それらに基づいた授業を行ってきた。その授業（全九十分間）は内容面で三部構成になる。まず、最初の十五分ほどを使って、前時に提出されたレポートから優れた内容の解説・解答を先に述べたプリントで紹介しつつ前時の復習を行う。次に、およそ六十分をかけて、本時に予定している本文を読みすすめることになる。まず教師が音読を行い、次に希望する学生が音読を行う。その上で、配布したプリントに添って本文の解釈を試みる。学生はテキストの注釈を確認したり、配布したプリントに書き込んだりしている。その時点で、学生は後でまとめることになる課題を選び、その考えをめぐらせているということである。

学生は、授業の最後の十五～二十分間に、本時に学習した内容で最も興味ある問題点についてレポートをまとめる、質問があればそれも記載することにしている。この最後に設けた十五～二十分を十～十五分に短縮することも試みたが、思うように書けない学生が少なくないということがあって十五～二十分という長さに落ち着いている。時間をかけることによって思考が深まり視野が広がるタイプの学生に配慮したのである。学生は、本文表現についての設問および参考事項から最も興味をもつ事項を一つ選んでB６判の用紙に書いて提出する。四月の時点では用紙（全十五行）の半分ほどしか書けない学生が多かったが、六月にもなると、多くの学生が十行を超えて書くようになる。それが後期になると、表現に質的な確かさが加わる学生が増えてくる。それらを各問題の解答、各参考の解説、質問の別に整理し、教室で紹介すべき内容を選んで印刷するわけである。京都橘大学文学部日本語日本文学科の学生は温和で敬虔な性格の学生が多くて授業中に質問したりすることはほとんどないが、毎回のレポートを読むと目を見張るばかりの解釈や感想を記載する。初めのころは、配布プリントの「問題」についての「解答」だけを書いていた。ところが、学生の興味・関心が広がるにつれて「参考」についての「解説」まで書くようになった。また、「質問」や「感想」も書くようになった。その結果、配布プリントに掲げる問題数が減少し、参考だけを記載していることも少なくなった。

本年（二〇〇八年）は、特に近畿を中心として源氏物語千年紀を祝して源氏物語にちなむ数多くの行事等が開催されている。それらは源氏物語絵巻の展示をはじめとして、源氏物語の周辺的なものに重きをおくものが多い。それはそれで意義深いものであろうが、源氏物語は本文表現を読むことによってはじめて鑑賞に向かうことができる物語作品である。

そうした源氏物語の読みは、次の三種類に分けることができよう。第一は、平安時代、ほぼ千年前のことばでつづられているということで、原文で読むにはことばの面での障害が小さくない。それで、現代語に訳した源氏物語に向かう読み方である。書店には瀬戸内寂聴の源氏物語を第一として現代語に訳出された源氏物語が何冊も並んでいる。近年は、これらの現代語訳の源氏物語をテキストとした朗読カセットまでが発行されている。

第二は、原文で読もうとするけれども、長編すぎるということで、山場中心に抄出したテキストを用いる読み方である。この読み方であれば、源氏物語全体の構成や魅力的な場面などを理解することができる。原文でなく訳文であったりさし絵（イラスト）と簡単なあらすじでまとめた本も出版されている。

第三は、特定の巻に限定してじっくり向かう読み方である。これら三種の読み方には一長一短があってその功罪をにわかには判別しがたいが、私が京都橘大学の授業で採用したのは第三の読み方である。そして、二年生を相手にして、最初の巻である桐壺巻の本文表現をゆっくりと読む読み方を選択したのである。学生は三年生で若菜巻に向かうことになる。桐壺と若菜上・下巻という五十四巻の中のわずか三巻の学習であるが、これらで源氏物語の主要なところをつかむことができると期待される。

桐壺巻は高等学校で全文を学習している学生が少なくない。ところが、高等学校の桐壺巻の学習はやはり文法や有職故実の理解に強く結びついている。文法の問題を集中的に取り上げるあまり、古典に挫折感を抱いてしまっている学生が少なくない。四月の第一回の授業後に感想を求めると、桐壺巻は既習であることと並んで古典文法が苦手だから古典作品が遠くにあることを書く学生が少なくなかった。そこで、この授業では文法についてはよほどの重要事項でなければ取り上げないことを説明し、原文で読めないのであれば訳文で読めばよいことを述べたのである。

本書は、原則として前期及び後期の授業に配布したプリントを一冊にまとめたものである。学生のレポート類を数多く引用しているが、学生から出た毎時のレポートの掲載の条件は、氏名や所属などを掲げないということであった。平成十九年度、二十年度の二年生の日本語日本文学科を中心とする受講生のみなさんに感謝を申し上げる。

なお、本書の刊行には、京都橘大学から出版助成金をいただくことができた。記して謝意を申し上げたい。

目次

目　次

本書を読むにあたって（講義開始時の配布資料から）

講義の方針　源氏物語五十四巻の中の最初の桐壺巻を読む。本文に即して自らの問題意識を育て自分の思いを確かめながら読みすすめるようにする。そのために、毎時間、プリントを配布し、本文を広く深く、確かに豊かに読むための「問題」を章節ごとに掲示する。また、テキストに記述されていない事項、あるいはテキストの記述を補うための「参考」を用意する。講義を進めながら、受講者から各問題の解答を募る。また、「参考」についても解説を期待する。その上で、本文解釈の説明を加えるようにする。質問を歓迎する。

テキスト　本講義ではテキストとして『古典セレクション　源氏物語1』（小学館　一九九八（平成一〇）年初版）を使用する。本書は原文、脚注、訳文を備え、脚注で扱いにくい項目は補注を添えている。大学のテキストに訳文をもつ図書を使用することについては問題があるかもしれない。しかし、訳出に多くの時間をとられることの弊害を避けるには、最初から訳文があるほうが便利であろう。なお、『古典セレクション　源氏物語』は同じ小学館刊行の『新日本古典文学全集　源氏物語』全六冊を携行に便利なように全十六冊に分冊したものである。

次に、テキストの本文は、『源氏物語（明融本Ⅰ）』（東海大学蔵桃園文庫影印叢書　一九九〇（平成二）年　東海大学出版会）によっている。「明融本」は、藤原定家が書写した源氏物語の本文を、明融が臨模した写本として知られている。

参考書　源氏物語全巻については、現時点では、次に発行年順に掲げる六種の参考書を推薦する。いずれも、本文がきちんと校訂されていること、また、注釈が丁寧であることによる。その②と⑥には、訳文も掲載されている。④は北村季吟が古注釈を集成した「源氏物語湖月抄」に、有川武彦が本居宣長や萩原広道などのいわゆる新注を増補した図書の文庫版である。⑤には別冊に「索引」が編まれている。⑥はテキストの本来の版である。

①『源氏物語講話』島津久基著　全六冊（矢島書房　昭和五年初版　第六冊の葵巻までに二十年かかる）
②『源氏物語評釈』玉上琢彌編著　全十二冊　角川書店　一九六四（昭和三九）年
③日本古典文学集成『源氏物語』全八冊　新潮社　一九七七（昭和五二）年
④講談社学術文庫『増訂源氏物語湖月抄』北村季吟著　有川武彦校訂　全三冊　一九八二（昭和五七）年
⑤新日本古典文学大系『源氏物語』全五冊　岩波書店　一九九三（平成五）年
⑥新編日本古典文学全集『源氏物語』全六冊　小学館　一九九四（平成六）年

現代語訳源氏物語　源氏物語については、現代語に訳した何冊もの図書が刊行されている。作家による現代語訳源氏物語四冊を紹介してみよう。まず、①与謝野晶子訳は、著作権が切れたということで複数の出版社から刊行されているが、訳文自体にかなり古びた感じがある。次に、②谷崎潤一郎訳は、三種の訳文（訳、新訳、新々訳）があるが、敬語の訳出の上で簡潔な「新々訳」が読みやすい。③田辺聖子訳は文庫に収載されている。最後に、④瀬戸内寂聴訳は文庫本として刊行されている。それらから一種を選び、全巻を通読して源氏物語全体のあらすじをつかむことは、源氏物語の深い理解につながる。

図書館の活用　京都橘大学の図書館のように、全館開架式の図書館を備える大学はおそらく数少ないであろう。本学の図書館はすべての図書を直接手にとって確かめることができる。右の「参考書」として掲げた図書、また、現代語の訳出書、さらに、数多く刊行されている源氏物語の研究書などは本学図書館で一度手に取ってみる必要があるだろう。また、『源氏物語（明融本Ⅰ）』（東海大学蔵桃園文庫影印叢書）についても、配布した白黒版の複写でははっきりしない書き込みなどを口絵のカラー写真で確かめてほしい。

源氏物語への姿勢　源氏物語に対しては、大まかにではあるが、次の三種の読み方がある。第一は、長編物語であるからあらすじを追うかたちでざっと読む読み方である。これは、右に紹介した現代語訳の源氏物語で読むことになる。ただし、「ざっと」読むという読み方はその作品に広がる豊かな世界における特定のところに目を向けて読むという意味であって、数多くの豊かな表現世界をとりこぼすことになる。第二は、時間をかけて本文の表現をじっくり読み味わう読み方である。長編物語であるから筋を追う読み方も必要ではあるが、文章表現を読み飛ばすことがないようにするのである。次に、第三の読み方は、まず何か問題意識を抱いて、その意識に添って読みこむことである。例えば六条御息所の生き方を現代女性の行き方と対比させて読むといった読みがこれである。これは研究的な読みと言うことができるであろう。

本講義では、右の第二の姿勢で源氏物語に向かうことになる。本居宣長は全編を二十五年かけて講読したという。私が若いころ入会していた神戸の源氏物語の輪読会はやはり全編を読むのに二十五年がかかっていた。音読を行う、本文をあれこれと精査する、自ら抱いた問題点をあれこれ解決できるようにするなどの読みが取り組まれていた。本講義ではこの読み方を採用するが、できれば、家庭学習として、第一の源氏物語の概要をつかむ読み方も期待される。

凡例

1 桐壺巻の本文を【一】~【五〇】の五十節に分けて、まず、本文を掲げる。本文は、テキストの本文でなく、テキストが底本とした明融臨模本に従い、テキストの本文は括弧内に提示するようにした。「参考」や「問題」の本文はテキストどおりの表記にしている。なお、明融臨模本の活字化に際して、テキストと同じく、補助動詞の「給ふ」「侍る」などは送りがなを補ってかな書きに改めている。また、表記のすべてについて歴史的仮名遣いに改めている。それらについては各本文の最後に「本文表記」という注記を付けた。

2　本文に続いて、「参考」「問題」を掲げる。これは、原則として授業に用いたプリントによっている。平成十九年度のプリントを使用しているが、特に前半については平成二十年度のプリントを用いて修正を加えた個所がある。

3　学生は、配布したプリントに記載した「問題」あるいは「参考」から一つを選択して用紙に書くことになる。そうすると、学生の関心が特定の「参考」や「問題」に集中することがある。翌週のプリント作成では、十倍を超える中から選定する場合もある。逆に、誰一人興味を抱かなかったものも出てくる。本書に「解答」「解説」を一例も伴わない「問題」や「参考」が幾例も見られるが、それは学生が選ばなかった、あるいは選んで書いたけれども、紹介できる質の高さをもっていなかったことを表している。

4　学生の提出する文章は丁寧体で書かれているものが多い。プリントに引用するに際して常体に改めたものがある。また、かなり削って引用したものが少なくない。

5　源氏物語の講読の授業で読解上の問題点などを記載したプリントを配布することは、学生になにがしかの方向を与えることになる。これは「功罪」の「罪」にあたる。ところが、この時間にどういう内容を学習するかについて記載しておくことは、黒板使用の度数を減らすことになるし、講義の内容を焦点化することにつながる。期末試験の資料にもなる。実は、期末試験は、これらのプリントに記載した問題から二十問をあらかじめ提示し、試験当日は、それらから五問を選んで、それぞれについて三百字前後で説明することにしている。

【一】 帝の愛を独占する更衣の紹介

いづれの御時にか、女御、更衣あまたさぶらひたまひけるなか（中）に、いとやむごとなききは（際）にはあらぬが、すぐれて時めきたまふありけり。

〔本文表記〕明融本の本文の表記を優先する。ただし、句読点を施し、濁点を補う。また、補助動詞の「給ふ」「侍る」については、仮名表記に改め、それぞれの語尾を補う。また、括弧の中にはテキストの本文表記を掲げる。

参考1 源氏物語の冒頭を、源氏物語・絵合巻の中で「物語の出で来はじめの祖《おや》なる竹取の翁」と呼ばれている竹取物語の冒頭とくらべると、次のことが指摘できる。物語（昔話、お伽話などを含める）の冒頭（語り出し、書き出し）は、原則として「とき、ところ、ひと」の三要素が述語表現「ありけり（ありました）」で提示される形式になっている。源氏物語の冒頭は、「とき（いづれの御時にか）」、「ところ（女御、更衣あまたさぶらひたまひけるなかに）」、「ひと（いとやむごとなき際にはあらぬが、すぐれて時めきたまふ）」の三要素が述語表現「ありけり」で提示されている。これは、現代に伝わるお伽話などが「むかしむかし、あるところに、おじいさんとおばあさんがありました」という語り出しをもつのと共通している。その「ありけり」の「あり」は人物の存在を物語に導き入れることばであり、それを受ける「けり」は物語における時制を表す。すなわち、この「けり」によって、むかしあったことが、「いま・ここ」のこととして表されるのである。そこから、語り手は、「むかし～ありけり」の構文を用いて一つの物語を語りはじめるということである。なお、源氏物語の冒頭で提示される人物は、次に引用する「竹取物語」などと同じく、その物語の主人公でなくて、その親であるというところに特徴がある。

いまはむかし、たけとりの翁といふものありけり。

竹取物語の冒頭は、「とき（いまはむかし）」、「ところ・ひと（たけとりの翁といふもの）」が「ありけり」で提示されている。その呼称「たけとりの翁といふもの」（「『たけとりの翁』と呼ばれている者」）には「竹を取る職業に従事する者」が示され、そのことが、ある山里などといった「ところ」を間接的に表すことになっている。

（解説例） **A**＝源氏物語と竹取物語を比べると、最初に提示される人物が主人公でなく、その親になっている。これは、はじめから主人公について語り出すよりも、主人公と関係の深い親について語ることで、どんな人が主人公なのかという期待感や想像力が強くなる。そういうことで、主人公についていきなり語るのでなく、少し遠回しに語っているのではないだろうか。

B＝源氏物語と竹取物語に関して述べると、冒頭だけでなく、他に三つの類似点がある、まず、主人公が現実の人間にはない美しさを持っていることである。かぐや姫は月から来たが、光源氏は、一対になって呼ばれる藤壺の宮が「かかやく日の宮」であるのに対して、太陽のように美しく「光る君」と呼ばれている。次に共通することとして、数多くの異性に好意を寄せられたものの、本当に愛した人は一人だけだったことが挙げられる。かぐや姫が求婚者を試した末に帝を想っていたように、光源氏も女性たちの間をふらふらしながらも紫の上を愛し続けた。三つめは愛する人との別れである。かぐや姫は自身が月の都に帰る。光源氏は藤壺の宮や紫の上に先立たれるという違いはあるけれども、一番愛した人と添い遂げられなかった点で共通している。

C＝源氏物語は、説話物語である「竹取物語」に共通した記述の特徴を持ちながら、作中で歌が詠まれ、また引用されていることから、歌物語である「伊勢物語」にも通じる特徴を兼ね備えています。

参考2 源氏物語の冒頭の「いづれの御時にか」について、『校注源氏物語抄』（佐伯梅友編　武蔵野書院　一九七七年）は「古今集」の詞書《ことばがき》との関連を指摘している。古今集から「～の御時」をもつ詞書の初出の用例を歌の順に書き出すと（以下の数字は、古今集における歌の番号）、「寛平の御時」（一二二）、「貞観の御時」（二五五）、「仁和の御時」（三四七）、「深草のみかどの御時」（八四六）、「田村のみかどの御時に」（八八五）、「田村の御時に」（九三〇）の六種の表現が見られる。これから紹介する歌およびその作歌の事情が、「〇〇の帝の御代のことであったか」という意。一般に、「ありけむ」が省略されていると説明されている。

（解説例） **A＝**「～の御時にか」という表現は、実際にあったことをその「御時」の時代背景を通して、読む者によりリアルに思わせるための表現である。源氏物語では、それを「いづれの御時にか」とし、「現実的ではないけれどもいつかあったかもしれない時代」、つまり仮想現実を表現しているのではないだろうか。

B＝「いづれの御時にか」の表現が「古今集」の詞書に由来を求めることができることについて、作者の紫式部が物語を書き始める以前に、「古今集」をはじめとする多くの歌集や物語に親しんでいた様子がうかがえる。

参考3 私家集「伊勢集」のはじめの部分は、物語的な構成になっている。その部分だけを切りとって「伊勢日記」と呼ぶこともある。「伊勢集」の冒頭は伝本では次の二種の表現になっている。

いづれの御時にかありけむ　大みやす所ときこゆる御局に大和に親ありける人さぶらひけり。
（群書類従本系統、歌仙家集系統の各伝本）

寛平のみかどの御時、大みやす所ときこゆる御局に大和に親ありける人さぶらひけり。（西本願寺本系統の伝本）

つまり、「伊勢集」の書き出しは、源氏物語と同様の表現であるもの、または、先に紹介した「古今集」の詞書に見られるように、帝の治世を具体的に表現した「寛平のみかどの御時」の二種があって、そのどちらが最初の表現であるか、現状としては決め手がない。そこから、源氏物語の冒頭が、「伊勢集」の冒頭を模倣したのか、「伊勢集」の一つの伝本が源氏物語の冒頭に影響を受けて改められたのか、という問題があるが、どちらをよしとするべきか明確でない。「伊勢集」の書き出しがもともと「いづれの御時にかありけむ」であったなら、問題なく、源氏物語の書き出しと「伊勢集」の書き出しが共通しているといえ、紫式部が伊勢集を意識して執筆した可能性が高くなる。他方、「伊勢集」の書き出しがもともと「寛平の帝の御時」で始まっていたことが明らかであれば、これは「伊勢集」の書写の過程で源氏物語の影響を受けたことになりそうである。なお、「伊勢集」の伝本でいえば、「寛平のみかどの御時」ではじまる西本願寺本系統の伝本のほうが元の表現ではなかったかという見方が普通に行われている。

ところで、女流歌人の伊勢（「伊勢の御」とも呼ばれる）は、三代集（古今集、後撰集、拾遺集）では、いずれも女流歌人の中で最も多く歌が採用されている。源氏物語の中でも歌の引用回数は少なくない。なお、歌人の伊勢については桐壺巻の【二六】に実名が出てくる。

（解説例） **A＝**勉強不足なのですが、「伊勢集」は日記なのでしょうか。だったら物語的な構成だとしても「いづれの～」とぼかすよりは「寛平の～」とはっきりと書くのではないでしょうか。物語と日記ではたとえ似ていても書く意識が違うのではないかと思いました。

問題①　岩波文庫『源氏物語』（山岸徳平　校注）の冒頭は「いづれの御時にか」の後に、読点でなく句点を施している。句点と読点による違いを考えてみよう。なお、岩波文庫『源氏物語』は、会話や内話文にかぎカッコを施すなどして、本文の読みを助ける配慮が施されている。

（解答例） **A＝**「いづれの御時にか」に句点を施す読みでは、何とおっしゃる帝であるかわかりませんが、その統治な

さった御代、つまり、物語の時代として設定された「時」が強調されています。それに対して、「いづれの御時にか」に読点を施す読みの場合は、単に物語の冒頭表現の三要素である「時」「ところ」「人」の一つとしての「時」を提示するにとどまるということになります。

B＝読点の場合、すっと流れることによって流れを後ろにもっていくことができます。逆に句点で「いづれの御時にか」を強調する読み方は、この統治なさっていた帝の特異性を強調することになります。

C＝「いづれの御時にか」の後に句点が来ると、時が強調されます。けれど私は特異性ということではなく、時のあいまいさの強調のように思います。「この人の時ではないかと推測できることはできますが、本当の所はわかりません」というような印象を受けます。また、後に続く文と分けることによって、この冒頭の中心がずっと帝であるかのように感じます。一文で続いていれば桐壺更衣が中心のように感じられます。

参考4　「女御、更衣あまたさぶらひたまひける中に」の「あまた」については、次のようにとらえることができる。すなわち、「あまた」は例えば『広辞苑』第六版は「数多」を当てて①「(数量について) 多く。たくさん」と説明している。しかし、この「あまた」を源氏物語の用例に求めると、指を折って数えることができるほどの数量を表す。それが「人」であれば「数人」に近い人数である。ただ、現代語の「数人」もまた、世代によって七・八人なのか四・五人なのかという違いがある。この桐壺巻の冒頭では、女御と更衣を合わせて五人いると仮定する。そうすると、女御一人、更衣四人になる。桐壺更衣と同等が二人、それより下が一人、あるいは同等の更衣が一人、下が二人ということになる。桐壺巻の冒頭では中宮はまだ不在。「女御」は後で語られる右大臣の娘である「一の御子の女御」。そこで、「あまた」を「何人か」と言い換えることにする。なお、ここで数に入れていない女房に、女官（尚侍、掌侍、典侍）、乳母・乳母子、その他がいる。なお、この「あまた」を言い換えた「何人か」には、いわゆる「召人」を含めていない。ところで、桐壺帝の在位が続けば、新しい妃がさらに次々に入内してくる。特に、桐壺更衣が亡くなった後、帝の寂寥を慰めようと何人もの人を入内させたと語られている。しかし、物語の冒頭の桐壺帝はまだ若く、帝位に即いて長くないということで、妃の数も限られるのである。なお、桐壺巻には他に四例の「あまた」が見られる。

① 御局は桐壺なり。あまたの御方々を過ぎさせたまひて隙なき御前渡りに（【七】）

② ただ、この人のゆゑにて、あまたさるまじき人の恨みを負ひしはてはては（【一三】）

③ 相人おどろきて、あまたたび傾きあやしぶ（【三四】）

④ 御子どもあまた腹々にものしたまふ（【四七】）

右の①と②の用例は当該の用例と関係している。用例③は不審だということで何度も頭をかしげる行為を表す。用例④は右大臣が何人もの女性に産ませた子どもの数をいう。『精選版日本国語大辞典』（小学館）が「あまた」の「語誌」に「『あまた』の数量はきまらないが、『源氏』『平家』『徒然草』などの例は、多くは人数で、一、二に止まらないという程度の複数を意味」すると指摘している。ただし、「栄華物語」では　醍醐帝の三〇人を超える御子について「あまた」を用いている。

〈解説例〉 A＝今まで「あまた＝大勢」だと習ってきたので、その表現が適切かどうか考えたことがありませんでした。「あまた」とは「数量が多いこと」や「程度が甚だしい」ことを表しています。ですからこの場面で「あまた」を使うことはあまり適切でないように思います。そんなに人数が多くないのならば、具体的に人数を述べてもいいように思いました。また、女性の身分が低いというだけで人数に入らないということで、貴族社会の内側が見えるように思いました。

問題② 「いとやむごとなき際にはあらぬが」の「いと」の次に読点を施す注釈書がある。読点を施すと、どういうことがはっきりするか。

〈解答例〉 **A**＝「いと」の次に読点を施すと、「いと」が「すぐれてときめき給ふ」にかかることが明確になります。それに対して読点を施さないと、「いと」は、そのまま「やむごとなき際にはあらぬが」につながる可能性が出てきます。ここは読点を施す読みがよいように思います。類ないほどに寵愛を受けるということを語り手が強く意識したために、「いと」を先に出してしまったのではないでしょうか。

B＝これによって、桐壺更衣が、とりたてて身分が高いわけではないのに、帝の寵愛を一身に受けていることが伝わりやすくなります。

C＝「いと」の次に読点を施すことによって、身分に似合わない寵愛を受けていることが強調されます。他の女御や更衣たちと比べても「いと」が付くくらいに寵愛を受けていることを表現したいためだと考えられます。

問題③ 「やむごとなき際にはあらぬ（が）」と「すぐれて時めきたまふ」は内容の上で逆接の関係にある。次の「解説」を参考にして、この更衣の状況を説明してみよう。

解説 当時の後宮の女性は、その役目によって分けられる。職務をもって務める女房（内侍の司の女官＝尚侍《ないしのかみ》、典侍《ないしのすけ》、掌侍《ないしのじょう》、女孺《じょじゅ》）もいたし、命婦や乳母・乳母子などもいた。ここでは後宮に妃として入内している女性で、しかも、後に入内する藤壺の宮のような皇族出自の人は別とし、臣下の出自に限定すると、父が大臣（太政大臣、左大臣、右大臣）である場合は女御、父が大納言以下である場合は更衣になる。「やむことなき際」の妃は先帝などの皇女、あるいは父が大臣という階級である。この桐壺更衣の父は大納言であるがすでに死去して何年も経っているようであるから、政治上の力はまったく持っていない。そういう出自の更衣を「やむごとなき際にはあらぬ

（人）」と言うのである。次に「すぐれて時めきたまふ」の「ときめく」は寵愛を受ける意。これは、帝がどれくらいの割合で桐壺更衣をお召しになるかという、日々繰り返されるお召しの度合いで説明することができる。後宮の生活では、父の権力の座と調和する帝の愛情の注ぎ方が大切である。同じ更衣であっても、桐壺更衣の父はすでに亡くなっている。現在の政権の座における力が大切である。ところが、桐壺帝は、そういう宮廷の約束事に反して、まったく政治上の力をもたない桐壺更衣を格別に寵愛したというのである。これでは、偏愛とか溺愛と呼ぶべき行為であって、波風が立たないわけがない。

〈解答例〉 **A**＝逆接にある二つのことばを使用することで一方を際立たせる働きがあり、読者に対してより強い印象を与えています。どれだけ身分が低いか、どれほどの寵愛を受けているのかということの度合いを示しています。

B＝内容の上で逆接の関係にあることは、一方の「やむごとなき際にはあらぬが」は、個人の意志や人柄ではどうにもならない固定されたものであり、他方「すぐれて時めきたまふ」は、更衣が帝の寵愛を一身に受け、どんなにすばらしい女性であったかを際立たせています。

C＝冒頭にこの逆接の関係にある文を持ってくることにより、読者の読んでみたいという興味をそそるのではと思った。また、このような構成によって、文章全体に新鮮さが出るように思いました。当時の読者からすれば、「たいした身分でもないのに、帝に寵愛を受けるなんてあり得ない！」「何という邪道な話なの」と言いつつも知らず知らずのうちにのめりこんでしまうというような心理をうまくつかんでいるように思います。

参考5 「いとやむごとなき際にはあらぬが、すぐれて時めきたまふありけり」の二つの連文節を結ぶ「が」は格助詞であって、接続助詞は源氏物語の時代にはまだ派生していないことが明らかにされている（石垣謙二著『助詞の歴史的研究』岩波書店　一九五五年）。現代語に直すときは、同格で言い表すことが望ましいが、内容を理解する上で

「～けれども」という言い方をしても悪くはない。

（解説例） **A**＝本文の「が」が同格の用法の格助詞であるとされているが、「逆接」の「けれども」で訳した方が身分と寵愛の関係が見えてくるのではないでしょうか。読者に親切なのは、「けれども」という訳語だと思います。

B＝「いとやむごとなき際にはあらぬが、すぐれて時めきたまふありけり」の「が」は同格であるが、現代語では「～けれども」と訳した方が、「時めきたまふ」の部分を強調できるように思います。「高い身分ではないこと」よりも「とても美しいといこと」の方を強調するならば、その方が適切だと思います。

C＝「いとやむごとなき際にはあらぬが、すぐれて時めきたまふありけり」の「が」は、同格での言い換えが、現代語に直す時には望ましいが、私は、「けれども」と、逆接で直した方が良いと考えます。理由は、「最高の身分とはいえぬお方で、格別に帝のご寵愛をこうむっていらっしゃる～」と訳すより、「最高の身分とはいえぬお方であるけれども、格別に帝のご寵愛をこうむっていらっしゃる～」の方が、現代語に適していて読みやすいことがありますし、「けれども～」と続く方が「けれども」の後の「～」、つまり「格別に帝のご寵愛をこうむっていらっしゃる」を強調する効果があると思うからです。

【二】 帝の寵愛ぶり

はじめより我はと思ひあがりたまへる御方々、めざましきものにおとしめそねみたまふ。おなじ（同じ）ほど、それより下らふ（下臈）の更衣たちはましてやすからず。あさゆふ（朝夕）の宮づかへ（宮仕）につけても、人の心をのみうごかし（動かし）、うらみ（恨み）をおふ（負ふ）つもりにやありけん、いとあつしくなりゆき、もの心ぼそげに（もの心細げに）さと（里）がちなるを、いよ〳〵（いよいよ）あかずあはれなるものにおもほし（思ほし）て、人のそしり（譏り）をもえはばから（憚ら）せたまはず、世のためし（例）にもなりぬべき御もてなしなり。
〔本文表記〕 助動詞は仮名書きとする。また、接辞や形式名詞の「もの」「こと」も仮名書きとする。「下らう」は「下らふ」に改めた。

参考1 「はじめより（我はと思ひあがりたまへる御方々）」は、桐壺帝が帝位に即かれた後でなく、一番先に入内している、自分は二番目に入内しているなどという意味。輿入れ（入内）の適切な機会は、①元服時、②立坊時（東宮坊に立った時）、③帝に即位した時というように複数回の節目がある。その①の時期と②の時期については、場合によって順が入れ替わることがある。次に、「御方々」と複数になっていることに注意。それに対して、桐壺更衣の入内は、他の女御や更衣よりも遅くて、すでに帝位にお即きになった後ということになる。他の女御や更衣よりも遅く入内して、帝の心を独占してしまったというのである。

この「はじめより」で始まる文の述語表現が「（めざましきものに）おとしめそねみたまふ」という現在時制になっていることに注意したい。冒頭の一文で、この物語の聞き手（読み手）は、早くも物語の中の現在という時間に立って、桐壺更衣の物語を、いま・ここで展開していることとして楽しんでもらおうとしている。

（解説例） A＝「はじめより〜」の一文は現在展開している出来事である。このことにより、帝の桐壺更衣への寵愛が唐突に始まったのではないかと思われます。「はじめより」入内していた女御や更衣は、桐壺更衣が自分たちよりおそくに入内してきた段階では、眼中に入らない程度の者という思いがありました。それで、いきなりの寵愛ということになって、女御たちは余計憎く感じるのだと思います。

B＝桐壺更衣の入内の時期を「はじめより我はと思ひあがりたまへる御方々」よりも遅らせることによって、他の女御や更衣の「めざましきもの」という感情を惹き起こす効果をあげています。また、述語を現在時制にすることで、今起きている事実を提示し、読者にその事実について考える余地を残していると思います。

C＝「はじめより我はと思ひあがりたまへる御方々」という表現から桐壺更衣が他の女御や更衣たちよりも遅い入内であることがわかります。こうすることによって、帝にとって他の女御、更衣たちよりも桐壺更衣がとても魅力ある女性であったことが強く印象づけられることになります。

問題① 「同じほど、それより下臈の更衣たちはましてやすからず」の「まして」を状況に位置づけて説明してみよう。なお、「それより下臈の更衣たちは」の「下臈」であるが、「更衣」は「女御」と同じくすべて「上臈・中臈・下臈」の中の「上臈」である。ただ、その上臈の中でも桐壺更衣よりも下位の更衣は、という意味である。

〈解答例〉 A＝桐壺更衣が帝の寵愛を独占しているとはいっても、帝は女御を軽視できません。お召しになる回数が多くないかもしれませんが、やはり、右大臣をはじめとする後見の思惑を考慮に入れる必要があるからです。ところが、桐壺更衣と同じかそれより地位の低い更衣の場合は、そういう配慮がほとんど払われることがないわけです。そこで、「同じほど、それより下臈の更衣たち」は帝のお召しの機会がすっかり途絶える状況に置かれることになります。帝が後見を考慮に入れる必要を感じないからです。「まして」の背後に、すっかり置き去りにされている更衣たちの不安な状況を考える必要があるように思います。

B＝桐壺更衣は決して身分が高くはありません。しかし帝に一身に愛され、お側にいることが多い。女御やまだ桐壺更衣より身分が高く、政治的に必要がある人は呼ばれることが少ないかもしれませんがあるにはあります。しかし、更衣より身分の低い者は呼ばれる機会がめっきり減ったか、無いに等しい。「まして」を付けることで、呼ばれることのない者たちの不安・焦燥・憎悪が垣間見えてきます。

C＝「同じほど、それより下﨟の更衣たちはましてやすからず」という一文は、現代女性の共感を呼ぶ心理描写がされているおもしろい部分だと思う。嫉妬というものは、必ずしも自分よりすぐれた者に対してだけ起こる感情ではない。時には、自分と同じくらいの位置、あるいは自分よりも下だと感じていた者が予想もしていなかった幸福を手に入れた瞬間に生まれることもある。特に女性の場合は後者の嫉妬の方が多いのではないか。作者である紫式部はこのような女性の心理を物語の中に巧みに散りばめているように感じた。

問題②　「同じほど、それより下﨟の更衣たちはましてやすからず。」で文を言い切っている。この言い切りの表現がどういう表現効果を生み出しているかについて説明してみよう。

（解答例）　A＝「ましてやすからず」で言い切ることで、「同じほど、それより下﨟の更衣たち」が特にくやしがっていることをより強調している。身分の高い女御であればあきらめもつくが、自分と同じ位の更衣が選ばれたことにより、自分たちが選ばれる機会がなくなってしまったからである。

B＝桐壺更衣は大勢の女性（配偶者）が帝に仕えている中で、決して最高と言える身分ではなく、ましてや大納言であった父も何年も前に亡くなっている。ゆえに、更衣はしっかりとした後見もなく、政治力を持っていなかった。そんな更衣ではあったが、帝からの寵愛を一身に受けていた。皇族出の身分の高い女性が帝に好かれるというのではなく、あえて大納言の娘のような女性に寵愛の対象をすえることで読者の興味を引こうとしている。冒頭から心惹かれるようにするのが、作者の狙いだったのではないかと思う。

C＝「やすからず」で文を言い切ることによって、読者に自分がもし「それより下﨟の更衣たち」ならばどう思うだろうかと考えさせる役割を与えていると思う。桐壺更衣が入内する前から帝がお召しになることは少なかっただろうし、少しの期待も持てなくなるとやはり桐壺更衣を憎む気持ちも出てきて当然だと思う。

問題③ 「朝夕の宮仕につけても、人の心をのみ動かし」云々の「朝夕の宮仕」は、更衣の本務ではない。本来、上の女房が行うべき仕事である。どうして更衣は他の仕事である「朝夕の宮仕」の仕事までするのか。

（解答例） **A**＝清涼殿で帝にお仕えする侍女を「上の女房」と呼ぶ。朝夕の宮仕えは、上の女房たちの仕事で更衣がする仕事ではないにもかかわらず、帝の希望で桐壺更衣がしている。そのことに対して、「人」つまり「上の女房」や女御、更衣たちの心までも働かす。

（質問）＝Aさんは「帝の希望」と述べていますが、「帝のわがままで」と解釈してはいけないのですか。

（回答）＝帝の御意向を「希望」や類義の「要望」などと表現することは適切でありません。帝の意向は絶対的な命令・指示であるからです。無視どころか軽視もできません。他方、質問の「わがまま」ということばですが、そこには、帝の言動に対する読み手の判断・評価が加わっています。帝の言動には「わがまま」という評価はありません。「御意向」あるいは「仰せ」などということばが適切だといえます。

B＝帝が、更衣の本務ではない「宮仕」を桐壺更衣にさせていたというのは、もちろん帝が一時でも多く桐壺更衣と一緒にいたいからである。しかし、この部分は事細かに描かれている訳ではなく文章の中にさりげなく組み込まれていて、私なんかが一度読んだだけでは通りすぎてしまう部分かもしれない。しかし、この一文があるだけで、帝の寵愛の仕方が世間の常識を超えたものであったというのが、読者により伝わり、桐壺更衣が他の女御や更衣たちから嫉妬や恨みをかい、体調を崩すという場面につながりやすくなっていると思う。こういったさりげない一文にまで、きちんと意味を持つ作品だからこそ長年、読者に愛され続けているのだと思う。

C＝本来ならば、上の女房が行う仕事までもを更衣が行っていたという表現から帝の更衣に対する強い愛情を感じる。片時も更衣と離れたくないという気持ちから帝は宮仕えの仕事を更衣にさせていたのだろう。しかし、この行動が上の女房などの心を掻き乱すことになり、後に更衣が辛い思いをすることにつながっていく。

【三】 更衣の健気さ

かむだちめ（上達部）、うへ人（上人）などもあいなくめ（目）をそばめ（側め）つつ、いとまばゆき人の御おぼえなり。もろこし（唐土）にも、かかること（事）のおこり（起こり）にこそ、世もみだれ（乱れ）あしかりけれと、やうやう、あめのした（天の下）にも、あぢきなう人のもてなやみぐさになりて、楊貴妃のためし（例）もひきいで（出で）つべくなりゆくに、いとはしたなきことおほかれ（多かれ）ど、かたじけなき御心ばへのたぐひなきをたのみ（頼み）にてまじらひたまふ。

〔本文表記〕 原文の繰り返し記号「ゝ ゞ 〱 〲」は文字に改める。

参考1 「かたじけなき御心ばへのたぐひなき（を頼みにて）」の表現の仕組みを説明してみよう。すなわち、更衣に愛情を注ぐ帝の「御心ばへ」は、更衣にとっては「かたじけな」いことであり、帝がこれだけの愛情をひとりの更衣に注ぐというようなことは、これまでの帝王の史実の中でも見聞きしたことがないという意味である。この表現は前後を入れ替えた「たぐひなき御心ばへのかたじけなき（を頼みにて）」とほぼ同じ意味になる。ただ、本文は、更衣に即して表現されているので、まずは敬意と感謝を表す「かたじけなき」を先に述べ、「たぐひなき」という評価を表すことばを後に掲げているのである。

(解説例) **A**＝更衣にとって「かたじけない」ほどの「御心ばへ（愛情）」を注ぐ帝。それは「たぐひなき」と評されるほどのものである。この表現は「たぐひなき御心ばへのかたじけなき（を頼みにて）」と入れ替えても意味はほぼ同じであるが、ニュアンスが異なる。「たぐひなき」を文頭にもってきたほうが文章としてすっきりしているように感じるが、「たぐひなきを頼みにて」とすることで周囲から白い目を向けられるほどの帝の寵愛も後ろ盾のない更衣にとってはたった一つの支えであるということが強調されるように思う。ある意味、更衣は帝の「たぐひなき御心ばへ」を一歩引くように見つめていたのかもしれない。

B＝帝が位の高くない桐壺更衣に「かたじけなき御心ばへ」を向けることなど歴史上なかったことではないだろうか。当時の常識を覆した作者の発想がすばらしい。多くの女性を愛した源氏と桐壺帝が対照的に描かれ、また、普通でない桐壺帝の寵愛の仕方を光源氏の前に語ることによって、読者は冒頭からこの物語にひきつけられていくのだと思う。

参考2 「やうやう、天の下にも、あぢきなう人のもてなやみぐさになりて、楊貴妃の例もひき出でつべくなりゆくに」では、「楊貴妃の例」が取り上げられる。ここで、玄宗皇帝の寵愛を独り占めにした楊貴妃を先例として掲げることによって、まずは、この若き帝と更衣の話が歴史的な事実であったような印象を与える。次に、この物語が「長恨歌」を意識していることの前触れとする。すでにいくつもの研究によって、桐壺巻の前半を占める光源氏誕生にかかわる桐壺帝と更衣の悲哀の物語が、その底部で、あるいは表現の一部で、白楽天の漢詩「長恨歌」や「李夫人」の影響を受けていることが明らかにされている。

（解説例） A＝桐壺巻の前半部分には白楽天の漢詩「長恨歌」から影響を受けている表現がいくつも見られる。物語の設定自体を「長恨歌」に似せて、読み手にその史実を意識させ、さらに本文中の人物たちにも「楊貴妃の例」などと口に出させることで「やはりそうだった」と確信させる効果がある。また、当事者である桐壺帝と桐壺更衣も「長恨歌」から引用したことばで愛を誓い合っていることなどからまるで二人が玄宗皇帝と楊貴妃の生まれ変わりであるかのように感じる。悲劇の歴史を繰り返す姿は哀しくてとてもドラマチックであると思う。

B＝帝の寵愛を一身に受ける桐壺更衣を楊貴妃に照らし合わせることによって、物語に現実味が生まれている。また、作者の豊かな教養に触れることができる。

問題①　この桐壺巻の冒頭の場面（「いづれの御時にか」から「かたじけなき御心ばへのたぐひなきを頼みにてまじらひたまふ」までは、更衣について語りながら同時に歴代の帝としてはきわめて稀な桐壺帝の格別な寵愛について語っている。そこで、帝の立場に立って、三つの段階に分けて説明してみよう。

（解答例） A＝帝がひとりの更衣だけを寵愛して他を顧みない、日常の生活も乱れがちになってきたという事態は、最初のころは後宮の内部で取りざたされていた。それが、政治上の遅滞に影響しはじめるので、紫宸殿での話題、つまり、上達部、上人たちの悩みにまで大きく広がり、果ては内裏から外にまで漏れ出でて「天下（貴族中心の世の中）」の「もてなやみぐさ」にまで発展する。

（補足） ＝『歴代天皇総覧』（笠原英彦著　中公新書　二〇〇一年）には、第六十五代花山天皇に関して「花山天皇については艶聞が多くきかれるが、なかでも大納言藤原為光の娘で女御の忯子《しし》への寵愛ぶりはつとに知られている。そのため忯子はほどなく懐妊したが、その後体調を崩しついに妊娠八か月の身で他界した。天皇の失意は大きく、いかに神に祈禱すべきか悩み抜いた」云々と説明されている。花山天皇の次に即位するのが、中宮定子や彰子などが入内した一条天皇である。

参考3 源氏物語の最初の一節には、人に対してマイナスの感情、つまり悪感情を抱く語句・表現が少なくない。桐壺更衣に対する憎しみ、嫉妬などのことばは、ここまでの本文では、次のように求めることができる。

① めざまし＝めざましきものにおとしめそねみたまふ（【一】）
② おとしむ＝めざましきものにおとしめそねみたまふ（【一】）
③ そねむ＝めざましきものにおとしめそねみたまふ（【一】）
④ やすからず＝それより下﨟の更衣たちはましてやすからず（【一】）
⑤ 恨み＝人の心をのみ動かし、恨みを負ふつもりにやありけん（【一】）
⑥ そしり＝人の譏りをもえはばからせたまはず（【一】）
⑦ あいなし＝上達部、上人などもあいなく目をそばめつつ（【二】）
⑧ あぢきなし＝天の下にも、あぢきなう人のもてなやみぐさになりて（【二】）

桐壺更衣は、宮廷の内規ではあってはならないのに、四六時中お側に付き添うほどに帝の寵愛を独り占めにした結果、先に入内していた女御や更衣たちから、そねみ、軽視、憎しみ、恨み、不満、疑いなどの憎悪や嫉妬や疑惑の感情を日々受けることになる。この節ではまだ感情の段階に留まっているが、次第にその感情がいやがらせの行動に移行していく。つまり、桐壺巻の前半部、光源氏誕生前史は、こうしたマイナス感情の渦・暗雲の中の「純愛」の物語ということができる。

〔解説例〕 **A**＝桐壺巻前半にマイナスの感情を抱く語句・表現が数多く見られるのは、帝と桐壺更衣の濃密なかかわりが周囲から見て望まれるものではなかったことを表している。異常ともいえる帝の更衣への寵愛ぶりが深くなればなるほど女たちの嫉妬・憎悪は増し、桐壺更衣は苦悩を深め、帝がまた心から慰めるという悪循環を生み出している。源氏物語の序章である桐壺巻前半が決して順風満帆でなく、主人公（若宮）が出生する前後に至るまでの経緯が波乱に満ちていること、また、そういう状況の中で誕生したのが、周りの期待に反してたぐいまれ（類稀）なほどに美しく聡明な皇子であったという食い違いが、これから展開していく物語の行く末までを暗示しているような観がある。

B＝最初の一節にマイナス表現が多いのは、作者が源氏物語を明るくて読者にわくわく期待させる物語でなく、しんみりとあわれを感じさせる内容に全体をまとめようとしたことの現れではないだろうか。書き出しは、源氏物語の方向性までも暗示していると思う。

（質問）＝本文を音読するとき、「御」の読みに迷いが出ます。「御」はどう読めば良いのでしょうか。

（回答）＝「御」のよみについては、古くから頭をなやませる問題であったようです。テキストが底本としている明融臨模本の桐壺巻の本文を見ますと、ところどころに振り仮名が施されています。たとえば「御つぼねはきりつぼなり」の場面を見ますと、「御つぼね」「御心」にはいずれも「ミ」が施されています。源氏物語の写本の多くは、接頭語の「御」を漢字で表記しています。それらの中にわずかですが、仮名で表記している用例があります。それらを整理しますと、先に見たように「み」（御心、御仏、みつぼね）という使い方があります。また、「お」（おまへ、おまし、おもの）、「ご」（御達、御覧）も同様に特定の語に使われています。ところが、「おほむ／おほん」は様々な語についています。そこで、「御」は接辞として「おほむ／おほん」と読むのがよいということができます。『精選版日本国語大辞典』は、「おん」について平安時代後期になって「おほむ／おほん」からできたと記しています。繰り返しますと、源氏物語の「御」は、特定の語につく「お・ご・み」を別としますと、その残りは「おほむ／おほん」と読むということになります。「おほむ／おほん」は美称の「おほみ」からできました。

【四】 更衣の両親の願い

ちち（父）の大納言はなくなり（亡くなり）て、はは（母）北の方なむいにしへの人のよしあるにて、おや（親）うちぐし（具し）、さしあたりて世のおぼえはなやかなる御方々にもいたうおとら（劣ら）ず、なに（何）ごとのぎしき（儀式）をももてなしたまひけれど、とりたててはかばかしきうしろみ（後見）しなければ、事ある時は、なほより（拠り）どころなく心ぼそげなり（心細げなり）。

〔本文表記〕 文字の繰り返し記号の中の「々」は例外として使用する。次に、「猶」のように副詞、接続詞の表記は仮名書きとする。

参考1 桐壺巻の冒頭の場面に続く第二の場面は、話題の更衣の両親について紹介する。まず父親が大納言であったこと、すでに亡くなっていることが語られる。この父の大納言については、母北の方が弔問に訪れた靫負命婦にどういう人物であったかについて詳しく語ることになる。ここでは、大納言であったこと、すでに亡くなっていることだけを紹介している。源氏物語は長編の物語であるので、先々の巻々にまで読み進むと、明石巻に出てくる明石入道（播磨国守を務めた）との血族関係が語られ、かつての王家に連なりながら没落している一族の興隆を図る願いなどが紹介されるが、この桐壺巻を読むときに、先々の巻の内容を逆流あるいは遡行させることは良いとは言いにくい読み方である。そういう先入観なしに、桐壺巻の本文を楽しむことにしたい。

（解説例） **A**＝第二の場面で、更衣の両親について紹介されているが、ここで父親が大納言であり、すでに亡くなっていることが語られていることで、更衣の宮中での力のなさ、肩身の狭さがより印象的にうきぼりになっている。後の方ではもっと詳しく、かなりの名家であったことがわかるが、ここでは更衣の身分が低いことが重要であり、それが更衣自身の美しさやすばらしさを逆に際立たせると考えられる。

B＝桐壺更衣の父、大納言が亡くなっていると記述することで、桐壺更衣の人間像として薄幸であること、どこか悲愴感が感じられ、読者に同情を抱かせていると思いました。

参考2　「母北の方なむいにしへの人のよしあるにて」の「母北の方」につく強調の係助詞「なむ」に注目したい。なぜここで「なむ」が用いられているのであろうか。すると、この母北の方は、父の大納言が亡くなっているにもかかわらず、入内させた娘が後宮で恥ずかしくないように「何ごとの儀式をもてなし」なさるように十全な配慮が払える人であることが語られている。そこから、この母北の方はいったいどういう出自の人物かが問題になるが、本文では「いにしへの人のよしあるにて」とだけ語られている。テキスト脚注に「旧家の出身で、教養が深く、の意。」という説明がある。ところが、右の本文は、「何ごとの儀式をもてなしたまひけれど」に続いている。「旧家の出身で、教養が深い」という事実と、後宮の生活や儀式などに通暁していて、入内している更衣が「いたう劣ら」ない様子で何とか予め定まっている儀式などをつつがなく「もてなし」なさるためには、この母北の方の「いにしへの人のよしあるにて」が大きな意味を持ってくるであろう。なお、この邸宅は後に二条院とよばれる。その呼称は桐壺帝の意向で、改築したことが関係しているように思われるが、それにしても、五条や六条でなく二条に邸宅を所有するということは、北の方の先祖が平安京への遷都時にかなりの要職に就いていたことが推測される。

（解説例） **A**＝母北の方の説明に「いにしへの人のよしあるにて」とありまして、この説明が、「何ごとをもてなしたまひけれど」に続いていることから、この表現には深く大きな意味が秘められているのではないかと思われます。「なむ」によって強調されていることも大変気になります。

B＝帝も北の方を本当の母のように思っていたということについて、帝は更衣にひどく執着してその愛を欲していたことからも、そういったものを強く求めていたのだろう。その帝という位から、あまり母からの愛などを受けることはなかったのかもしれない。それゆえに、更衣の母北の方にも、母性愛などまで求めていたのだろう。

参考3 「親うち具し、さしあたりて世のおぼえはなやかなる御方々にもいたう劣らず」の「いたう劣らず」の表す意味は、「勝るとも劣らず」や「劣らず」とは異なる。「御方々」にいくらか見劣りする面がありはしてもそれはやむを得ない。それでも、あげつらうほどには見劣りはしていないという意味である。

（解説例） A＝この時代は、両親が揃っていない生活はとても心細い。ましてや桐壺更衣には大納言であった父を亡くしており、本来ならば、この先どう生きていこうかと悩むくらいの家だと思う。その状況にありながら、女手一つで、立派な身分の方にも並んで恥じない生活を送れるほどの教養や見識を備えている。前に述べたことを考えると、並大抵ではない母の努力が感じられる。

参考4 「何ごとの儀式をももてなしたまひけれど、とりたててはかばかしき後見しなければ、事ある時は、なほ拠りどころなく心細げなり」の「事ある時」は、上の「何ごとの儀式」が前もって定まって催される儀式をいうとすると、これは臨時に催される儀式や宴などを意味する。急に催されたりすると、母北の方の財力や配慮では、準備が整わないということであろう。

（解説例） A＝桐壺は父がおらず後見もいないので急な儀式があるとその準備もままならない程である。そのことも帝が桐壺にほれる一つの要因であったと思う。何でも周りがやってしまい生活に不自由なく暮らしている人よりも、政治的、経済的に後見がなく心細く暮らしていることで自分がなんとかして彼女を助けたい、支援したいという気持ちが生まれて、何かあるにつけても桐壺のことが気になっていたと思う。

B＝母北の方はもともとは高い身分の生まれであることが読み取れるが、その北の方が十分に配慮しても急な行事や臨時の催し物にまでは手が回らない。それでも何とか娘が恥のないようにしようとしているところから、北の方が父のいない娘をどんなに不憫に思い心配しているかがわかる。

【五】 皇子誕生、帝寵愛する

さき（前）の世にも御ちぎり（契り）やふかかり（深かり）けん、世になくきよらなるたま（玉）のをのこみこ（男御子）さへうまれ（生まれ）たまひぬ。いつしかと心もとながらせたまひて、いそぎ（急ぎ）まゐら（参ら）せて御覧ずるに、めづらかなるちご（児）の御かたち（容貌）なり。一のみこ（皇子）は、右大臣の女御の御はら（腹）にて、よせ（寄せ）おもく（重く）、うたがひ（疑ひ）なきまうけの君と、世にもてかしづききこゆれど、この御にほひにはならび（並び）たまふべくもあらざりければ、おほかたのやむごとなき御おもひ（思ひ）にて、この君をば、わたくし（私）物におもほし（思ほし）かしづきたまふことかぎり（限り）なし。

【本文表記】「〜かしづきたまふ事かぎりなし」の「事」は形式名詞であるので仮名書きとする。また、「まいる」は歴史的仮名遣いの「まゐる」に改めた。

参考1 「前の世にも御契りや深かりけん、世になくきよらなる玉の男御子さへ生まれたまひぬ」は、仏教の輪廻思想がふまえられている。現世では推し測るしかない前世の深い縁《えにし》について言及しているので「けむ」が用いられている。

(解説例) **A**＝周りに心配され、世間でも話題になる程に桐壺を愛した帝と桐壺の間には他の人々が知り得ない深い縁があり、その証として生まれたのが若宮であったということを言いたかったのかと思った。今となってはわからないが、二人は前世から結ばれていて、来世でもきっとまた出会うのだろうなと思った。

B＝個人的に平安貴族を題材としたものを読んでいても、仏教の輪廻思想が表現されているのをよく見る。源氏物語でも、多いのではないだろうか。現代でも「前世」や「運命」という言葉をよく聞くが、平安時代ほど、輪廻思想を尊ぶことはない。当時、仏教の信仰が根強く、それが人々の人生・生活の中心に存在したことがよくわかった。

C＝「帝と更衣の間には前世からのご宿縁が深く、その因縁によって源氏のような美しい皇子が生まれたのではないか」という主観的な表現については、真実かどうかを議論する話ではない。しかし、もし源氏の誕生が因縁だとしたら彼は帝になって世の統治者になる運命だったのではないかと思う。逆にその一方で、最高権力者である帝にも勝るほどの才能と魅力を持った源氏がこの長編の主人公になっていくことを、この表現で表しているのかもしれない。源氏の君に言及する一番初めのことばである。

参考2 「世になくきよらなる玉の男御子さへ生まれたまひぬ」の「世になく」という表現に注意。この世に存在しえないほどのという意味である。そうすると、仏の世界か天上の世界にいる人のようだということになる。「きよらなり」は美の系列の上で「きよし」「きよげなり」と比べて最上の美しさを表す。「世になくきよらなる玉の男御子（さへ）」に注意。最高の美を表す「きよらなり」が使われ、「玉の」という修飾語が用いられている。源氏物語の中で「きよらなり」が用いられる人物はきわめてかぎられている。更衣に皇子が誕生したことの報告はすぐに帝に届けられ、その中に「世になくきよらなる玉の男御子」という表現があったのか、これは語り手が桐壺更衣の側近の女房の目・心を通した表現である。帝は、まだ御自身の目で確かめることができていない。

（解説例） **A**＝「世になく」という表現で皇子が、まるでこの世のものとは思えないほどの美しさであることがわかる。また、帝の目を通した表現でないのならば、それほど美しい皇子だったはずである。皇子がこの世のものとは思えない美しさであるのならば、皇子の生母の更衣もまたきわめて美しい女性ということになる。また、特別な御子が誕生したということは、これから待ち受ける困難も小さくないことが考えられる。

B＝「世になくきよらなる」というところで、この世に存在し得ないほど美しいとされる光源氏は、この誕生の後、成長してからも、「この世のものならざる」などと表現されるが、こうやって光源氏を表現すればするほど私は何だか怖いもののように感じる。それこそ、本当に人間ではないのではないかというふうにも思えてしまう。

C＝「世になく」はこの世にない、他に例がないほどすばらしいということだと思う。やはり更衣が素晴らしい女性だったので、その人から生まれた子は格別だったのではないかと思う。生まれた時からこのような最上級の表現が使われている皇子がどのような人物なのかまったく想像がつかない。

問題①　「世になくきよらなる玉の男御子さへ生まれたまひぬ」の「さへ」を、桐壺帝および桐壺更衣の立場から説明してみよう。また、他の女御や更衣の立場からも説明してみよう。

（帝・更衣の立場からの解答例） **A**＝二人の嬉しさを表している。帝は愛する更衣との子が生まれただけでもきっと嬉しいと思う。それに加え、この世にないほどの美しい男の子が生まれたとなれば、この上なく嬉しいものだと思

う。更衣にしてみても、辛いことの多い宮仕えの中で、帝の寵愛を頼みに生活していて子どもを授かったとなれば、心の支えとなるものも増え、辛くても信じて仕えていて良かったのだと嬉しさが増したことだろうと思う。

B＝この「さへ」には帝と更衣の前世における強い縁だけではなく、その証拠となるような「きよらな」皇子まで生まれたということを表し、帝に愛されているだけに収まるのではなく、皇子を生むというお役目まで果たされたということを言いたいのではないか。

C＝「世になくきよらなる玉の男御子さへ生まれたまひぬ」の「さへ」は、帝・更衣の立場から言えば、互いに愛し合って幸せである上に、皇子までもが誕生し、この上ない幸せに満ちあふれていることを意味している。また、皇女でなく男皇子であった喜びをも表現している。

（女御などの立場からの解答例） A＝帝の桐壺更衣への寵愛ぶりに、更に男の皇子が生まれたことへの憎しみ、嫉妬、焦り。これで女御ならまだしも、同じ位である更衣やその下の者にはいっそう目もくれなくなってしまうかもしれないという危機感を表している。弘徽殿の女御に絞るならば、春宮に一の皇子を立てるための弊害や障害になるのではないかという危惧の念も生じたことであろう。

B＝女御や他の更衣の立場から考えると、更衣が帝の御子を宿したことだけでも憎いのに、ましてその子が男の子であるというように、憎しみが憎しみを生み積み重なっていく感じを「さへ」で表しているように思えた。

C＝女御たちの立場から見れば、帝に寵愛されているだけでなく、女性としての幸せでもある御子、しかも皇子を生むことができた更衣へのひがみと羨ましさが込められているように思う。桐壺更衣よりも下﨟の更衣たちにとっては特にこの思いが強く、帝に呼ばれぬ日々、つまり御子を設けることができない女性にとってはとりわけ辛い出来事だったのではないだろうか。

D＝本文の「さへ」は、右に見るように二通りに解釈できるが、二人の愛が深まり、しかも男御子が誕生したことから、女御の焦りが強く感じられる。どちらかというと、後者の「女御などの立場からの解釈」を強調しているのではないだろうか。

問題②　「いつしかと心もとながらせたまひて」は、桐壺更衣と男御子がどういう状況にあることを表しているか。

〈解答例〉　A＝「いつだろうかと帝が心待ちにお思いになって」と訳すことができる。ここから、桐壺更衣は宮中にはおらず、帰参をひかえて里邸で静養していることを表している。帝自身も早く桐壺更衣に会いたい、生まれてきた皇子の顔を見たいという気持ちを募らせている。

B＝桐壺更衣との子どもは、桐壺帝にとって、政治的な問題にも絡まず純粋な愛情の中で生まれた子どもで、本当に愛おしく思っているので対面が待ち遠しいのだろう。また、若宮が参内するということは、里邸に退出している桐壺更衣も一緒に帰ってくるということになるので、桐壺帝の心はさらにはやって「心もとながらせたま」うのだろう。

C＝「いつしか心もとながらせたまひて」という言葉から帝は本当に心待ちにしている様子がわかる。帝は更衣を誰よりも愛しており、そんな更衣との間にできた皇子の顔を見ることができる、更に更衣が宮中に帰ってくるのだから、何よりも嬉しく心待ちにしている。

〈質問〉＝人が亡くなることが穢れだということは塩を撒いたりする習わしから知っていましたが、出産も穢れになるということには驚きました。辞書で引いたら、神前に出ることがはばかられることが穢れだと初めて知りました。こういう観念は日本や仏教を信じる国特有のものなのでしょうか。現在は、出産も穢れだという意識はあまりないように思います。

〈回答〉＝日本は、この半世紀の間に「穢れ」やそれにかかわるタブーの考えが大きく変化しました。おそらくみなさんの祖父母の世代にとっては、出産はまだ「穢れ」であり、人目から隠すべきタブーの一つだったはずです。『平凡社大百科事典』（一九八五年）の「出産をめぐる信仰と習俗」は「西洋・日本・朝鮮・中国」に分けて詳述されています。「日本」の記述に「出産の習俗の中で最も大きく変わったものは産屋である。現在の産院となるまでには、産小屋、下屋《げや》、ニワ、ナンドなどの長い歴史がある。産室に臨んで分娩を助け、母と子を守ってくれる神を産神《うぶがみ》という。一般に神は産の忌の間は避けるものであったが、産神だけは特別で、産に立ち会って産婦と生児を守り、生児の運命までもつかさどる神と信じられている」などという説明があります。これらの考えは、朝鮮、中国の記述と共通するところが大きいようです。たとえば「中国」の「産の忌」では「産小屋」に家族が立ち入ったときの忌みの行動や日数などまで説明されています。これはかつての日本とよく似ています。ところが、質問にあるように、西洋では昔から夫の立ち会いがまれではなかったとあります。源氏物語は千年ほど前の作品ですから、現在の見方で読まないようにする必要があります。

参考3　「いつしかと心もとながらせたまひて、急ぎ参らせて御覧ずるに、めづらかなる児の御容貌なり」の「めづらかなり」は、帝の目を通してとらえた表現。

〈解説例〉　A＝「めづらかなり」は、「この世のものとは思えないほどの・見たこともないような」という訳になる。他のさまざまな人の目から見ても、若君は並外れた容貌をもっているのだから、愛する桐壺更衣との間に生まれた子であるという贔屓の目も加わって、最上級の表現を超える、帝の気持ちがそこにはあっただろうと考えた。

B＝「めづらかなる児の御容貌なり」の「めづらかなり」は、帝の目を通してとらえた表現だが、「めづらかなり」は、「めづらし」より度合が強く、最上級の表現である。そのことばには、尋常ではない美しさに驚く気持ちと、喜ぶ気持ちが加わっている。また、最上級の表現ということで他の者・誰から見ても、尋常ではない美しさだという自信のようなものも感じられる。

C＝「めづらかなり」の前に、「きよらなり」という表現も用いられている。前者の「めづらかなり」には帝の私情が多分に含まれているとも受け取れるが、後者「きよらなり」の第三者的視点からも若宮の美しさを讃えることにより帝だけでなく、誰の目から見ても変わらぬ優れた容姿であると印象づけられる。

参考4　「一の皇子は、右大臣の女御の御腹にて、寄せ重く」云々の一文に、「右大臣の女御」が提示される。父親が右大臣であるこの女御は、いずれ春宮にと期待されている一の皇子の生母でもある。この女御が後宮で最高の権勢を持ちうる理由がここにある。この女御はまだ通称をもっていないのですぐ後で「坊にも、ようせずは、この皇子のゐたまふべきなめりと、一の皇子の女御は思し疑へり」と表現されている。「一の皇子の女御」がそれである。

〈解説例〉　A＝講義中の話の引用になるが……。私も左大臣は一の皇子が春宮になってしまうと右大臣に頭を下げることになってしまうので、本当は二の皇子である光源氏の方を春宮にしたかったのではないかと思う。そして、桐壺帝も、より賢くて、愛している光源氏の方を春宮にしたかったのだと思う。今はまだ桐壺帝がいるので左大臣が優位だが、春宮が即位した時に右大臣優位に変わってしまうので、左大臣がどう動くのか興味がある。

B＝ここで今後に二の皇子、桐壺更衣側との対比で多く出てくる一の皇子の女御が登場する。重要な人物ではあるが、あくまでも源氏側との対比の役割を持つ人物（敵方）なので、ここでは控えめな描写である。本来、最高の寵愛を受けるべき人物ではあるが、帝が二の皇子や更衣ばかりを愛していることから、作者は現実ではまず重視される身分よりも、内面的な心からの愛を理想としていたのではないか。

参考5　「疑ひなきまうけの君」から、現在の東宮坊が空いていることが導かれる。春宮が不在であることは異常であるが、そのことについて何も語られていない。後の巻に出てくる六条御息所はかつて東宮（皇太弟）であった人（桐壺帝の弟）の妃。この皇太子がどういう理由で廃太子になったのか、源氏物語には何も語られていない。「廃太子」としては、桓武天皇によって追放された早良親王の事件が当時の読者の頭をかすめたことであろう。「日本後紀」延暦四年十月の条に桓武天皇は淡路島に流そうとした早良《さわら》親王が途中で亡くなったこと、宮廷で次々に不幸が起こったことから、親王の霊魂をひどく恐れたという。源氏物語では、しかし、桐壺帝の弟が皇太子を辞めたあと、どういう生活を送ったかは語られていない。六条御息所との間に愛娘（後の秋好中宮）をもうけたことだけがわかる。そこから、これは単なる憶測であるが、六条御息所の霊魂が遊離して葵上などを襲うというイメージの背後に歴史上の早良親王の事件があるのではないかと思われる。

（解説例）　A＝一の皇子が「疑ひなきまうけの君」であることについて、現在の東宮坊が不在となっていることは、異例だと思った。その原因について、どのような事実があったのか興味深い。

問題③　「この御にほひには並びたまふべくもあらざりければ」云々の表現から、この皇子と一の皇子の対比的関係をつかんでおきたい。帝はどちらの皇子に心を寄せているか。臣下はどうか。帝のあるべき姿勢はどうであるか。

（解答例）　A＝二の皇子の美しさは、一の皇子と比べて「並びたまふべくもあらざりければ」と表現されている。これは帝の目を通した主観的な評価でなく、語り手からの客観的な「描写」であるため、その美しさが万人に理解される動かしようのない評価である。一の皇子は後見もしっかりしていて、次の世継として社会的に大切にされているが、帝はあくまでもわが子の一人として大切にしている。それは、二の皇子がただ美しく賢いだけでなく、自分

が心から愛する更衣との子であることによっている。そのため、一の皇子には帝として、二の皇子には父として接する傾向が生まれ、二の皇子ばかりを気にかけている。

B＝一の皇子は母親の地位・後見がしっかりしており、一番初めに生まれているので、地位・後見・勢力・生まれた順位のどれをとっても二の皇子より立坊の可能性が高い。二の皇子は、母更衣の地位・勢力など社会制度という「ものさし」から見た場合一の皇子にすっかり劣る。しかし、社会的に不利であっても、二の皇子の容姿容貌は比べようもないほど美しい。まして、それが帝のひときわ愛する桐壺更衣との間に生まれた子なので、帝は二の皇子を本心で可愛がっている。しかしそうはいっても、帝という立場上、一の皇子をまず第一に立てるべきなので、表向きは一とおり一の皇子を大切にしている。

C＝一の皇子は、地位・後見・勢力がしっかりしており、生まれた順からいっても立坊の可能性が高く、ほぼ確定している。しかし、それでも母親の女御が、若宮が立坊するのではと危惧している。それは、どうしても若宮の美しさは軽視できぬほどのものであり、さらに父親の桐壺帝はそれまでの習わしを無視して桐壺更衣を愛している。そう考える桐壺帝は若宮を愛するあまり、更衣の時と同じように一の皇子を押しのけて若宮を立坊させるのではないかと疑っているのである。それは母女御だけでなく他の臣下も同様であると思う。

参考6　「一の皇子は、右大臣の女御の御腹にて、寄せ重く、疑ひなきまうけの君と、世にもてかしづききこゆれど、この御にほひには並びたまふべくもあらざりければ」は、一の皇子と二の皇子を対比させた表現。源氏物語では、以下、二の皇子のいくつもの儀式における描写に一の皇子が対比的に取り上げられる。「御にほひ」は、二の皇子が特に備えもつ美の輝き。「にほひ」ははじめは視覚的にとらえられる美しさを表すことばであったが、次第に嗅覚にかかわる芳しい香りを表す意味に転じていく。万葉集から一首（巻十九・四一三九番）、視覚的な意味を表す歌を掲げておきたい。この歌は「天平勝宝二年三月一日の暮に、春苑の桃李の花を眺矚《てうしよく》して作る二首」の最初の桃の花を詠んだ歌である。第二・三句「紅にほふ桃の花」は、「くれないに色あざやかに映える桃の花」という意味である。そこだけあざやかに光が当たっているような趣を表す。

春の園　紅にほふ　桃の花　下照る道に　出で立つ娘《をとめ》（大伴家持）

〔解説例〕 A＝一の皇子は、母が身分や後見、勢力など、何もかもが東宮に立つ上で不足する要素がなく、間違いなくこの一の宮こそがと周囲は疑わなかったが、更衣に皇子が生まれてしまう。二の宮は親の身分、後見など、兄宮と比べて社会的にはかなり劣っている。しかし、その代わりに美しい容姿や人並み外れた才能などを生まれ持ち、帝もこの子こそが我が秘蔵子と思っている。女御は、一方で一の宮の地位は揺らぐものではないと信じながらも、他方では今までの帝の振る舞いを見て「もしかして」と疑惑の念にかられている、不信感が表現から伝わってくるように感じる。

B＝一の皇子と二の皇子（光源氏）の対比は今後もしばしば見られる。年長である一の皇子の儀式が行われた後に二の皇子の儀式が行われている。二の皇子の側からの描写であるため既に終わってしまった一の皇子の儀式はあくまでも引き立て役に過ぎない。桐壺の巻では特にこの皇子の持つ美の輝きが多く表されており、特にそのような描写がない一の皇子は勝負にすらならない。

参考7 「私物に思ほしかしづきたまふこと限りなし」の「限りなし」に注意。これは「限りなく私物に思ほしかしづきたまふ」の強調的な表現である。

〔解説例〕 A＝「限りなし」とは並外れているという意味である。帝は一の皇子より二の皇子をかわいがっていたため、いつも一緒で、帝は二の皇子をまるで私物化していた。

B＝「限りなし」という強調的な表現を使うことによって、一の皇子と二の皇子の扱いが大きく違うことがわかる。「私物に……」という表現でもとてもかわいがって、公的にかわいがっている一の皇子との差を表現しているが、二の皇子への思いの驚くほど強いことが「限りなし」で表されている。

━問題④　若君の特質についてまとめてみよう。━

（解答例）A＝源氏物語の中で若宮が非常にすばらしい美貌をそなえ、人間性も豊かで知恵もあるというのは、この物語の中でなくてはならない要素だといえます。この時代は母系社会で親族の後ろ盾がなければ政治的に高い地位、宮廷という政治の中心で活躍することなど望めなかったでしょう。若宮はどんなに帝に愛されたとしても、母親には後ろ盾がなく、帝が亡くなれば宮中での立場はひどいものになると思います。若宮がこのように魅力的な人物だからこそ、この物語は進められていくのだと思います。

B＝わずか三歳で、周りの者たちに与える影響はすごいものがある。この若宮の誕生から袴着の儀までの語られ方を見ても、若宮は周りに一目置かれる存在であり、この世の者とは思えないほどの美しい姿と心をもってオーラを放っている。若宮は、今後の物語の展開において重要人物になっていくことがこの語られ方でわかると思う。

C＝若宮の美しさはたぐい稀なものであり、生まれた時から「きよらなり」という最上級の美しさを表す言葉が使われている。もちろんこれは若宮が物語の重要人物であるからなのだが、彼の美しさ、聡明さは様々な人に影響する。彼の後の人生を考えると、生まれた時の若宮は美しさばかりに目がいき、良いものに思えるが、その美しさや聡明さこそが彼の人生や周りの人々の人生を決めていった気がした。

D＝最上の美しさを表す「きよらなり」、宝物を意味すると同時に呪的な力を持つ「玉」、そして「めづらかなる」容貌。どれも若宮の並外れた美しさを表す言葉である。周囲の人々はそんな若宮に心動かされるが、物語の主人公として生まれるべくして生まれた人物であったのだろう。魅力的な人物の周りには人が集まり、そしてそれぞれの思惑が交錯して物語が少しずつ膨らんでいく。常に周りは若宮を中心に動いていく。若宮は生まれついての主人公であったのだと思う。

【六】 第一皇子の母女御の疑い

はじめよりおしなべてのうへ宮づかへ（上宮仕）したまふべききは（際）にはあらざりき。おぼえいとやむごとなく、上ず（上衆）めかしけれど、わりなくまつはさせたまふあまりに、さるべき御あそび（遊び）のをりをり、なにごと（何ごと）にもゆゑあることのふしぶしには、まづまうのぼら（参上ら）せたまふ、ある時には、おほとのごもり（大殿籠り）すぐしてやがてさぶらはせたまひなど、あながちにおまへ（御前）さらずもてなさせたまひしほどに、おのづからかろ（軽）き方にも見えしを、このみこ（皇子）うまれ（生まれ）たまひてのち（後）は、いと心ことにおもほし（思ほし）おきてたれば、坊にも、ようせずは、このみこ（皇子）のゐたまふべきなめりと、一のみこ（皇子）の女御はおぼしうたがへ（思し疑へ）り。人よりさきにまゐり（参り）たまひて、やむごとなき御おもひ（思ひ）なべてならず、みこ（皇女）たちなどもおはしませば、この御方の御いさめ（諌め）をのみぞなほわづらはしう心ぐるしう（苦しう）思ひきこえさせたまひける。

かしこき御かげ（蔭）をばたのみ（頼み）きこえながら、おとしめきず（疵）をもとめ（求め）たまふ人はおほく（多く）、わが身はかよわく（か弱く）ものはかなきありさまにて、なかなかなるもの思ひをぞしたまふ。

〔本文表記〕本文の表記の「おのづから」「おもほしおきてたれば」など四箇所の「お」と「を」を歴史的仮名遣に改めた。また「ゆへ」を「ゆゑ」に改めた。以下、歴史的仮名遣に改める。

参考1 「はじめよりおしなべての上宮仕したまふべき際にはあらざりき」の一文は、この巻の冒頭表現で示された「いとやむごとなき際にはあらぬ（が）」がこの更衣の身分・地位の上限を表すのに対して、これは下限を提示している。「上宮仕したまふべき際」ではないと語るのである。それも述語表現に「あらざりき」という、語り手が自らの目で体験していることを確認的に示す助動詞「き」が用いられている。この「き」は、右の本文の第三文にも「あながちに御前さらずもてなさせたまひしほどにおのづから軽き方にも見えしを」のように続けて用いられている。この「き・し・しか」は、物語の枠組みとして常用される「けり」と対置的に用いられる過去の確認の用法で、すでに指摘したように、語り手が、このことは自分が直接見聞きしている事実だと確認的に表現する意味を備えている。ここで、桐壺巻の前半における助動詞「き」の用例を先に確かめておきたい。

① この皇子三つになりたまふ年、御袴着のこと、一の宮の奉りしに劣らず、内蔵寮、納殿の物を尽くしていみじうせさせたまふ（【八】）

② もの思ひ知りたまふは、さま容貌などのめでたかりしこと、心ばせのなだらかにめやすく憎みがたかりしことなど、今ぞ思し出づる。さまあしき御もてなしゆゑこそ、すげなうそねみたまひしか、人柄のあはれに情けありし御心を、上の女房なども恋ひしのびあへり（【一五】）

ここに引用したのは、桐壺更衣が亡くなった場面までに使われている用例である。①「一の宮の奉りしに劣らず」は、わずか一、二年前に催された一の宮の御袴着の儀式を、この若宮の同じ儀式と対比的に言い表そうとして、語り手が実感をこめて表現している。②の全二文は、すでに亡くなった桐壺更衣の人柄や容貌などについて、上の女房たちが懐かしく回想する表現である。最初の用例でいえば、毎日のように接していた更衣との体験を回想する「今ぞ思し出づる」という表現に使われている。ここからも、この桐壺巻の語り手が、後宮にお仕えする女房の一人で、自ら見聞しえたことを実感的に語っていると言うことができよう。

（解説例） A＝「はじめより」が帝に入内した最初を表すとすると、「同じほどそれより下﨟の更衣たち」というのも入内の時期が関係してくるのではないかと思う。弘徽殿の女御の入内の後にもう一人二人入内して、それから桐壺更衣が入内し、それと同じか少し遅れてまた一人二人入内したのではないだろうか。それらが、親の社会的な地位の順にほぼ関係していると考えられないだろうか。

問題① 「一の皇子の女御は思し疑へり」とあるが、どういうことを「思し疑っている」のか。また、この「一の皇子の女御」はどういう出自の人物なのか。

（解答例） A＝一の皇子の女御は、帝があまりにも若宮ばかりをかわいがるので、まさか自分の産んだ兄宮をさしおいて、弟宮である若宮を春宮に立てようとなさっているのではないかと疑っている。宮廷の慣例からいっても兄をさしおいて弟が春宮に立つことは許されることではないけれど、帝の今までのわがままぶりに「もしかして」と帝を疑っている。一の皇子の女御は、右大臣の娘で後見もとてもしっかりしている。

B＝一の皇子の女御は後見の勢力が強く、これまで一の皇子が間違いなく東宮になるであろうとされていたのに、二の皇子が生まれてからは、桐壺更衣が軽々しく扱われることもなくなり、大切にされているので、一の皇子の女御は「まさか二の皇子が東宮になるのでは」と危惧している。

C＝一の皇子の女御は、帝が桐壺更衣をとても大事にしている上に、二の皇子をとてもかわいがられるし、一の皇子は容貌や才能などの面で二の皇子に及ばないので、帝が二の皇子を春宮にし、次の帝にしてしまい、自分の子である一の皇子がないがしろにされてしまうのではないかと疑っている。

（質問）＝皇太子のことを、右のAさんは「春宮」、Bさんは「東宮」と表記しています。どちらが正しいのですか。

（回答）＝皇太子は正しくは「東宮」です。ところが、方角を表す「東」は季節としては「春」になります。「春宮」は、東西南北の方位を季節の春夏秋冬と関連させた表記です。テキストの底本である明融臨模本の桐壺巻を見ますと、その多くが「春宮」と表記されています。なお、正史の「日本後紀」などを見ますと、「帝」や「春宮」などの通称はなくて「天皇陛下」「皇太子」という呼称を使用しています。ただし、「春宮坊」という表記は見られます。近年は、建物については「東宮（坊）」、人物については「春宮」というように使い分けることが多いようです。

問題②　「この御方の御諫めをのみぞなほわづらはしう心苦しう思ひきこえさせたまひける」で、桐壺帝は、「この御方の御諫め」だけは聞かざるをえない。そのことを「この御方」の後見（政治的・経済的な援助者たち）に焦点を当てて説明してみよう。

（解答例）　**A**＝「この御方」とは弘徽殿の女御である。この方の後見は右大臣であり、帝を別にすると、実質的には左大臣の次に位する朝廷のナンバー2（太政大臣がいないため）の権力を握っている人物である。つまり、政治的に大きな権力をもつ人物がバックについている女御の言うことを無視すればそのバックの人物を敵に回すことになる。帝としてもそれは避けたいわけで、女御の言うことを聞かざるを得ないのである。

B＝桐壺帝はまだ春宮であった時、もしくは元服を迎えた折にライバルの中から勝ち抜くために権力のある右大臣の娘と結ばれた。父が右大臣という要職に就いており、藤原家なので多くの者を従わせることが可能だからだ。その政治的な権力を得るために結婚をし、相手を利用し帝になることができたという恩があるから、一生、桐壺帝は右大臣の長女である弘徽殿の女御には頭が上がらない。愛情よりも権力を選んだのだから二人はうまくいかないのではないだろうか。帝はもともとの目的を達成したから、弘徽殿の女御がお荷物になっているのではないだろうか。桐壺更衣がいじめられるのは、弘徽殿の女御が悪いのではなく、そのもとを作った帝にも原因があると思う。帝は権力と愛情を分けて考えている。権力を達成したから、次は愛する人を傍らに。よく考えると、ずいぶん身勝手な人だ。

問題③ 「かしこき御蔭をば頼みきこえながら」以下の一文は、桐壺更衣の状況説明である。その結びの「なかなかなるもの思ひをぞしたまふ」を具体的に説明してみよう。

〈解答例〉 **A**＝「なかなかなるもの思ひ」とは、その文章とつながる部分から考えて「かしこき御蔭」によってかえって生まれるもの思いである。帝のご寵愛は本来ならばよいものであるはずなのだけれど、寵愛がすぎるために却って桐壺更衣の悩みを増やしてしまっている。具体的には、女御や他の更衣、それに仕える人々に白い目でみられたりいけずをされたりすることでしょう。この部分はきっと「却って愛されない方がずっとよいのでは、楽に生きられるのではないか」と思いこむほどの悩みであると思います。

B＝「なかなかなるもの思ひ」とは、(1)今の状況になるなら、かえって入内しない方が良かったのか、という思い。——入内しなかった場合、他の女御や更衣、それより下﨟の更衣たちの憎しみや嫌がらせを受けることはなかったのだろうが、その場合、父の言いつけに背くことになり、また、後見がないので没落していくしかない。(2)かえって、帝に愛されない方がよかったのか、という思い。——(1)のように、帝の寵愛を受けなければ、桐壺更衣の一族は没落しかない。また、帝は絶対であるので、過度の寵愛について帝に訴えることができない。(1)、(2)のように、桐壺更衣はどうすることもできない状況におり、そのような葛藤を抱えていると思う。

C＝「なかなかなるもの思ひをぞしたまふ」とは「なまじこのようなご寵愛ゆえに気苦労の日々でいらっしゃる」と

いう意味で、もったいない帝のご庇護に対して否定的に受け止めたものである。ここから、桐壺更衣が「かえって入内しなかった方がよかったのではないか」「かえって帝に愛されなかった方がよかったのではないか」といったような苦しく苦い思いをもっていることがわかる。こういった思いをもっていても帝に伝えることは叶わず、しかし、それでも桐壺更衣は帝を愛しているからこそ気苦労に耐えてきたのではないかと思う。または、もし帝に伝えたとすると、帝は更衣へのご寵愛は変わらずに、それ以外のことに対して何かしら行ったかもしれないと思う。それは、愛する更衣のためならば、どんなことでもやりそうだと感じるからである。また、更衣にしてももしかしたら帝がそうするかもしれないとわかっていて、だから、自分が耐えなければと思ったのかも知れない。

【七】桐壺の局の更衣

御つぼね（御局）はきりつぼ（桐壺）なり。あまたの御方々をすぎ（過ぎ）させたまひてひま（隙）なき御まへわたり（御前渡り）に、人の御心をつくし（尽くし）たまふもげにことわりと見えたり。まうのぼり（参上り）たまふにも、あまりうちしきるをりをりは、うちはし（打橋）、わたどの（渡殿）のここかしこのみち（道）にあやしきわざをしつつ、御をくりむかへ（送り迎へ）の人のきぬ（衣）のすそ（裾）たへがたくまさなきこともあり、また、ある時には、えさら（避ら）ぬめだう（馬道）のと（戸）をさしこめ（鎖しこめ）、こなたかなた心をあはせ（合はせ）てはしたなめわづらはせたまふ時もおほかり（多かり）。こと（事）にふれて、かずしらず（数知らず）くるしき（苦しき）ことのみまされば、いといたう思ひわびたるをいとどあはれと御覧じて、後涼殿にもとよりさぶらひたまふ更衣のざうし（曹司）をほかにうつさ（移さ）せたまひて、うへつぼね（上局）にたまはす（賜す）。その恨みましてやらむ方なし。
〔本文表記〕 補助動詞「給」と同じく、動詞「思ふ」の無表記の活用語尾を送る。

参考1 「御局は桐壺なり。」という短い一文に、更衣の置かれた状況が端的に表されているという指摘がある（清水好子著『源氏物語の文体と方法』東京大学出版会 一九八〇年）。平安宮内裏図（二三五ページ掲示）で桐壺の御局（淑景舎）の位置を確認しよう。桐壺更衣は清涼殿に参上する上で、どういう道筋をたどるであろうか。「参上る」（まづ参上らせたまふ）は、その桐壺の御局から清涼殿まで伺候することを表す。この更衣には、何人もの侍女がお仕えしている。例えば、更衣の乳母やその娘なども お仕えしているはずであるが、何人いるのか、淑景舎における仕事の分担はどうなっているのかなどといった細々したことは一切語られていない。帝と更衣、そして、その関係を不愉快に思う女御や他の更衣というきわめて限られた人物だけに焦点を当てた人間関係が語られているのである。

〔解説例〕 A＝桐壺という御局は、（内裏の位置としても）隅のほうで方角としては必ずしも良いとはいえない「丑寅」に位置している。このような局が割り当てられていることから、更衣はあまり身分が上のほうではないことがわかる。また、清涼殿からも遠いために、帝、更衣のおたがいが、どちらに通うにつけても、他の女御、更衣の部屋の前を通らねばならないので、それが頻繁であればあるほど、他の女性らの恨みをかうことが想像できる。
B＝帝が更衣を愛するのは、様々な問題があるということを距離で表しているのではないだろうか。

参考2 「御局は桐壺なり。」という簡潔な表現が、参考1で指摘したようなマイナスの評価だけを表すとは考えにくい。というのは、源氏物語を読みすすめると、桐壺更衣が亡くなった後、若君（後の光源氏）は桐壺の局（淑景舎）で生育し、成人後も、御曹司（宮中の控え室）として用い、また、源氏物語の第二部になるが、若菜上巻では孫の明石の姫君が入内して桐壺を局として、「桐壺の女御」などと呼ばれている。そういう光源氏の生涯の物語から見ると、桐壺の局には、別の意味も考えなければならなくなる。それが「紫のゆかり」の始発としての桐壺である。淑景舎は庭前に桐の木が植えられているので私的に桐壺の局と呼ばれている。ところで、「枕草子」は桐の木について次のように記している。

桐の木の花、紫に咲きたるは、なほをかしきに、葉のひろごりざまぞ、うたてこちたけれど、こと木どもとひとしうい ふべきにもあらず。唐土にこと〳〵しき名つきたる鳥の、えりてこれにのみゐるらん、いみじう心こと也。まいて琴につくりて、さま〴〵なる音のいでくるなどは、をかしなど世のつねにいふべくやはある。いみじうこそめでたけれ。(三四段「木の花は」の一部)

右の「こと〳〵しき名つきたる鳥」は鳳凰で、桐だけを選んで栖とするといわれている。桐は「初夏、枝頂に淡紫色の花を多数円錐状につける」とある。清少納言は誤解をしている、鳳凰の好む桐の木と琴の材料にする桐の木の種類は異なるという注釈を加える参考書もあるが、それが清少納言だけの誤解なのであろうか。ここでは、紫式部も含めた宮廷の女性たちに共通する理解とみておきたい。後宮には、また、藤を植樹した藤壺の局がある。藤は植物事典を見ると「四、五月頃長い総状花序を垂れ、紫色・白色などの蝶形花をつける」とある。そこから、これは源氏物語の基礎的な知識に関係するが、桐の花の淡紫色、藤の花の紫色を関連づけて「紫のゆかり」が導かれてくる。「紫のゆかり」は、一般に、藤壺の宮、紫の上という人物系列でとらえられるが、実は植物の花の色合いの関係で、まずは桐壺更衣から出ているのである。

ところで、はるか後世になってからであるが、桐の木は、花と葉を合わせて、菊の文様と並んで皇室の高貴さを表す文様になる。そういう意味でいえばこの「御局は桐壺なり。」という一文は、必ずしも清涼殿から最も遠い、方角が不吉であるというマイナスの意味だけで理解すべきではない。一方で、光源氏の物語の始発としての意味をもっているということができよう。

参考3 「あまたの御方々を過ぎさせたまひて隙なき御前渡りに、人の御心を尽くしたまふもげにことわりと見えたり。～まさなきこともあり、また、ある時には～時も多かり」の三段におよぶ畳み掛けの表現に注目。女御や更衣たちの反感が少しずつ高まっていく様子が表されている。

参考4 帝は、桐壺更衣の出向が多いということで弘徽殿の女御や更衣たちからさまざまないやがらせを受けていることを知って、その対策として、「上の御局」を用意する。清涼殿には弘徽殿、藤壺の局にお住まいになる方々の専用の「上の御局」がある。現在は藤壺用の「上の御局」は空いているが、それを更衣に付与することはできない。藤壺の局に入れるのは、内親王か大臣の娘だけである。そこで、後涼殿の中に臨時に局として住んでいる更衣を別の局に移動させて、桐壺更衣の「上の御局」として付与したというのである（二三七ページ掲載の「清涼殿・後涼殿」参照）。この更衣がどういう位階の女性であるか、また、どこに移動させられたかなどは不明であるが、寵愛を受けている桐壺更衣のために自分が移動させられたという不満は払拭できない。帝のお召しが途絶えたことに加えて住み慣れた御局まで奪われたという恨みがその更衣に根強く残ることになる。

質問① 「秋好中宮」をはじめとする登場人物の呼び名にはどういう傾向が見られますか。

（回答）＝桐壺巻に直接の関係のない人物でしたが、「秋好中宮」という名称を説明したのは、「あきこのむの中宮」でなく「あきよしの中宮」と間違えて呼んだ人がいたからでした。「万葉集」に始まり「枕草子」でも取り上げられている春秋優劣論が源氏物語でも展開されて、紫の上が春を好んだのに対して、六条御息所の娘の中宮は秋を好むということで「あきこのむの中宮」と呼ばれています。桐壺巻にかぎって言えば、桐壺帝、桐壺更衣、弘徽殿の女御、藤壺の宮の各呼称は、「帝・更衣・女御・宮」に後宮の建物に由来をもつ呼称を加えています。そこから、例えば「弘徽殿の女御」は弘徽殿にお住まいの女御という呼び名であるといえます。

質問②　帝が、更衣ひとりに身辺の世話を求めるのは、現代の一夫一婦制の男女関係を理想と思っていたと理解していいですか。

〈回答〉＝そう受け取ってよいと思います。例えば「蜻蛉日記」を読むと、作者（藤原道綱の母）は現代の男女関係と同じ一夫一婦制をよしとして、夫の兼家に自分への誠実さを要求しています。ただ、作者は兼家の第一夫人でなく、第二夫人です。作者は、兼家が若い女性への「浮気」を防ぐために第一夫人にその対策をもちかけたりしています。そこに、作者の思いの矛盾が表れていますが、作者はわかっていないのです。その問題を考慮に入れても、原則として、現代と同じく一夫一婦制を望んでいることがよくわかります。これは、源氏物語の作者紫式部も同じです。帝は、心から愛し、信頼できる女性に自分の世話をしてほしいと望んでいます。そういう欲求は、一夫一婦制に近い発想だと思います。ただ、帝の場合は、どうしても優れた後継者を必要とするので、一人の女性だけでは十分でないという問題があります。

質問③　源氏物語はどういう点ですぐれた文学作品なのですか。

〈回答〉＝最初の第一部（三十三巻）だけで言っても、一人の人物の誕生から四十歳のお祝いを迎える人生（どう生きるか）を、当時の社会や風俗を描写しながら多面的に描き上げた作品と評価することができます。数多くの人物を登場させ、繊細で高質かつ雅《みやび》な大和ことばを駆使して人物の心理や当時の人間関係を巧みに描きあげている作品です。私は、自然描写や人物の心理描写などの優れた表現についても、原文を繰り返し読んで多面的に味わってほしいと思っています。文学作品の豊かな価値は、例えば、そのあらすじをかいつまんで語ったりすることによって、かなりのものが読みの過程で抜け落ちてしまいそうです。そこで、作品を一言で決めつけないで、読み方、接し方を変えてじっくりと読み味わってほしいと思っています。なお、源氏物語は、世界の五十の文学作品の中に数えられています。

質問④ 帝の更衣への愛は、何だか嫌がらせに思えてきますが、本当に更衣を愛していたのですか。

(回答)＝仮に帝が、自分の思いを抑えて、後宮における桐壺更衣の人間関係を大切にした愛し方を選んだとしたら、それは、今の後宮における女御、更衣のそれぞれの後見に配慮して、可もなく不可もない愛し方をすればよいということになります。つまり、第一に父親の官職・地位に応じる、第二に入内した年功序列に応じる、といった自らの心を抑制した愛し方をとるべきだということになります。実は、他の女御や更衣たちは右に述べた「公平な」扱いを帝に期待しています。その上、帝は、まだ年も若く、帝位に就いて年数があまり経っていないということで、政界の言いなりにならざるをえないところがあります。さらに何事にも不慣れであるというような事情があって後宮における立場が強いとはいえません。他方、桐壺更衣に目を転じると、容姿容貌は別として、決して権柄づくの態度をとらない、つねに帝の気持ちを優先する、豊かな学識があり詩歌管弦の素養も深い、人間性に富んでいるなどといった魅力に富んだ女性であって、何があっても傍におきたい、顔を見合わせたい、ことばを交わしたいと帝は願っています。そういう帝の態度や願望を認めるとすれば、帝の更衣への愛は決して「嫌がらせ」でないことになります。ただ、更衣は結果的に「なかなかなるもの思ひ」を味わうことになります。

質問⑤　光源氏の祖父、つまり、桐壺更衣の父はかつては按察使の大納言だったということですが、亡くなってしまったら、その威光はすっかり失われるものですか。

（回答）＝政治の実権は、大臣がにぎっています。現在の太政大臣の席は空席です。それで、左右の大臣が政治を動かしています。左大臣の方が右大臣より地位が高く、しかも、桐壺帝の姉妹を正妻に迎えています。しかし、現在の右大臣は、娘が誰よりも早く入内して女御になり、春宮に嘱望される第一皇子という有力な切り札を有しています。そういう竜虎相対立する政界にあって、大納言は大臣に次ぐ要職ではあるのですが、しかし、将来大臣の位に上るべき要員ではありません。かなり名誉職的な地位であるといえます。それも亡くなってしまえばもはや何の発言権ももちません。過去の威光はいくらかあるかもしれませんが、後宮に及ぼす効力は何もないといってもさしつかえないと思います。

質問⑥　帝が更衣を愛していたのはわかりますが、更衣は帝が好きだったのですか。更衣の気持ちがわかりません。

（回答）＝桐壺更衣は、幼少時から両親に将来の妃教育を十全に受けていたと考えられます。それは詩歌管弦の教養だけでなく、帝へのお仕えの態度やことば遣いなどの教育も含まれていました。それは自我を強く出さない、帝のお気持ちを何よりも尊重するといったしとやかさ、つつましさを大事にした人間教育でもありました。この桐壺更衣と正対する人物に弘徽殿の女御がいます。女御は、政治面で大きな力をもつ右大臣の長女なのですが、帝の意に逆らったり、苦情を言ったりしています。幼少時から、よほどお姫様として養育された気位の高い人物のように思われます。桐壺更衣の帝への愛情表現は語られていませんが、相思相愛であったと思われます。なお、桐壺巻は、桐壺更衣を語る上で、喩えていうと、すりガラスの向こうの世界の出来事を物語るような語り方をしています。はじめて更衣が自らの姿を現すのが、帝との別れの場面ということになります。そういうことで、桐壺更衣の内面がまだ直接に語られていないのです

【八】 盛大な御袴着の儀式

このみこ（皇子）みつ（三つ）になりたまふ年、御はかまぎ（袴着）のこと、一の宮のたてまつり（奉り）しにおとら（劣ら）ず、くらづかさ（内蔵寮）、をさめ殿（納殿）の物をつくし（尽くし）ていみじうせさせたまふ。それにつけても世のそしり（譏り）のみおほかれ（多かれ）ど、このみこ（皇子）のおよすけもておはする御かたち（容貌）心ばへありがたくめづらしきまで見えたまふを、えそねみあへたまはず。もののこころ（心）しり（知り）たまふ人は、かかる人も世にいで（出で）おはするものなりけりと、あさましきまでめ（目）をおどろかしたまふ。

参考1

「御袴着のこと、一の宮の奉りしに劣らず」云々は、一の宮とこの皇子の二人を対比させて、この皇子の盛大さを強調する表現。このように若君をほめる上で第一皇子を引き合いに出す表現は、この巻で繰り返し出てくる。容姿容貌や賢さなど個人的な資質の場合は問題がないが、儀式上の比較ということになると、帝が第二皇子の儀式に第一皇子以上の費用を出させることに関係している。「内蔵寮、納殿の物をつくしていみじうせさせたまふ」がそれである。先年の春宮の御袴着の儀式は、第一に宮廷の予算の中でまかない、不足分はおそらく外祖父の右大臣が自ら負担している。それに対して、若宮の御袴着の儀式は、帝の命令で豪華な儀式を挙行したが、その費用は

すべて宮廷が負担したのであった。そこで、世間は「それにつけても世の譏りのみ多かれど」という結果を招いているのである。

問題①　「この皇子のおよすけもておはする御容貌心ばへありがたくめづらしきまで見えたまふ」という表現の特に「心ばへ」については、これまでまだ語られていなかった二の皇子の特性である。この特別な性格を説明しよう。また、「ありがたくめづらしきまで」は御容貌だけでなく「心ばへ」も受けている。この「ありがたし」「めでたし」をわかりやすく説明してみよう。

〈解説例〉　A＝「心ばへ」は、テキストの訳文では「ご気性」としている。直接には心配り、気配りなど周りへの配慮をさすが、広くは人間性の意味である。この皇子は、幼いころから聡明で周囲に対する心配りも際立っている。この気づきのよさは、母である桐壺更衣ゆずりの特性であるように考えられる。「えそねみあへたまはず」という表現も、更衣に対する周りの人々の評価と同じであることがわかる。母更衣の人柄を受け継いでいるのである。

参考2　「あさましきまで目をおどろかしたまふ」は、「目をおどろかしたまふ」様子が「あさましき」と思えるほどだという意味である。こんなに心を動かされたのは、本当にはじめてのことだという心境を表している。この皇子がこの世に「ありがたくめづらしき」人だということで、感情的でなく物事を冷静に見、判断できる人たちは、あきれるほどに驚いている。

【九】 更衣危篤に陥る

その年の夏、みやす所（御息所）、はかなき心地にわづらひて、まかでなんとしたまふを、いとま（暇）さらにゆるさせたまはず。年ごろ、つね（常）のあつしさになりたまへれば、御めなれ（目馴れ）て、「なほしばしこころみよ」とのみのたまはするに、日々におもり（重り）たまひて、ただ五六日のほどにいとよはう（弱う）なれば、はは君（母君）なくなく（泣く泣く）そうし（奏し）てまかでさせたてまつりたまふ。かかるをりにも、あるまじきはぢ（恥）もこそと心づかひして、みこ（皇子）をばとどめたてまつりて、しのび（忍び）てぞいで（出で）たまふ。

〔本文表記〕 漢字を用いた宛字表記の「心見よ」を「こころみよ」に改めた。以下宛字は改めるようにした。

参考1 「その年の夏」で、桐壺巻の冒頭以下、初めて季節が示される。前の場面の「袴着」【八】は原則として初春に行われる儀式。その後、更衣の容態がよくなかった。そして暑い夏を迎えていっそう悪化したというのである。桐壺更衣は、ここでは「御息所」と呼ばれている。「皇子」を産んだことによる敬称であるが、この後、【三七】【四二】の場面で使われている用例があるだけである。「まかでなんとしたまふを」は、加持祈禱を受けるために里邸に退出しようとなさる意。あるいは、容態がもの思わしくないので、穢れの問題が生じることを恐れて里邸に退出しようとなさる意。

〔解説例〕 A＝ここで、「その年の夏」と初めて季節が示されたことは、その後の更衣の運命を暗示しているように思われる。今までの文章では更衣の容姿容貌が描かれ、とてもはかないイメージの人物として設定されていた。そのような更衣が、暑くて体調をこわしやすい「夏」を迎えることで、日に日に弱っていく状況を強調しているのではないか。頼りなげなイメージをより強く更衣に印象づけ、少しずつ衰弱していく様子が巧みに表現されているように感じられた。この場面で季節を明確にしたことは、意図的であると考えられる。

B＝「その年の夏」の直前の場面では、若宮が三歳になった初春のころのことが語られていた。そして、その若宮三歳の夏ということである。若宮の母であり帝の最愛の人である桐壺更衣の死は、やはり物語にとって大切な節目であるといえる。

参考2 「暇さらにゆるさせたまはず」の「さらに」は、一向に、ぜんぜん、の意。更衣の容態がどう悪化しようとも、何度お願いしても、といった事態の中で、帝のいっさい揺るぎのない姿勢を表す。次の「年ごろ」で始まる文で、その実例を語る。その文の「～とのみのたまはするに」の「のみ」が「さらに」と連動している。

（解説例） A＝更衣の容態が悪化しようとも、宮中から退出をゆるさなかった帝に、どんな時でも更衣から離れたくないという意思が感じられる。この「暇さらにゆるさせたまはず」は、【一二】の「かくながら、ともかくもならむを御覧じはてむと思しめすに」につながっている。桐壺帝は確かに浅はかな行動が少なくなかった。しかし、それは人々の頂点にたつ帝としてであって、桐壺更衣を愛する、身分など関係のない一人の男性としては、当然の行動であっただろう。この物語を読むには、登場人物の立場は大切なものであるが、時には立場などを外した一人の人間として考えることも大切ではないか。

参考3 「ただ五六日のほどに弱うなれば」の「ただ」は、現代語の「たった」に近い。ほんの、わずか。

（解説例） A＝「ただ」には様々な気持ちがこめられているように感じた。一つめは、数日の間にひどく衰弱してしまったことへの驚き。二つめは、帝に言われるがまま、しばらく様子を見るというだけで終わらせてしまったことへの後悔があるのではないかと思う。

B＝「ただ」は、現代語の「たった」「ほんのわずか」に近く、全体として、予期していたよりも弱ってしまったため茫然自失している気持ちを表す。帝の言うがままに様子を見ていたことへの後悔ももちろんだが、驚き、悲しみ、そして、衰弱していくことへの恐怖までが感じられる。

参考4 「母君泣く泣く奏してまかでさせたてまつりたまふ。～忍びてぞ出でたまふ」という表現で、更衣の退出が前置きとして語られた上で、改めて、帝と更衣の別れの場面が設定される。

(解説例) A＝更衣の母のことを語り出したのは、今までも更衣は体調が悪かったが、今日は本当に危険な状態であるという緊迫感を出すためである。また、次の場面が帝と更衣が会話を交わす最後の場面であるため、先に更衣の母を出して、更衣のことを心配しているのは帝だけではないのだということを示したかったのではないか。

B＝「母君泣く泣く奏して」という表現から、更衣の母親の涙まで見て帝がやっと里邸への退出を許可したことがわかる。男性が女性の流す涙を見るのはつらいと思うが、自分の愛している人の母親の涙を見るのはもっとつらいはずである。そのことから、更衣への愛情の深さ、執着心が並みひととおりのものでないことがわかる。

C＝帝が桐壺更衣をそばに置きたがるのは、宮中の規則を破ってでも更衣を看取りたいという強い思いがあるからである。更衣を退出させたのは、規則破りをとがめられることを恐れたからでなく、母君が泣く泣く申し上げたから、という理由が大きい。自分が更衣を愛しく思うように、母君も愛娘を大切に思う気持ちがあると気遣って母君の願いを聞き入れたのだと考える。

問題①　桐壺更衣の退出の前置き表現にわざわざ「皇子をばとどめたてまつりて」という断りを挿入しているが、それはどういうことを意味しているか。

〈解答例〉　**A＝**桐壺更衣は、宮中で死者を出すという、あってはならない事態が起こっては大変だと里下がりをする。宮中を退出することは死を予感しているということである。もう、二度と愛する帝に会えないかもしれないのだ。そのことで帝がとても悲しむということを知っているから、更衣は若宮を形見のような意味合いで帝の傍に残してきたのではないだろうか。自分が帝の傍にいたいという気持ちを必死にこらえて、「私ができないから、せめて若宮は」と若宮に自分の気持ちをたくす思いがあったのかもしれない。加えて、いわば若宮の未来は帝次第と言えるから、若宮の将来を期待する心もあったのかもしれない。

B＝私は、次のように考えた。皇子を宮中に残すことで、帝と更衣の別れが際立つのではないか。帝と更衣の別れの場面では、男と女としての二人が描かれていて、とても美しいと感じた。そこに子どもを書き加えるのは何か奇妙に思えるからだ。

C＝皇子は、母親が衰弱する様子を見たり最悪の場合母親の死に直面したりするにはあまりに幼く、周囲の人々から見てもいたたまれないため、宮中に残す。

◆桐壺帝についての感想三編

A＝私は、帝という立場について勘違いしていたなと思いました。帝は絶対的な権力を持っているので、すべてを思い通りに動かせると思っていましたが、弘徽殿の女御の諫めに耳を傾けなければならない点などから、権力的なものを見ようとすると、この時代は男性よりも女性の方にポイントを置いた方がわかりやすい気がします。帝の更衣への寵愛ぶりを見て、私は帝がまだ成熟していないのではないかと思いました。帝の年齢はよくわかりませんが、当時は元服する年齢も低く、平均寿命も高くなかったわけですら、帝はまだ若かったのではないかと思いました。帝と聞くと大人の男性を想像するし、子どもの父親といえばなおさらしっかりした大人を思い浮かべてしまいがちですが、帝を大人としてみると配慮の足りない、あさはかな男性に見えてしまいます。しかし、まだ若年の男性だったとしたら帝のことばにも行動にも納得できるという感想を持ちました。

B＝帝の更衣に対する寵愛ぶりは凄いものだったと思いました。帝の子どものような更衣への愛情には少し怖い部分もあります。弘徽殿の女御が更衣を恨むのもわかる気がします。帝は「帝」という立場でなければよかったのではないかとさえ思いました。ただ一人の人間として桐壺更衣と二人、前世からの運命で結ばれていたら、と思ってしまうところがあります。桐壺帝には、弘徽殿の女御の立場から考えると腹立たしい気持ちになりますが、帝の気持になって見ると、むしろ可哀そうに思えます。この桐壺巻を、私は、帝の心情になって読んでみても面白そうだと思いました。

C＝前回の感想に「帝は宮中で孤独だったのではないか」という見方が出ていましたが、自分は前回までは「帝の行動は浅はか」という見方に傾いていました。今日は、「浅はか」という見方だけでなく「孤独だった」という見方にも同意したいと思うようになりました。自分は帝であるが、相手が年長で、それも右大臣の娘ともなれば、やはり交わすことばは固くなり、決して楽しい会話ではなかったのではなかろうかと思うようになりました。

質問①　桐壺帝は桐壺更衣の局をもっと清涼殿近くに移すことは考えなかったのでしょうか。

(回答)＝すでに後宮の東北に位置する淑景舎を局としている更衣に、寵愛の結果、その居住地を清涼殿への行き来に便利な別の建物に移すということは、当時の決まりの上からは考えることができません。桐壺巻には「かぎり」という規則・決まりを表すことばが何度か使われています。帝の権力をもってしても局を動かすことは不可能なことだと思われます。桐壺帝はまだ若くて、右大臣など自分を帝に擁立してくれた臣下の人達の動静や思惑を軽視することができません。更衣を愛して、いつもそばにおきたいという願望を持つこと自体がすでに帝の態度として誤っているからです。

質問②　藤壺は先帝の四の宮のはずです。先帝と桐壺帝に血のつながりはないのですか。それとも、この時代は、たとえ兄と妹であっても、血筋に関係なく結婚していたのですか。

(回答)＝先帝と桐壺帝の関係はよくわかっていません。兄弟なのか、伯父・叔父と甥の関係であるのか、よくわかりません。しかし、親子ではありません。というのは、結婚ができないのは、親子、兄弟姉妹だけだからです。「桐壺巻人物関係図」（二三二ページ）にその関係を示しておきました。なお、当時は、現代と違って伯父・叔父と姪は結婚することができました。そこで、先帝が桐壺帝の伯父・叔父であるだけでなく、兄である可能性も否定できません。現在は、従兄妹・従姉弟の間柄までは結婚できますね。

質問③　弘徽殿の女御は右大臣家の長女なので、幼少のころから入内を配慮して帝の寵愛を受けるように言われてきたと思います。その女御が、一の皇子を産んでいるにもかかわらず、帝に愛されていません。とてもかわいそうに思うのですが、先生はどう思いますか。

(回答)＝弘徽殿の女御は、おそらく右大臣邸の姫君として大切に育てられたということで、気位も高く、人に尽くされることに慣れていて、逆に帝に尽くすといったことに気持ちが至らない人物ではないでしょうか。それは、後に光源氏と一緒になる葵の上にも共通することです。弘徽殿の女御は、確かに見方をすっかり変えて、父である右大臣の立場に立つなどして判断すればかわいそうな人という評価もできなくはありませんが、源氏物語の第一部（桐壺巻～藤裏葉巻）では苛め役（敵役）に徹しています。

質問④ 帝や更衣などの登場人物の年齢について、まったく想像がつかないのですが、どれくらいの年齢だったのですか。

(回答)＝確かに、桐壺帝や桐壺更衣などの年齢についてはどこにも語られていません。この更衣には後の【五】で若宮（第二皇子）が授かります。帝にはすでに第一皇子が誕生しています。また、この巻の後半の【三三】には弘徽殿の女御に二人の皇女が生まれていることが語られます。その二人はあるいは若君よりも年少であるのかわかりませんが、もしも一人でも年長であるのであれば、桐壺更衣が若宮を産む時点で早くも二人の御子をもうけているということになり、弘徽殿の女御の入内の時期をいっそう早く推定しなければならなくなります。桐壺巻で言えば、主人公の光源氏は元服した日に新妻の待つ左大臣の邸宅を訪ねています。この時の若君の年齢は十二歳で、相手の大殿の女君は四歳年長の十六歳です。それから言えば、帝の年齢は、若宮が生まれた時点で高く見積もっても二十歳、あるいは十代後半、また、桐壺更衣は入内した年齢が十四、五歳くらいと推測されます。故大納言は、自分の娘が入内できる年齢を迎えるまで生きながらえることができなかったのでしょう。それに対して、弘徽殿の女御は帝より何歳か年長ではないかと思われます。帝の年齢を二十歳以下と推量したのですが、この若い帝では政治的にまだ不安定であって、左大臣、右大臣の支えを必要としていることを意味します。なお、この桐壺帝の有力なモデルの一人とされる醍醐帝は十二歳で即位しています。そして、弘徽殿の女御は第一夫人ですから、即位時ではなく若君のように元服時に迎えられたのでしょう。仮に帝よりも四、五歳年長だとし、帝の年齢を二十歳とすると、弘徽殿の女御の現在の年齢は、二十四、五歳ということになるでしょう。なおまた、紫式部のお仕えした中宮彰子は十二歳で入内しています。これは藤原道長という時の権力者の娘だからできたことで、入内するには若すぎるように考えられます。

【一〇】更衣の病に帝苦悩

かぎり（限り）あれば、さのみもえとどめさせたまはず、御覧じだにおくら（送ら）ぬおぼつかなさをいふ（言ふ）方なくおもほさ（思ほさ）る。いとにほひやかにうつくしげなる人の、いたうおもやせ（面痩せ）て、いとあはれとものを思ひしみながら、こと（言）にいで（出で）てもきこえ（聞こえ）やらず、あるかなきかにきえいり（消え入り）つつものしたまふを御覧ずるに、きし方ゆくすゑ（来し方行く末）おぼし（思し）めされず、よろづのことをなくなく（泣く泣く）ちぎり（契り）のたまはすれど、御いらへ（答へ）もえきこえ（聞こえ）たまはず、まみなどもいとたゆげにて、いとどなよなよとわれかのけしき（気色）にてふし（臥し）たれば、いかさまにとおぼし（思し）めしまどはる。

参考1「限りあれば、さのみもえとどめさせたまはず」については、テキストの「更衣の死期の近づいていることが暗示される」「死を予感する男女の離別として語られていく」に注目。この一文は、帝の立場に添った表現で、【九】の結びの「忍びてぞ出でたまふ」を受けて、改めて別れの場面を詳しく語りはじめる、その別れの場面の導入・前置きとしての役割をもつ。帝としては、本当は最後まで引き止めたかった、きちんと見送りをしたかった、結局、折れて退出を許してしまったという心残りを含みもつ表現ということができる。

問題①　「いとにほひやかにうつくしげなる人の～いとどなよなよとわれかの気色にて臥したれば」の表現に桐壺更衣の容姿容貌が描写されている。いったい、桐壺更衣はどういう容姿容貌であったといえるであろうか。ことばを加えて説明してみよう。（桐壺更衣人物論―その1）

（解答例）　**A＝**今すぐ消えてしまいそうな儚い雰囲気がある。病気の所為で弱っているけれども、もともと更衣はとても美しく線が細く儚そうなイメージがある。帝が更衣の気持ちや立場をあまり考えずに更衣を愛していたのも、更衣がまるで人間臭くなく、かよわい存在だったからではないか。

Aさんへの補足＝桐壺更衣には、後宮で生きていくために必要な「強さ」とでもいうべきものをまったく見つけられない。桐壺帝と後に長い時間を過ごすことになる藤壺の宮には冷泉帝を出産して「母の強さ」とでもいうべきものを見ることができるが、同じように一人の子どもを出産した桐壺更衣にはその強さが見られない。桐壺更衣は、母にはなってはいるが、永遠に乙女のような人だったのではないか。

B＝更衣の人物形象に用いられることばは、どれも讃美的で更衣がいかに優れた存在であるかが印象づけられる。ところが、更衣がどのような場面でどのような優れたところを発揮したかなどの具体的な描写はうかがうことができない。どんな発言や行動をとったかという挿話を用意すると、そこに彼女の「美」としての具体性が生じてしまい、読み手に好き嫌いの感情を喚起してしまう。そうすると、帝がそこまで愛するのにふさわしい女性であったかという不可解さを与える危険性が生じる。そうした危険性を回避した結果、具体性を欠いたのではないだろうか。

C＝「いとにほひやかにうつくしげなる人」の「にほひやかに」は桐壺更衣の内面から出る優しさや情愛の深い心、穏やかさが滲み出ているさまを表現しているのではないか。美しくてかわいらしい、というのは言うにおよばず、他の女御や更衣にはない、その内面の輝きによって帝は桐壺更衣を愛したと思う。それは、恋愛の駆け引きや政治的な背景などに縛られない「精神的な意味での自由な」、言い換えると純粋な愛だったのではないだろうか。

参考2「いかさまにと思しめしまどはる」の「まどふ」は、「まよふ」と違って、何をしてよいか、どうしてよいか皆目わからないというすっかり困惑した状態を表す。それに対して、「まよふ」は選択肢を前提とする。

（解説例） A＝普段から体の弱い桐壺更衣であったが、今はさらになよなよとしてとてもだるそうな状態であった。「まよふ」よりも「まどふ」のほうが帝が桐壺更衣の容態を見て途方に暮れる様子がより強く感じられる。更衣を元気な姿にもどす選択肢が皆無に等しいことを意味する。また、途方に暮れ絶望的な状況の帝の心情も察することができる。

【二】 帝と更衣の永久の別れ

てぐるま（輦車）の宣旨（せんじ）などのたまはせても、またいら（入ら）せたまひてさらにえゆるさせたまはず。「かぎり（限り）あらむみち（道）にもおくれ（後れ）さきだた（先立た）じとちぎら（契ら）せたまひけるを。さりともうちすて（棄て）てはえゆき（行き）やらじ」とのたまはするを、女もいといみじと見たてまつりて、

「かぎりとて　わかるる（別るる）道の　悲しきに　いかまほしきは　いのち（命）なりけり

いとかく思ひたまへましかば」と、いき（息）もたえ（絶え）つつ、きこえ（聞こえ）まほしげなることはありげなれど、いとくるしげに（苦しげに）たゆげなれば、かくながら、ともかくもならむを御覧じはてむとおぼし（思し）めすに、「けふ（今日）はじむべきいのり（祈禱）ども、さるべき人々うけたまはれる、こよひ（今宵）より」ときこえ（聞こえ）いそがせ（急がせ）ば、わりなくおもほし（思ほし）ながらまかでさせたまふ。

問題①　「限りあらむ道にも」以下の帝の発話内容から、帝と更衣は日ごろどういう約束をしていたと考えることができるか。

（解答例）　**A**＝死が帝と更衣の二人を別の世界に切り離すことは帝に堪えられないことであった。病気になって里に戻ることさえ許さないくらいなのだから、「死別」という別れほどつらいものはなかった。この帝の様子から日ごろからも共に居てほしい、何があろうとも傍にいてほしいと更衣に頼っていたことが導かれる。

B＝更衣を常に自分の傍においてきた帝にとって更衣が己から離れることはありえないと思っている。死後もいっしょに在りつづけようと当然のように帝と更衣は固い約束を交わしていた。それが、更衣の衰弱という現状に接して、帝は願いをこめて「さりともうち棄てては え行きやらじ」と伝えた。

C＝「限りあらむ道」は、前世の因縁でその時期も定められている死出の道という意味である。このことばを用いた二人の約束を瀕死の更衣に言ったということは、帝も更衣の死が近く、死が必至であることに、少なからず気付いていたからであろう。そして、運命によって決まっている死の道でさえ、互いを想い合う二人の気持ちを強めることばとして使うことで、帝なりに更衣を励ましているのではないか。その後に、更衣のことを「女」と表し、この場面で一人の男と女として帝と更衣を扱うことにより、その効果を上げている。前世での因縁を重視するこの時代で、それに絡めたこの発言は、二人の愛の深さをより強く光らせ、読み手に帝の想いの深さをわからせるのに十分な効果を持っている。

参考1 テキストの脚注の「『女』の呼称に注意。男女関係を強調する表現である」は大切な指摘。なお、このことは、清水好子著『源氏の女君　増補版』（はなわ新書　一九六七年初版）に藤壺の宮に関連した考察として展開されている。

〈解説例〉 **A＝**これは、男女の関係をもったから「女」と使っているだけでなく、帝の更衣への愛の深さもうかがうことができる。自分が帝であることや、身分、取り巻く環境などすべて取っ払って更衣を一人の女性として見、愛しているからではないか。

B＝桐壺が、更衣でも若宮の母でもなくて、帝にとって大切な一人の女性であることを表している。

C＝「女も」と呼称されているところから見て、帝と更衣は、互いに愛情を確かめ合っていたように感じられる。一人の女性として帝を愛していたのだろう。おそらく更衣も、入内したころはここまで帝に愛されるとは思っていなかったと思う。家のために帝に気に入ってもらうという願いがあって入内した。しかし、帝からの純粋で豊かな愛を受けて、そうした下心や政治的な野心も消えて、純粋に「一人の男を愛する」ことができたということで、「女」という呼称になっているのではないか。

■問題② 更衣の詠んだ「かぎりとて」の歌の意味をわかりやすく説明してみよう。■

〈解答例〉 **A＝**自分が今、生から別れて進む道を行くことの恐怖、淋しさ、不安、悲しみの気持ちを詠み上げることで「生きる」ことへの希望を表現している。絶望を表すことで、自らの切実な叶わぬ願いを歌に表現している。更衣もまた「帝と共に生きたい」という強い願いがあったと受け取りたい。

B＝更衣の詠んだ歌は帝のことばに対する「返歌」であろうと思われる。なぜなら、「限りあらむ道」という帝のことばを受けて「限りとて」と詠っているからである。また、内容を見ても、帝が「自分を残して死ぬようなことはないよね」と言うのに対して、「私は生きていたいのです」と歌の中ではっきり返事をしていることから見ても、これは返歌であると思われる。

C＝桐壺更衣の歌について、私は「贈歌」であると考える。帝を一人残して自分は死んでしまう。せめて自分を忘れないでいてもらうために、「思い出のよすが」として歌を贈ったのではないか。この歌を最期に贈り、帝は返歌ができなかった。帝の心・頭の中には、「まだ返事を出せていない歌」として死ぬまではがゆさを残し続けるだろう。これはもしかして、自分を忘れてほしくないという桐壺更衣の願いのようなものかもしれない。

問題③ 歌に続く「いとかく思ひたまへましかば」は、一般に「(歌の)添えことば」と呼ばれている。テキストの脚注に「『……ましかば……まし』の形で、反実仮想の構文。……であったら……であろうに。ここでは初めからこうなることが分っていたら、なまじ帝のご寵愛をいただかなければよかったろうに、の意か。遺されるわが皇子の将来を頼みたいところだが、と解する説もあるが、とらない。更衣は、『……まし』までは言いおおせることができず、右の歌のほか言うべき言葉を知らない」と示されている。この添えことばについて、脚注を参考にして説明してみよう。

〈解答例〉 A＝「いとかく思ひたまへましかば」は反実仮想を表す表現で、テキストに「こんなことになろうとかねて存じておりましたら……」と訳されているが、その後半は声に出して言えていない。私は、テキストの「なまじ帝

のご寵愛をいただけなければよかったろうに」という解釈は、息も絶え絶えになりながら死ぬ間際に女性が世間体すら気にせずに自分を心から愛してくださった帝に言うことばとして可能性が低いと思う。直前の歌で「生かまほしきは命なりけり」といっているのは、生きて、帝や皇子の傍にいたいという意味にとることができる。つまり「〜ましかば」の後には二人のためにもっとしてあげたいことや、すべきことがあるという、プラスの意味の表現が続くほうが自然である。

B＝更衣は「こんなことになるんだったら、いっそ帝と会わなければ良かった」と思ったのか。帝と会わなければ大切な人との別れで悲しみながら死んでいくこともなかったのだと。しかし、私は更衣にそのようなことを思ってほしくはない。それはとても悲しいことではないか。別れはとてもつらいことではあるが、会えてよかった、愛し合えて良かったのだと、更衣には思ってほしい。それくらいなら、それまでの甘い帝と更衣との話から一転し、現実寄りになり、意地が悪いとも感じられるが、「若宮のことを帝に頼んでおくんだった」とか、「若宮を東宮にしてもらえるよう帝に圧力をかけておくんだった」などのほうがまだ私にはましだと思った。

C＝その前の歌で「自分の死はおそらく確実だと悟っているが、それでも私は生きたいのです」という意思を明らかにする。その「生きたい」という意思は、更衣の帝への愛情の深さから離れたくないという気持ちの現れである。その上で、「いとかく思ひたまへましかば」というのは、「私がこんなにあなたを好きになるとわかっていたなら」もしくは「私たちがこんなに愛し合うとわかっていたなら」と続くと考える方が自然である。このことばの途中で息が途切れ途切れになってしまうので、続くことばがわからないが、「私の体がもっと強かったらよかったのです」とか「身分の関係のない世界に生まれたかったですね」などと続きそうである。帝が歌の前に「限りあらむ道にも〜」と「前世からのつながり」めいたことを伝えた、その返事として考えるなら、「生」を持ち出し、前向きに生きていただこうとする後者の方が適している印象がある。

参考2 「かくながら、ともかくもならむを御覧じはてむと思しめすに」は、宮中に厳然と立ちふさがる掟を破ってもかまわない、自分が心から愛する更衣の最期を看取りたいと願う帝の切なる気持ちを表している。帝は、この時点で、帝位を降りてもいい、たとえ譲位を迫られるとしても、それよりも更衣の傍にいたいと考えていたのではないだろうか。

問題④ 「今日はじむべき祈禱ども」云々の発話は、帝を説得するための発話でもある。それは、どういう意味で説得的であるのか。

（解答例） **A**＝帝は元々は桐壺更衣のことに関しては宮中のきまりを無視する傾向があったが、加えて、桐壺の今にも死にそうな様子に直面して取り乱しているので、「掟だから退出させてください」といった頼みはまったく通用しない。このまま桐壺更衣が死んでしまうのは穢れの問題もあるし、退出させてしかるべき処置をしたら回復するかもしれないという希望もなくはないから、母君もとにかく更衣を退出させようと必死になっている。そこで、帝には「掟だから」というのでなく「更衣を助ける（回復させる）ために」退出させてくださいと、説得したのである。更衣のためなら何でもしようとする帝にはこのことばは効いたと思う。

B＝今にも命が消えそうになっている更衣だが、祈禱によって回復する可能性があるのだと帝に希望をもたせることができる。そう言われればさすがの帝も、回復して元気な姿の更衣にもう一度会えるのならと、退出を許すはずである。

C＝帝が宮中の掟を無視して更衣を看取ろうとすることに対する説得。更衣の親族側からすれば、宮中で桐壺が死を迎えると宮中に穢れを生じさせた一族という汚名を帯びるおそれが出てくる。自分たちが罪や恥に問われることになる。それを避けるための説得であったと思われる。宮中での「帝」としての立場でなく、一人の男としての行動を諫める意味もあったのではないか。

参考3 「わりなく思ほしながらまかでさせたまふ」で、宮中の別離の場面、あるいはすぐ後の状況を先取りすれば、生前の更衣と帝の最期の別れの場面が終わりを告げることになる。「わりなく思ほしながら」は帝が全然納得していないけれども、周りからせきたてられて渋々に、の意。次の文からは、すでに更衣に退出された後の帝の様子を語る場面になる。テキストの「退下して間もない絶命は、帝の執心の激しさをおのずから語るとともに、その後の帝の動転と絶望をも必然化している」という考察は優れている。

【一二】更衣の逝去

御むね（胸）のみつとふたがりて、つゆまどろまれず、あかし（明かし）かねさせたまふ。御つかひ（使）のゆきかふ（行きかふ）ほどもなきに、なほいぶせさをかぎり（限り）なくのたまはせつるを、「夜半うちすぐる（過ぐる）ほどになむ、たえ（絶え）はてたまひぬる」となきさはげ（泣き騒げ）ば、御つかひ（使）もいとあへなくてかへりまゐり（帰り参り）ぬ。きこしめす（聞こしめす）御心まどひ、なにごと（何ごと）もおぼしめし（思しめし）わかれず、こもり（籠り）おはします。

問題① 更衣に取り残されて一人悲しみに沈む帝の心情が右の本文に詳しく語られている。

それを、三つの過程にわけて整理してみよう。

〈解答例〉 A＝更衣が離れていってしまうのもいやで、その上、病気で弱々しいすがたの更衣が心配でならなく、胸いっぱいにふさがって、眠ることもできなかった。最初は離れることが悲しく、次は病気で弱った更衣に自分が何もしてやれないで悲しんでいる。そして、最後には、更衣の死を知って周りのことなどを気にすることもできないほどに悲しみにくれている。

〈感想〉＝この場面は、桐壺更衣が里邸に帰ってほどなく亡くなる様子を述べているが、それを悲しみにくれる帝の心を通して描いているところがすばらしいと思います。

〈桐壺更衣についての感想〉＝平安時代は現代と違い一夫多妻制であったため、源氏物語には女性たちの嫉妬や憎しみが数多く語られている。その中で、桐壺更衣は帝に寵愛を受ければ受けるほど他の女御や更衣たちの憎しみを買ってしまい、普段から弱い人であるのに病気がいっそう重くなる。よほどつらいことが多かったのだろう。しかし、かわいい男皇子まで生まれ、更衣はとても幸せであったと思う。桐壺更衣は身分が特に高くなく後楯もしっかりしていなかったが、亡くなった後も帝の心に忘れられない女性として住み着いているほどに深く愛された人であった。短い人生で、幼い皇子と少ししか一緒にいられなかったが、それでもその点では幸せであっただろうと思う。

【一三】 無心の皇子

みこ（皇子）は、かくてもいと御覧ぜまほしけれど、かかるほどにさぶらひたまふれい（例）なきことなれば、まかでたまひなむとす。なにごと（何ごと）かあらむともおぼし（思し）たらず、さぶらふ人々のなき（泣き）まどひ、うへ（上）も御なみだ（涙）のひま（隙）なくながれ（流れ）

おはしますを、あやしと見たてまつりたまへるを。よろしきことにだにかかるわかれ（別れ）のかなしから（悲しから）ぬはなきわざなるを、ましてあはれにいふ（言ふ）かひなし。

参考1 「皇子は、かくてもいと御覧ぜまほしけれど、かかるほどにさぶらひたまふ例なきことなれば」の「例なきことなれば」は、脚注に「服喪のため、宮中を退出するのが慣例。延喜七年に、七歳以下は服喪に及ばぬと定められた。この三歳の源氏が亡き母更衣の里邸にいたとあるのは、それ以前の時代を描いていることになる」と記されている。源氏物語は、紫式部の執筆した時期よりほぼ百年前の時代社会が設定されている。このことは、山田孝雄氏が『源氏物語の音楽』（宝文館）で楽器に関連して指摘したことである。その一〇世紀の初頭はまだ三歳の皇子であっても服喪のために宮中から退出しなければならなかった。『註解養老令』（會田範治著　有信堂　昭和三九年三月）の「葬喪令第廿六の「（一七）凡服紀者、為レ君、父母及夫、本主一、一年。」（（譯）凡そ服紀は、君、父母および夫、本主のために一年。）がそのきまりである。事情が何も理解できていない幼い若君が喪に服するために宮中から退出する情景は、帝だけでなく読者の悲しみも誘う。なお、「かくてもいと御覧ぜまほしけれど」という帝の気持ちは、【一一】の場面の「かくながら、ともかくもならむを御覧じはてむと思しめすに」に通じ、哀切の情に関係する。なおまた、右の「葬喪例」の一七には、服喪の期間が一年と記されているが、若宮は少なくとも半年を過ぎたところで帰参している。「養老令」以降、何らかの例外的な措置が講じられているのかもしれない。

参考2 まだ何も理解できない幼い若宮を対置的に描写することによって、父帝をはじめとする人々の悲しみに沈む状況を活写する。

問題① 「よろしきことにだに」云々は「～だに、まして～」の構文である。どういうことを意味しているか、整理してみよう。

（解答例） A＝桐壺更衣が亡くなって悲しみにくれている人々からすれば、母親が亡くなったことを理解できないほどに無邪気な若宮のしぐさを見ていると、更衣が生きていたかったであろうと思わせ、ますます悲しくなるのではないだろうか。それだけでなく、帝にとっては、更衣が残した若宮といることが悲しみの中の希望であったであろうに、宮中のしきたりで、その若君ともいっしょにいることができない。とてもつらいと思う。帝という立場が一人の男性としての桐壺帝をさらに苦しめている。

B＝普通に母を亡くしただけでも悲しいはずなのに、若宮はまだ幼くてそのことが理解できないということがいっそうかわいそうに思える。さらに、母親が病気ということでほとんど会えないまま、この世に残されていることがまわりの同情をよりいっそうかきたてている。

【一四】 悲痛な母北の方

かぎり（限り）あれば、れい（例）のさほふ（作法）にをさめたてまつるを、はは（母）北の方、おなじ（同じ）けぶり（煙）にのぼりなむとなき（泣き）こがれたまひて、御おくり（送り）の女房のくるま（車）にしたひ（慕ひ）のり（乗り）たまひて、をたぎ（愛宕）といふ所に、いといかめしうそのさほう（作法）したるに、おはしつき（着き）たる心地、いかばかりかはありけむ。「むなしき御から（骸）を見る見る、なほおはするものとおもふ（思ふ）がいとかひなければ、はひ（灰）になりたまはむを見たてまつりて、いま（今）はなき（亡き）人とひたぶるに思ひなりなん」とさかしうのたまひつれど、くるま（車）よりもおち（落ち）ぬべうまろびたまへば、さは思ひつかしと、人々もてわづらひきこゆ。

参考1 「限りあれば」には二つの意味がある。一つは、もしかしたら蘇生するのではないかという期待や願いからぎりぎりまで待っていたが、もはや限界だという意味である。もう一つは、帝の気持ちとして盛大な葬儀を営みたいが、更衣という地位・身分があるので、という意味である。ここは、それらのいずれかというよりも、両方の意味をもつと考えたい。前者であれば、例えば光源氏の正妻の大殿の女君（葵の上）が亡くなったときも、蘇生を期待して待ちに待ったことが語られている。また、紫の上が息を引き取ったときは、尊いお経によって蘇生したことが語られている。次に、後者であれば、すでに述べたように、更衣という地位・身分に応じた儀式のしばり（規定）と取り残された人たちの荘厳に執り行いたいという願いの落差について言及していることになる。

参考2 「母北の方」という名称に注目。桐壺更衣にとっての「母」、亡き按察使大納言にとっての「北の方」、すなわち、この邸宅の「女主《おんなあるじ》」という二つの立場を併せ表す。これが若宮の立場からは【三二】の「かの御おば（祖母）北の方」になる。

参考3 発話「むなしき御骸を見る見る」云々にこめられた母北の方の思いに留意したい。「見る見る」は同じ動詞を重ねることで強調的な意味を表す。「しっかり目に焼きつける」「この目で確かに見る」ことによって、娘の更衣がもう生きていないこと、この世にいないことを自分に納得させたいと考えているのである。

質問① 日本の葬制には、古来、火葬、土葬、水葬、風葬などがあるようですが、この時代は火葬になっていたのですか。それとも貴族だけが火葬だったのでしょうか。

(回答)＝現在の日本は、地域によって火葬と土葬が行われています。火葬は肉体の早めの消滅の方法です。それは、疫病対策、遺体への悪行対策、また、墓地対策などに関係しています。亡くなった人の魂を遺骨とともに必要な場所に移動させることもできます。火葬は仏教とともに日本に伝わってきました。「荼毘にふす」ということばがそれです。さて、源氏物語の時代の死去は魂が肉体から抜け出ることを意味します。霊魂が去った肉体は単なるぬけがらでしかありません。母北の方のことばに「空しき御骸」ということばがありますが、それがぬけがらのことです。平安京に都を移した桓武帝は、遷都を計画した延暦十二年八月十日に「平安京周辺の諸山での死体埋葬と樹木の伐採を禁止」しました(『日本後紀（上）』森田悌著 講談社文庫)。つまり、山中の土葬を禁止したわけです。当時の史料によると、庶民はなきがらを川に流したり、山に運んだり、道路わきに放置したりしていたようです。芥川龍之介の「羅生門」に、下人が羅生門の階段を上ると数多くの死体が放置されている様子が描かれていましたが、それは庶民の葬送の一つの扱いということでしょう。ところが、身分の高い人の肉体は、放置すると悪霊に乗っ取られる恐れもあるということで、慎重な扱いが行われました。桐壺更衣は東山の鳥部野で火葬に付されました。その葬儀も母北の方などは火葬に至る儀式までは参列したようですが、その後は鴨川でお祓いをして終了としていたようです。火葬の後のお骨はお仕えしている人が拾って墓地に収めていたようですが、そのお墓はよほどの身分の方でもどこかわからないといった状況であったようです。ところで、当時の土葬の場所としては北部の船岡山が有名でした。また、中世の『徒然草』第七段には「あだし野の露消ゆる時なく、鳥部山の煙立ちさらで」云々とあります。「あだし野」は風葬の地だったといわれています。それらのことからいえば、紫式部の墓が小野篁の墓と並んで現存していますが、それなどは極めて稀有なことだと言わなければなりません。なお、『平凡社大百科事典』

（一九八四年刊）の「火葬」の小項目「日本の火葬」には、火葬と土葬について、仏教の宗派による違い、地域による違い、時代による違いなどの説明があります。

（参考）1『増補改訂　葬儀の歴史』芳賀登著　雄山閣　昭和四五年初版　四九年増補改訂版

2『都市平安京』西山良平著　京都大学学術出版会　二〇〇四年六月

【一五】三位の位の追贈

うち（内裏）より御つかひ（使）あり。三位〔みつ〕のくらゐ（位）おくり（贈り）たまふよし、勅使き（来）て、その宣命〔せんみやう〕読むなん、悲しきことなりける。女御とだにいは（言は）せずなりぬるがあかずくちをしう（口惜しう）おぼさるれ（思さるれ）ば、いまひときざみ（一階）の位をだにとおくら（贈ら）せたまふなりけり。これにつけても、にくみ（憎み）たまふ人々おほかり（多かり）。もの思ひしり（知り）たまふは、さまかたち（容貌）などのめでたかりしこと、心ばせのなだらかにめやすくにくみ（憎み）がたかりしことなど、いま（今）ぞおぼしいづる（思し出づる）。さまあしき御もてなしゆゑこそ、すげなうそねみたまひしか、人がら（人柄）のあはれになさけ（情）ありし御心を、うへ（上）の女房などもこひ（恋）しのびあへり。「なくてぞ」とは、かかるをりにやと見えたり。

〔本文表記〕明融臨模本の桐壺巻の本文は「内裏〔うち〕」をすべて「内」と表記している。以下、すべて「うち（内裏）」に改める。

参考1 「内裏より御使あり」の場面で、三位の位を追贈したことの帝の思いとそれに触発される女御たちの反発とが、これまでに語られたことの反復として語り出されている。読者は、ここでもまたそうかと受け取ることになる。一種のリフレインである。なお、桐壺更衣の位階は正四位上で、追贈された位階は従三位《じゅさんみ》である。源氏物語は女性の読み物であるから「みつ」という和語が使われている。帝の気持ちは「女御とだに言はせずなりぬるがあかず口惜しう思さるれば」と語られている。「女御とだに言はせずなりぬる」は、本当であれば、若宮を春宮に立て、更衣を中宮にしたい、せめて女御にしてあげたいという思いがあったことを表している。

問題① 「もの思ひ知りたまふは」以下に、更衣の容貌や人柄が好意的に表現されている。これらから、桐壺更衣はどういう人物であったと言えそうか。（桐壺更衣人物論―その2）

〈解答例〉 A＝桐壺更衣は、見た目が美しいことはもちろん、性格もおだやかで、邪気のない人であった。帝からの愛が深いものだから、女御たちから嫉まれたり憎まれたりもしたが、桐壺更衣と親しく接した人であれば憎むことなどとうていできないような優しくつつしみ深い人柄だったのではないか。年上の妃たちはその素直さや明るさゆえに妹みたいだと思っただろうし、桐壺更衣は特有の華やかさがあって宮中を明るくしていたようにと思う。

問題② 「人柄のあはれに情ありし御心を、上の女房なども恋しのびあへり」には、他の女御・更衣などとも接する機会の多い「上の女房」の琴線にふれたような思い出が語られている。ここから、桐壺更衣はどういう人物だと言えそうか。（桐壺更衣人物論―その3）

〈解答例〉A＝「上の女房」とは、女御や更衣よりも身分の低い女官や乳母などのことである。桐壺更衣は帝の指示で帝の身の回りのお世話をしていたが、本来それは上の女房の務めであるから、更衣は女房たちの務めを奪っていたことになる。そのために生前嫌われることもあったが、そんな、自分を毛嫌いする相手に対しても、更衣はただ純粋な優しさをもって接する人物だったと思われる。また、そんな情の深い更衣であるから、帝のお世話にしてもその心配りがすばらしかったのではないかと推測される。それゆえに、更衣の死後、上の女房たちが更衣を思い出しては恋しさを抑えきれなくなるのではないかと思う。

B＝更衣は姿や顔立ちが美しいことはもちろんのこと、気立てが穏やかで難がなく憎もうにも憎めなかった人であった。巻の中に具体的なエピソードが語られていないために判断しにくいが、基本的に好かれやすく、嫌われない人だったのではないだろうか。嫌がらせをしてきた人を更衣は逆に憎んでいたのか。私は、更衣は憎んでいないと思う。なぜ嫌がらせをされるのかが解っていたと思うし、憎まない人だからこそ、上の女房たちなどは憎みきれなかったのではないか。ただ弱いだけでなく聡明さからくる強さをもった女性であったと思われる。

【一六】帝、更衣を恋いわびる

はかなく日ごろすぎ（過ぎ）て、のち（後）のわざなどにもこまやかに（こまかに）とぶらはせたまふ。ほどふる（経る）ままに、せむ方なうかなしう（悲しう）おぼさ（思さ）るるに、御方々の御とのゐ（宿直）などもたえ（絶え）てしたまはず、ただなみだ（涙）にひちてあかし（明かし）くらさ（暮らさ）せたまへば、見たてまつる人さへつゆけき（露けき）秋なり。「なき（亡き）あとまで、人のむね（胸）あくまじかりける人の御おぼえかな」とぞ、弘徽殿などには、なほゆるしなうのたまひける。一の宮を見たてまつらせたまふにも、わか宮（若宮）の御こひしさ（恋しさ）のみおもほしいで（思ほし出で）つつ、したしき（親しき）女房、御めのと（乳母）などをつかはし（遣はし）つつありさまをきこし（聞こし）めす。

参考1 第1文「はかなく日ごろ過ぎて」云々は、脚注に「物語に時間の経過を取り込み、この『はかなく』によって夏から秋へと移る」とあるように、季節が推移する。

〈解説例〉 **A＝**この表現は、脚注にあるように物語の時間の経過を取り込み、季節感を出すと同時に、更衣の死という悲惨な現実から、無常にも時だけが過ぎていくということを表している。帝はきっと更衣といっしょに過ごしていた思い出の記憶をいつまでも当時のように身近に感じていたいと思っていたはずであり、しかし、時は止まってくれないという、そのはかなさ（無常）も表しているのではないか。

B＝暑く燃えるような夏が終わり、季節がいつの間にか秋に移ると寂しい気持ちになる。「はかなく日ごろ過ぎて」にはそのような気持ちに導く役割を果たしている。帝の気持ちは季節が夏から秋へと変わっても休まるどころか、いっそう寂しい気持ちに陥っているように思われる。

参考2 「ほど経るままに～見立てまつる人さへ露けき秋なり」の後半の表現は、和歌的である。これは、物語の語り手のことば。桐壺帝の妃たちの立場でなくて、上の女房たちの目・心を通しているか。これが、弘徽殿の女御などの立場になると、異なる評価になる。それが、次に語られる文である。

〈解説例〉 **A＝**帝は、「露けき」で表されているとおり、悲しみ、淋しさ、桐壺更衣を助けることができなかった悔しさなどから毎日悲嘆にくれていた。上の女房たちは、そんな帝を見て痛ましいと思って涙を流していただろう。妃たちの多くは、自己中心的に考えて桐壺が死ねば寵愛は自分たちのものと歓喜し期待していたはずである。しかし、願いはむなしく帝は妃たちを遠ざけ、桐壺との思い出に浸っている。それで、妃たちは落胆や絶望で泣いていたかもしれない。それぞれの立場の涙があっておもしろい。

問題①　「亡きあとまで、人の胸あくまじかりける人の御おぼえかな」という弘徽殿の女御のことばの背後には、桐壺更衣さえ亡くなればという女御たちの期待・願いがあったことが読み取れる。その女御たちの期待や願いを説明してみよう。

(解答例)　**A**＝桐壺更衣さえいなくなれば、帝は自分を振り向いてくれるのではないか、たとえ桐壺更衣のいない寂しさからの穴埋めであるとしても、帝が私や周りの人に気持ちを向けてくれるのではないか、女御たちはそう期待した。ところが、現実は、桐壺更衣が亡くなっても、帝は心で桐壺を求め続けている。私などには目もくれず涙をこぼしてばかりいる。悲しみが深くて、私を振り返る余裕もない。帝の心には桐壺、桐壺、桐壺。

B＝女御たちは、更衣さえ亡くなってしまえば寂しさのあまり、自分たちに愛情が向くと期待していた。しかし、現実は更衣が亡くなっても帝は更衣のことしか頭になくずっと更衣を求め続け、他の女御たちには目もくれない。それだけでなく、悲しみがあまりに酷すぎて涙ばかりこぼしている。帝の心の中には更衣しかいないことを思い知らされたのだ。女御たちも、帝を愛しているので帝のそんな姿を見たくないはずである。そして、そこまで帝の心を魅了する更衣の外面・内面のうつくしさにも気づくのだと思う。そして、帝のこんな姿を見なければならず、また、絶対的な敗北感を感じるくらいなら、更衣にマイナスの感情をぶつけなければよかったと後悔したはずである。

C＝亡くなってからも帝の寵愛を独り占めにする桐壺更衣という女性はすごく魅力のある女性だと思った。自分が他の女御たちの立場だったら亡くなった後までも帝の心をつかんで離さない桐壺更衣をうとましく思うかも知れない。

問題② 「なほゆるしなうのたまひける」は、弘徽殿女御がまだ桐壺更衣を許せないと憤っていることを語る表現である。ところが、この表現の裏には、語り手の弘徽殿女御に対する批判、逆に亡くなった桐壺更衣への同情、桐壺更衣を追慕し続ける帝への共感がなくはなさそうであるが、どうか。ところで、これに続く文は、語り手が帝の目・心を通して物語る表現になる。そこで、その視点を遡行させて、「なほゆるしなうのたまひける」は桐壺帝の立場から「弘徽殿女御はまだ容赦なく非難していなさる」というように理解するとしたら、どういうことになるであろうか。

〔解答例〕 A＝この一文を桐壺帝の立場から考えると、まだあんなことを言っているぞとあきれながら、やはり、女御たちは更衣に及びもつかないなどと冷やかに見ているのではないか。

問題③ 「親しき女房、御乳母などを遣はしつつ」の「親しき女房」についてわかりやすく説明してみよう。

〔解答例〕 A＝「親しき」とは、生前の桐壺更衣と仲がよくて、現在、桐壺帝と共に更衣の死を悼み、思い出話などをよくする女房のことだと思う。

B＝「更衣の忘れ形見とも言える若君の様子を見にやる」という役割から考えても、更衣に悪い印象を覚えている女房を使者に起用するとは考えにくい。他方、更衣の心痛の理由を帝が知らないはずはなかったと思うので、ここでは更衣以外の若い女房ではないと考える。おそらく、帝を幼いころから世話をしてきたような、恋愛対象にならないような大人しき女房ではないかと推測される。

【一七】台風一過、涼しい夕暮れ

野わき（野分）だちて、にはかにはださむき（肌寒き）ゆふぐれ（夕暮）のほど、つね（常）よりもおぼしいづる（思し出づる）ことおほく（多く）て、ゆげひの命婦（靫負命婦）といふをつかはす（遣はす）。

ゆふづくよ（夕月夜）のをかしきほどにいだしたて（出だし立て）させたまひて、やがてながめおはします。かうやうのをりは、御あそび（遊び）などせさせたまひしに、心ことなる物のね（音）をかきならし（掻き鳴らし）、はかなくきこえいづる（聞こえ出づる）ことのは（言の葉）も、人よりはことなりしけはひかたち（容貌）の、おもかげ（面影）につとそひ（添ひ）ておぼさ（思さ）るるにも、やみ（闇）のうつつ（現）にはなほおとり（劣り）けり。

問題① 「野分だちて」以下次節の結びの「八重葎にもさはらずさし入りたる」までの表現は、古来、名文という高い評価を得ている。どういう点を名文の要素として挙げることができるか。

（解答例） **A**＝まず、秋の風物「野分、夕月夜、月影」などがたくさんとり入れられているからだろうと思う。「夕月夜」や「月影」は別に秋に特有のものではないけれど、秋に観賞すると味わいも深くなる。清少納言がかつて「秋は夕暮れ（のころ合いが良い）」と言ったことや、秋の行事「月見」などを考えると、「夕月夜」や「月影」は「秋を彩る美しいもの」として数えてもいいだろう。そして、秋の特性「寂しさ」を桐壺更衣亡き後の人々を演出するのに、うまく利用している。読者が、帝や母君の寂しい気持ちにすんなりシンクロできるように、仕立てられている。

B＝「野分」「夕月夜」「月影」などの描写からもわかるように、季節は秋となっている。このイメージは、桐壺更衣のはかなげな美しさというイメージと重なるように思われる。更衣の死後、月の美しい夕方に帝が生前の更衣との思い出にぼんやりとふけっている場面であるが、更衣が死んでしまったことについての帝をはじめとした人々の悲しみと、美しくもはかない更衣の面影が、秋という季節の美しさと悲しさによって同時に表現され、また、それぞれを深め合っている。このことによって読者は、人々の悲しみをまるで自分のことのように感じて、物語の中に溶け込むことができるのである。

C＝季節が冬に向かいつつある秋は、美しいが、なんとなくもの悲しい雰囲気をもっている。その秋のイメージは、桐壺更衣のイメージとも重なるように思われる。桐壺更衣は亡くなってしまい、帝が更衣を思い出している情趣的な場面であるが、更衣が死んでしまった悲しみにくれる人々の様子と、美しいけれども悲しい秋という季節が、互いをより深め合っており、帝や母君の気持ちを自分のことのように感じることができる。更衣の幻影を見る帝の姿が目に浮かぶようである。

問題② 「かうやうのをりは」以下に、桐壺更衣の人柄、容貌などがよく表現されている。一体、どういう女性であったのか。なお、この表現の背後には今年の秋は例年と違って、詩歌管弦の遊びなどはいっさい催されない、いわば喪に服しているようだという意味が込められている。帝は桐壺更衣の死を悼んでいるのであろう。（桐壺更衣人物論—その4）

（解答例）Ａ＝帝の気持ちが沈んだり、元気がないご様子のとき、桐壺更衣はそれと察して声をかけたり、琴を上手にかき鳴らして帝を慰めたりする優しく気の利いた女性だったと思います。美人であるだけでなく、他の人とは何か違う包容力があって帝自身を包み込むようなやわらかい雰囲気の女性だったのではないでしょうか。きっと、他の妃たちから冷たくあしらわれても、誰をとがめることもしなかったと思います。

Ｂ＝「かうやうのをりは」以下を読むと、私は桐壺更衣のしとやかで柔らかい雰囲気を感じます。琴の音を美しくかき鳴らし、ふと帝に語りかけ、寄り添う様子を思い浮かべると、桐壺更衣の優しい雰囲気をすぐ近くに感じるようで、すでに亡くなってしまったんだなと思うと、その静かで優しい雰囲気が、儚いイメージとつながって、より物悲しい気持ちになります。

Ｃ＝例年どおりであれば、中秋の名月の時期には音楽や詩歌での遊びを桐壺更衣と楽しんだものだと今は亡き桐壺更衣を回想している。弦楽器を掻き鳴らす音は格別にすばらしく、ひかえめに朗唱する歌も他の人より優れている。楽器を鳴らしたり、詩歌を歌う様子、見た目もことばで言い表せないほど美しく優れている。才能、美貌ともに優れた人であった。

問題③　「闇の現にはなほ劣りけり」の「けり」は気づきの「けり」である。この表現は古今集の四七七番歌「ぬばたまの闇の現はさだかなる夢にいくらもまさらざりけり」（恋三　読人しらず）を踏まえている。そのことを考慮に入れて、桐壺帝の気持ちをとらえてみよう。

（解答例）Ａ＝古今集の歌人と桐壺帝の違いは、おそらく愛する人がこの世にいるかいないかの違いによっていると思う。古今集の場合、愛する人に真っ暗な闇の中でしか逢えないもどかしさを嘆いている。夢の中で逢うほうがかえって実感できると歌っている。しかし、帝の愛する人はもうこの世にはいない。現実を見ても愛する人の不在を突きつけられるだけである。そこに未来がない。愛する更衣には、もう夢の中でしか逢えないのである。だから、帝は、古今集の歌に反対して、更衣を偲ぶ「夢」よりもたとえ暗闇であっても桐壺更衣を実感できる「現」のほうがよいと考えたのだと思う。

B＝古今集の歌は「闇の中よりも、夢であなたに逢えたほうが、あなたが見えるのでよかった」と詠んでいますが、桐壺帝は逆に「闇の中でも良いから更衣に逢いたい」と言っているのが興味深い。前者は、相手が亡くなっているわけではないので、この歌を詠んだ気持ちはわからなくはないが、私は桐壺帝の考えのほうがもっともであると思う。この歌を持ち出すことによって、帝が更衣に逢いたいという気持ちを私たちに伝えるのにこの上なく効果的であると思った。私は、このとき、帝は実際に更衣の夢を見ていたのではないかと思う。でも現実では逢えないというさびしさから、この言葉が出てきたと思う。

C＝まだ更衣が生きていたころ、「ぬばたまの闇の」の歌について、帝はそのとおりだと感じていたと思う。しかし、更衣が亡くなり、夢でしか逢えない状態になってしまい、暗くて顔や姿が見えなくてもいいからやはり逢いたいという気持ちが強くなったのだと思う。更衣が亡くなってから帝は何度も何度も更衣のことを思い出し、夢にも見たのだと思う。しかし、夢から覚めても更衣はおらず、そのたびに悲しい気持ちになり、逢いたいと強く願う気持ちが語られていると感じた。

D＝私はこの「闇の現」の闇には帝の孤独さも含まれているように思った。桐壺更衣に逢えなくなったことで、帝はますます孤独になった。帝の孤独を取り除いてくれた桐壺更衣に直接逢えなくても、自分の中の更衣に逢いたいという思いがひしひしと伝わってくる。常に自分の傍にいて心を交す人がいなくなったときに、帝はその人の大切さや恋しさを改めて実感したのだと思う。

質問 容貌、性格の上でほとんど完璧である桐壺更衣ですが、欠点は何もなかったのでしょうか（地位・身分以外のことで）。

〈回答〉＝これまで四つの問題を掲げて桐壺更衣の人物について考えてもらいました（【一〇】の問題①、【一五】の問題①、問題②、【一七】の問題②）。それは、日々多忙を極める今上帝にとっての最も望ましい資質の女性であったということができます。容姿容貌、気立て、思いやり、そして、詩歌管弦に秀でた尽くし型の女性です。政治面で心労の多い帝の心が癒され、安らぐような人だったのでしょう。一人の自立した女性として評価すれば欠点はあれこれ言えるかもしれませんが、桐壺帝にとってはいつも傍にいてほしい女性だったと思います。

【一八】 靫負命婦、母北の方を弔問

> 命婦、かしこにまで着きて、かど（門）ひきいるる（引き入るる）よりけはひあはれなり。やもめすみ（住み）なれど、人ひとりの御かしづきに、とかくつくろひたて（立て）て、めやすきほどにてすぐし（過ぐし）たまひつる、やみ（闇）にくれ（暮れ）てふし（臥し）しづみたまへるほどに、草もたかく（高く）なり、野わき（野分）にいとど荒れたる心地して、月影ばかりぞ、やへむぐら（八重葎）にもさはらずさしいり（入り）たる。

参考1 この場面は、勅使としての靫負命婦が桐壺更衣の母北の方の邸宅を訪ねてまず実感した邸宅の重く沈んだ雰囲気の記述で始まっている。「門引き入るるより」の「より」は臨場感を表すことば。現代語の「〜するやいなや」「〜するとすぐに」などではあまりに短兵急でそぐわないが、門の中に入ると、すっぽりと包み込まれるよう

な感じの表現である。靫負命婦が、あまりの荒涼とした邸宅の庭に思わず息を呑む様子がみえるようである。

（解説例） **A**＝靫負命婦は、帝の使いとして桐壺更衣の母君の邸宅へと向かったが、車を門の中へ入れるなり様子が以前訪れたときとすっかり違っていることに気付いた。中に入ってしばらく経ってから気づいたのではなく、すぐに気づいたのだから相当変わっていたのだ。命婦は、典侍から母君の様子を聞いていて、更衣のことで帝がひどく嘆き悲しんでいるのを見ているから、母君もやはり悲しんでいるとは思っていたが、それでもやはり門の中に入って庭が荒れ果てているのを見ると、思いがけず、息を呑んでしまったのである。

B＝娘の更衣が生きていたころは、夫がいないながらも見苦しくないようにしていた。そのころとのあまりの違いに驚く靫負命婦の姿が強調された表現である。この邸宅の様子にも更衣が亡くなったことへの人々の悲しみが表されている。

C＝大納言に先立たれ後ろ楯がない桐壺更衣を入内させたからには、自分にできることは精一杯やろうと邸宅の手入れなどもきちんとしていたのに、大事な娘が亡くなってからは何も手がつかない状態であることがわかる場面である。庭が荒れていることから、母君に会う前から、可愛がって大事に育ててきた娘の死をまだ受けとめることができておらず、喪失感でいっぱいなところがうかがえる。

【18】 靫負命婦、母北の方を弔問

参考2 「めやすきほどにて過ぐしたまひつる、闇に暮れて臥ししづみたまへるほどに」の傍線箇所の深い溝に注目。「～していたのだった。ところが、闇に暮れて」云々という逆接の深い切れ目が感じられる。光の競演という華やかなことばがあるが、この場面は「闇の呼応」である。帝は「闇の現」に劣るおぼつかなさを嘆き、母北の方は「子を思う闇」に沈む。

（解説例） **A**＝靫負命婦はあまりの変貌に驚いている。そして、今までどれだけ母君が娘、桐壺更衣を愛していたの

か、知る。身分が低く後ろ楯がないのだから、できるだけのことは繕い、帝には失礼がないように、娘が恥ずかしい思いをしなくてすむように手入れをしてきた庭。娘を亡くしてしまった今、呆然とし何も手がつけられない、何も飾らなくてもよい、何もかも失ってどうやって生きていくのかも考えられない様子がわかる。遺言のとおり、娘と一生懸命生きてきた母君が過ごしてきた日々とこれからの日々、そして未来。心の状態をも対比しているように感じられる。

参考3 「月影ばかりぞ」は、荒廃した庭前を照らすと同時に、時刻の推移を表す。

（解説例） A＝月といえば、悲しみや寂しさとセットになるもの（要素）として古典に多く登場する。明るく輝いてはいるがいかにも遠く、その光もどこか頼りないところが寂寥を感じさせるのだろう。ただでさえ荒廃している邸宅であるのに、それを照らすのが頼りない月の光だけだというのなら、侘しさが否応なしに増すだろう。この表現には、悲しみを引き立たせる効果も含まれているのではないだろうか。

B＝命婦は夕月夜の美しい時刻に出てきたのだが、月の光がものを照らす明るさになっているということで、時刻の経過が感じられる。高く茂った草にもさえぎられず、光が差し込んでいるということで、月も高い位置にまで上っている。時間をかけて更衣の邸にきたのだろう。夜や暗さは寂しく感じさせる効果があるので、帝、母君、命婦の気持ちをその点でも表現している。あえて夜に遣いに出しているのだと思う。

C＝「月影」ということばは、桐壺更衣を象徴することばのように感じる。桐壺が死んだときも「夜半うち過ぐるほど」であり、母、北の方の邸宅の荒れ果てた様子も「月影」があらわにしている。桐壺更衣関連のエピソードのときは、月のイメージがよく登場する。それは、桐壺更衣自身が月のような存在であったからだろう。もの静かでつつましく、美しく、そして、帝の力（陽光）なしでは生きていけない。その対極にあるのが弘徽殿の女御で、容赦なくものを言い、後見も充実し、まさに力のあるもう一つの太陽のような存在である。月はひとりでは輝けず、雲があると隠れてしまう。しかし美しい。桐壺更衣はそのような儚さを感じさせる女性として描かれている。

(感想)＝今回の授業で一番印象に残ったのは、「月」でした。帝は月をながめつつ、「面影につと添ひて思さるる」と語られているように、更衣の幻を感じています。そして、母北の方が娘の更衣のために手入れをしてきた邸宅が草も茂った荒れた感じになっています。しかし、その庭を月の光だけが照らしている。私はこの「月（の光）」が更衣のように思えました。更衣は天から光になって帝に寄り添い、母北の方にはその哀しみを静かに照らしている。私は、更衣を太陽のような人でなく、月のように静かに輝いている人という印象を持っています。

【一九】 母北の方に対面

みなみおもて（南面）におろして、はは（母）君もとみにえものものたまはず。「いま（今）までとまりはべるがいとうき（憂き）を、かかる御つかひ（使）のよもぎふ（蓬生）のつゆ（露）わけいり（分け入り）たまふにつけても、いとはづかしう（恥づかしう）なん」とて、げにえたふまじくない（泣い）たまふ。「『まゐり（参り）ては、いとど心くるしう（苦しう）、心ぎも（心肝）もつくる（尽くる）やうになん』と内侍のすけ（典侍）のそうし（奏し）たまひしを、ものおもう（思う）たまへしら（知ら）ぬ心地にも、げにこそいとしのび（忍び）がたうはべりけれ」とて、ややためらひておほせごと（仰せ言）つたへ（伝へ）きこゆ。

参考1 「母君も」は、靫負命婦は、まずは勅使としてのあいさつを口に出すべきだが、それができず、迎える母君もまた、すぐに出迎えのあいさつのことばを発することができない、という意。

(解説例) A＝「母君も」のところで靫負命婦は勅使としてのあいさつを口に出さないといけないけれど、それもできず、迎える母北の方もまた、即座に出迎えのあいさつのことばが出てこない。そこから、娘を失ってなお立ち直れていないことがわかる。そして、靫負命婦にとっても更衣の存在がたいへん大きかったのだと思った。

問題① 「かかる御使ひの蓬生の露分け入りたまふにつけても」に用いられている修辞法についてわかりやすく説明してみよう。

(解答例) A＝「露」には「涙」と「蓬生に宿る露」の二つの意味がある。ここでは、「このような家に草の露を分け入ってわざわざ来てくださり」という意味と、「悲しみの涙に浸っているこの屋敷に」という二種の意味を表している。

B＝ことばの表面では、「このような手入れの行き届いていない、人を招き入れられないような荒廃した所に、お使いのお方にお出でいただいて」という意味になるが、内面には「大切にしていた御息所を失った悲しみが雑草のように根強くはびこっている、しめっぽいこの屋敷に」という北の方の悲しみに沈む心がこめられている。

問題② 命婦の会話文「げにこそいと忍びがたうはべりけれ」について、どういうことが「げに」なのかわかるように説明してみよう。

(解答例) A＝靫負命婦は以前、「訪ねてみると、本当にいたわしくて、魂も消えうせるようだ」と奏上する典侍の悲

痛なことばを聞いていたが、実際に訪問して見ると、母君の様子は本当に典侍のことばどおりであった。

B＝北の方の家を訪ねると、家の中は、暗く静かで悲しい感情が渦になっていると典侍が奏上していた。「げに」は靫負命婦もまたそのことを実感したことを表現している。

参考2 「ややためらひて」は、帝の伝言をできるだけ正確にお伝えするために、気持ちを落ち着かせ、息を整えている様子。当時は、使者による伝言と直接書き認められた手紙の二種の伝達手段があり、ここはそれらを併用している。

（解説例） **A**＝靫負命婦は、桐壺更衣の母君が、更衣が亡くなって、庭がひどく荒れていても手入れもできないくらいひどく落ち込んでいて、母君は更衣のことしか今は考えていないと思い、いったん、母君を落ち着かせよう、自分も大切なお話をするということで息を整えようとして少しだけ間をもった。

【二〇】 帝の伝言と手紙

「『しばしはゆめ（夢）かとのみたどられしを、やうやう思ひしづまるにしも、さむべき方なくたへがたきは、いかにすべきわざにかともとひ（問ひ）あはすべき人だになきを、しのび（忍び）てはまゐり（参り）たまひなんや。わか（若）宮の、いとおぼつかなくつゆけき（露けき）なか（中）にすぐし（過ぐし）たまふも心くるしう（苦しう）おぼさるる（思さるる）を、とくまゐり（参り）たまへ』など、はかばかしうものたまはせやらずむせかへらせたまひつつ、かつは、人も心よはく（弱く）見たてまつるらんと、おぼし（思し）つつまぬにしもあらぬ御けしき（気色）の心くるしさ（心苦しさ）に、うけたまはりもはてぬやうにてなんまかではべりぬる」とて御ふみ（文）たてまつる（奉る）。

「め（目）も見えはべらぬに、かくかしこきおほせごと（仰せ言）をひかり（光）にてなん」とて見たまふ。

ほどへ（経）ばすこしうちまぎるることもやとまちすぐす（待ち過ぐす）月日にそへ（添へ）て、いとしのび（忍び）がたきはわりなきわざになん。いはけなき人をいかにと思ひやりつつ、もろともにはぐくまぬおぼつかなさを。今は、なほ、むかし（昔）のかたみ（形見）になずらへてものしたまへ。

などこまやかにかか（書か）せたまへり。

宮ぎの（宮城野）の　つゆ（露）ふき（吹き）むすぶ　風のおと（音）に　こはぎ（小萩）がもとを　思ひこそやれ

とあれど、え見たまひはてず。

問題①　靫負命婦が復唱する帝のことばは、大きくは一つ、細かくは二つのことを伝えている。それを説明してみよう。

（解答例）　**A**＝帝のことばは、大きくとらえると、北の方を宮中に参内させるための個人的な要請である。細かく見ると、①更衣に死なれて途方にくれているうちはまだましだったが、今、次第に現実に目覚めはじめている。すると、更衣がいないという現実があまりに寂しすぎる。せめて更衣との思い出を語ることができたらと思ったので、宮中にきてくれませんか、というお願いと、②若宮のことが気がかりだ、喪に服している環境にいつまでもいるようなのはかわいそうだから、二人で宮中に参られて、共に暮らせば、私も大好きな若宮が傍にいるので、どちらにも良いことでしょう、というニュアンスを含んだ内容である。これは、娘を失った北の方に対する同情に発した優しいことばと受け取れるが、そこここに、「自分の哀しみを減らすため」という自己中心的な考えが見える。こんな手紙を書かずにいられないほど、帝は精神的に弱っているのである。

問題②　靫負命婦が帝の伝言を復唱しながらその結び近くで「など、はかばかしうものたまはせやらずむせかへらせたまひつつ」云々と伝えている帝の御様子を、特に助詞「つつ」および副詞「かつは」の意味・用法に注目して、わかりやすく説明してみよう。

〈解答例〉　**A**＝「つつ」の反復は帝が伝言をいうときに更衣のことを思い何度も声を殺して泣いていることを表している。ここでは帝が帝の立場でなく、一人の男性として愛する女性の死を深く悲しんでいる姿が描かれている。「かつ」は他のもう一面を表すことばであり、深い哀しみの中でも帝という立場にある人物として他者に気弱な姿を見せまいとしている。今まで更衣に関係することでは、立場を考えてもいないような発言をしてきた帝が、帝らしくあろうとし始めている。更衣の死は帝に哀しみだけでなく、成長ももたらしたのではなかろうか。

B＝「むせかへらせたまひつつ」とあることから、帝は哀しみのあまり泣き声を抑えながら靫負命婦に伝言を口に出している状態であることがわかる。しかし、「つつ」と続き、「かつは、人も心弱く見たてまつらむ」とあるように悲しくて泣きながらも、帝として泣いてばかりいては周囲にしめしがつかないということで冷静になろうとしていることもうかがうことができる。

C＝「つつ」は、反復、つまり、同じことをくり返し行うことであり、何度も嗚咽を漏らしながらも泣き声を押さえている様子を表している。ここから、帝がまだ更衣の死を引きずっている状態であることがわかる。次に、「かつは」の意味は、いまだ気弱になって、泣き沈んでいることを周囲に知られてはならない、威厳、対面を保たなければならないという帝の葛藤が含まれていることがわかる。

参考1 靫負命婦が御文を奉り、母君がそれを押し頂き、拝読するという一連の動きは、劇的な場面における所作・せりふとして想像するとわかりやすくなる。

参考2 帝の伝言と手紙は共通する内容になっている。「忍ぶ」ということばがキーワードになっていることに注意。

〔解説例〕 **A**＝帝の伝言で桐壺更衣がもういないことについての深い悲しみと若宮のことが気になるので参内せよとおっしゃっていて、手紙では月日がたっても悲しみは募るばかりで若宮がどうしているのかも気がかりであるなどと述べている。この伝言と手紙では、桐壺への想い、若宮の身についての心配、早く若宮に会いたいという気持ちが共通している。若宮に早く会いたいということは、「忍んで参上せよ」ということになる。つまり「掟」を破って私のもとへまだ服喪の期間が明けていない若宮を連れてきてくれということである。帝がどれほど桐壺更衣のことを悲しんでいるのかは伝わってくるし、若宮にもどれほど会いたいのかもわかる。しかし、そのために母北の方にきまりをやぶってまできてほしいという帝の身勝手さが見える。掟を破ることで桐壺更衣に降りかかったことも知っているはずなのに、似たようなことをまた引き起こしてしまう可能性があることまでは考えていない。

B＝帝は伝言の中で「この悲しみを相談できる人がいないから、あなたがこっそり宮中に来られないだろうか」と言っているが、よくわからない。桐壺更衣の母君を呼んで一体何を相談しようというのか。相談ではなく話をするだけでも二人の共通の話題は桐壺更衣しかいないのだから二人で桐壺の思い出話をしてもよけいに悲しくなるだけではないだろうか。また、間接的とはいえ桐壺の死には帝も深く関わっているし、伝言も手紙も若宮をすぐに宮中に連れていこうとしているのが見え見えで、悲しみを忍べないのは帝ではなく桐壺の母のように思う。

問題③ 「宮城野の」で始まる帝の歌は、どういうことを伝えたい歌なのか。

〈解答例〉 A＝この歌は、宮中にいる帝が若宮を気にかけている気持ちを歌った歌である。脚注によると、「宮城野」は宮城県仙台市の東の野であり、萩の名所である。「宮城野」には「宮中」の意をひびかす役割がある。また、「小萩」は若宮のことを表している。帝は桐壺更衣が生きていたころも亡くなってからも桐壺のことばかりを思い続けていた。しかし、この歌で初めて帝が若宮のことを気にかけているという気持ちが理解できる。この歌は、場面変更の役割を果たしている。

B＝宮城野と宮中、そこに芽生えた小萩と若宮をかけ合わせ、また、宮城野の萩に露がつく様子と、宮中で涙にくれる自分（帝）の様子をかけ合わせてもいる。更衣を失った悲しみにくれながらも、幼くして母を失ってしまった若宮のことや、若宮の今後を同時に気にかけずにはいられない、という気持ち。

C＝秋の冷たい風に吹かれて露を宿す萩という表現が、帝の哀愁をいっそう強めている。また、悲しさの中に、若宮を心配しているという思いを歌にして北の方に渡すということから、更衣の死を受け入れ、悲しいながらも心に余裕ができたのではないだろうか。

問題④ 母君は「え見たまひはてず」とあるが、どうして、帝の手紙を読み通すことができなかったのだろうか。「目も見えはべらぬに、かくかしこき仰せ言を光にてなん」云々と関連させて説明してみよう。また、「〜はてず」で言えば、「うけたまはりもはてぬやうにて」という表現が命婦の行動に使われていた。そのことも参考にしよう。

〔解答例〕 A＝母君が帝からの手紙を最後まで目を通すことができなかったのは、帝の更衣を失った悲しみを、自分も痛いほどよく理解できたからではないか。更衣を失った悲しみを同じくらい共有できるのは帝だけであり、それを共有し合おうという帝のことばを畏れ多いと感じつつも、更衣が亡くなった原因は帝にあると内心思い、やるせない気持ちなのだと考えられる。また、若宮のことはいつかは参内させなければと思いつつも、うやむやにしていたのを、帝の歌により現実問題として突きつけられたことへの心の動揺としてもとらえることができる。

B＝母君は更衣が亡くなったことで大変な心痛を受け、目の前が真っ暗になった心地であっただろう。【二〇】に「目も見えはべらぬに」とあるが、これは更衣を亡くした哀しみで何もすることはおろか、何も考えられなくなっていることだと思われる。それは、邸の荒廃の様子からもわかることである。【二〇】の結びの「え見たまひはてず」という表現は、帝の嘆きにあふれた文章に、自らのまだおさまりきらない哀しみが想起され、涙があふれて最後まで読み通すことができなかったのではないか。悲しさから少しでも目をそらしたいという思いの表れのようにも考えられる。

【二一】 母北の方の悲痛な思い

「いのちながさ（寿さ）のいとつらう思ひたまへしら（知ら）るるに、松のおもは（思は）むことだにはづかしう（恥づかしう）思ひたまへはべれば、ももしきにゆき（行き）かひはべらむことは、まして、いとはばかり（憚り）おほく（多く）なん。かしこきおほせごと（仰せ言）をたびたびうけたまはりながら、みづからはえなん思ひたまへたつ（立つ）まじき。わか（若）宮は、いかにおもほししる（思ほし知る）にか、まゐり（参り）たまはむことをのみなんおぼしいそぐ（思し急ぐ）めれば、ことわりにかなしう（悲しう）見たてまつりはべるなど、うちうちに思ひたまふるさまをそうし（奏し）たまへ。ゆゆしき身にはべれば、かくておはしますも、いまいましうかたじけなくなん」とのたまふ。
宮はおほとのごもり（大殿籠り）にけり。「見たてまつりて、くはしう御ありさまもそうし（奏し）はべらまほしきを、まち（待ち）おはしますらむに、夜ふけ（更け）はべりぬべし」とていそぐ（急ぐ）。

問題① 母君の発話「寿さのいとつらう思ひたまへ知らるるに、松の思はむことだに恥づかしう思ひたまへはべれば、ももしきに行きかひはべらむことは、まして、いと憚り多くなん」の「まして」についてわかりやすく説明してみよう。どういうことが「まして」憚り多いというのであろうか。

（解答例） **A**＝愛しい娘が若くして死んでしまったにもかかわらず、歳老いた自分が生き残っていることへのつらさと悲しさがこみ上げてきている。長く生きるということは、このようなつらい出来事を経験させられるということを身にしみて感じている。
B＝子が親より先に死ぬことは最大の親不孝だと私は思う。最愛の娘に先に死なれてしまったショックは母君から生きる力を根こそぎ奪ってしまったのではないだろうか。娘が病に苦しんで死んだのに自分は平気で生きていることを思うと、本当につらく生きていることに疲れきっていると思う。
C＝家族の中で自分だけが生き残ってしまい、悲痛に身を引き裂かれそうである上に、若宮を参内させてくれと使者が来る。孫を残して死ぬわけにもいかないと思っていたが、その支えまで外されようとしている。そこで、心の中にたまっていた気持ちを吐き出そうとしている。

参考1 「かしこき仰せ言をたびたびうけたまはりながら、みづからはえなん思ひたまへ立つまじき」ということばに、帝からの誘いが何度も届いていたことがわかる。ところが、本人は決して「思い立つ」べきではないと考えている。

（解説例） A＝愛する娘を亡くした母君は深い悲しみにしずんでいる。いくら時が経とうとも、その悲しみは決してまぎれることがない。生前娘が暮らしていた宮中に招かれることは、娘をそこで亡くした母君にとって決して乗り気になることではない。宮中は母にとって忌まわしい場所でしかない。異常なまでの帝の愛が娘を死に追いやった場所ととらえているのではないだろうか。

B＝Aさんの解説はほぼ完璧であると思う。これに私の考えを加えてよいのであれば、「親として娘を（家のためではあるが）出仕させてしまったことの後悔」もあると思う。自分が娘を出仕させなければ、宮中で命を落とすこともなかったとは考えられないだろうか。親として責任を感じている。

C＝Aさんの解説の中の「宮中は母にとって忌まわしい場所でしかない」という部分に私も賛成だ。母君は、娘に対する帝の愛を決して良いものととらえていない。娘は宮中へ行かなければ亡くなることもなかったという思いもあり、母君は宮中に招かれても乗り気ではない。愛する娘を亡くした母君は、自分が娘よりも長生きしていることを出口のない暗闇の中を生きているようにつらく感じている。

問題② 若君が参内を早く望むことについて、母君は「ことわりに悲しう見たてまつりはべる」と語っているが、そのときの母君の心情はどのようなものか。

（解答例） A＝若君が一日も早い参内を望むのは、祖母と二人で暮らすより父である帝の庇護やしっかりした教育が受けられるので、若宮のことを思うと当然で理にかなっていると思っている。しかし、若宮を参内させることは若宮と別れることである。娘を亡くした今、形見である若宮とまで離れなければならないことは悲しいことである。

B＝若君と離れることに抵抗を覚えるのは一度に二人の愛する人と離れなければいけないから。若宮が祖母と二人で暮らすより、父である帝を手本に育つのがいいと頭でわかっているのに、気持ちの上では、若君と離れたくないという思いでいっぱいになっている。

C＝桐壺更衣が亡くなったことを、若宮は幼すぎて理解しきれておらず、自分が宮中で暮らすようになると、祖母が一人ぼっちになることもわかっていない。だから、若宮は父のいる宮中に行きたがるのだろう。

参考2 母君は、勅使である靫負命婦に「奏したまへ（帝に奏上してください）」とお願いしている。ここから、母君の「寿さのいとつらう」云々から、「悲しう見たてまつりはべる」までが母君の伝言ということになる。

（解説例） A＝帝から何度お手紙をいただいても今の母君の状況ではどうしても参上できそうにない。帝が自分とお話しになりたい気持ちはわかるが、もう少し自分の気持ちを察してほしいと思っている。そこから、私は、無理に何度もお誘いしたら余計に母君の気持ちが遠ざかりそうなので、帝は少し相手の気持ちを汲んで引きさがるようにした方がよかったのではないかと思いました。

参考3 「ゆゆしき身にはべれば、かくておはしますも、いまいましうかたじけなくなん」は、前文の内容（若君が宮中に復帰したがっていることを悲しい気持ちで見守っているということ）と違って、若君がこうして祖母と一緒に生活することについて、一方で「いまいましう」、他方で「かたじけなく」思っている。

（解説例） A＝帝に奏上する公的な発話とは別に、後に続く、命婦に対する私的な発話は、母君の、帝には言えないけれど、最も言いたかったことであると思った。更衣の死への帝の悲しみはなくなり若君への愛情へと気持ちが移ってしまっていると感じている母君は、誰かと更衣のことをわかち合いたく、また、更衣をわかってほしいという気持ちから命婦に対する後半の話になったのであろうと思う。もちろん私は帝にも更衣の死に対して強い悲しみがあると思う。ただそれが、若君に少しでも更衣の存在を感じたいという気持ちの現れで、こういった行動に出たのではないかと思う。

問題③ 唐突に「宮は大殿籠りにけり」という一文があって、命婦のことばへと続いている。この一文は誰の立場からの表現なのか。この後に続く命婦のことばを考慮に入れて考えてみよう。

（解答例） A＝ずっと本文を読んできたけれども、本当に何の前ぶれもなく「宮は大殿籠りにけり」という文につながっている。私は、この一文によって命婦と母君がどれだけ長い時間会話していたのかを表しているのではないかと思った。思えば命婦が母君のもとを訪ねたのは夕暮れだったはずである。若君が眠りについてしまうほどの長い時間、ずっと更衣や帝に対する悲しみを題に話していたことになる。言葉が尽きないほど、桐壺更衣は人々にとって大切な人だったのだなと改めて思った。命婦は今回の訪問で若君のお姿を少しでも拝見したのだろうか。きっと帝に若君の様子を見てきてくれと頼まれていたはずであるから、この文は命婦の立場からの表現と思われる。

参考4 「見たてまつりて、くはしう御ありさまも～夜更けはべりぬべし」という靫負命婦のことばで、勅使としての役割は、一応ここで終えたことを表す。

〈解説例〉 A＝靫負命婦のこの一言から、勅使としての任を果たしたことがわかる。この命婦のことばが記されていることで、この後、母君が命婦に対して本音を述べる場面の思いの痛切さが引き立ってくる。母君がこれまでに命婦に語ったことは、あくまでも帝への伝言であって、母君の娘と帝に対する様々な想いが最もよく表れている部分は、この後の命婦との対話の場面である。桐壺更衣の入内にいたる経緯や帝の更衣に対する畏れ多い情けについて母君の口から語られていることからも、母君が今まで様々な想いを胸に秘めてきたことが見て取れる。すなわち、命婦が勅使としての役割を終えたところで、この一言を口に出すことが、母君の気持ちが語られることへの伏線になっているように感じられた。

【二二】 闇に沈む母北の方

「くれまどふ心のやみ〔闇〕もたへがたきかたはし〔片はし〕をだに、はるくばかりにきこえ〔聞こえ〕まほしうはべるを、わたくし〔私〕にも心のどかにまかでたまへ。年ごろ、うれしくおも〔面〕だたしきついでにてたちより〔立ち寄り〕たまひしものを、かかる御せうそこ〔消息〕にて見たてまつる、返々〔かへすがへす〕つれなきいのち〔命〕にもはべるかな。むまれ〔生まれ〕し時より思ふ心ありし人にて、故大納言、いまはとなるまで、ただ、『この人の宮づかへ〔宮仕〕のほい〔本意〕、かならずとげ〔遂げ〕させたてまつれ。我なくなり〔亡くなり〕ぬとて、くちをしう〔口惜しう〕思ひくづほるな』と、返々〔かへすがへす〕いさめ〔諌め〕おかれはべりしかば、はかばかしううしろみ〔後見〕思ふ人もなきまじらひは、なかなかなるべきことと思ひたまへながら、ただかのゆいごん（遺言）をたがへ（違へ）じとばかりにいだしたて（出だしたて）はべりしを、身にあまるまでの御心ざしのよろづにかたじけなきに、人げなきはぢ（恥）をかくし（隠し）つつまじらひたまふめりつるを、人のそねみふかく（深く）つもり、やすからぬことおほく（多く）なりそひ（添ひ）はべりつるに、よこさまなるやうにて、つひにかくなりはべりぬれば、かへりてはつらくなむ、かしこき御心ざしを思ひたまへられはべる。これもわりなき心のやみ（闇）になむ」といひ（言ひ）もやらずむせかへりたまふほどに夜もふけ（更け）ぬ。

問題①　「くれまどふ心の闇も」で始まる母君の発話の冒頭と末尾に「心の闇」が用いられている。母君はどのような思いで「心の闇」ということばを用いているのか。母君の気持ちを「心の闇」ということばに注目して説明してみよう。

〈解答例〉　**A**＝本当は若君は宮中に戻った方が良いということを母君は誰よりもわかっていると思います。若宮を宮中に送らなければいけないとわかっているのに、それができなくぐずぐずしている間に、帝から催促されています。わかっていながら実行できないことを、ほかの人から言われると、すごくいやな気持ちになることがあります。そんな気持ちから、本当は言うべきでないと思っていた、母君の心の中にとどめておくべきだった、心の闇を命婦に話してしまったのだと思います。普段なら話さないはずの、普段なら現れないはずの私の心の闇の奥なのです、という意味で、このことばが使われているのではないかと私は思いました。

B＝冒頭の「心の闇」は娘に先立たれてしまった深い悲しみのことであり、末尾の「心の闇」はその悲しみのせいで「ついにかくなりはべりぬれば、かへりてはつらくなむ、かしこき御心ざしを思ひたまへられはべる」というように帝のことを悪く思ってしまう自分自身の至らぬ心を「心の闇」と表しているのだと思う。

参考1 「くれまどふ心の闇もたへがたき片はしをだに、はるくばかりに聞こえまほしうはべるを、私にも心のどかにまかでたまへ」は、表向きは靫負命婦の再度の来訪を期待することばであるが、これから内輪のお話を聞いていただきますという断りと受け取ることもできそうである。

問題② 母君は、大納言の「この人の宮仕の本意、かならず遂げさせたてまつれ」ということばに従って更衣を入内させたが、大納言は更衣にどこまでのことを望んでいたのだろうか。

〈解答例〉 A＝私は、故大納言と北の方では、桐壺更衣つまり娘に託している望みに程度の差があったのではないかと考える。故大納言は、自身が亡くなったからといって入内を諦めるなとまで遺言に残すくらいなので、おそらく更衣が産んだ皇子が春宮に立つことによって、家が再興するところまでを望んでいたのだろう。それに対し、北の方は大納言の遺言をかなえるために入内はさせたけれど、そう多くは望んでいなかったように思われる。そこに出世に対する二人の執着の強さの違いがあったのではないか。それで、北の方は自らたった一人の愛する娘を奪った帝をかえってうらめしく想っているのだと思う。

B＝私はAさんの意見を読み、すんなり納得できた。故大納言は遺言に遺すくらいであるのだから、家の繁栄を少なからず願っていたであろう。しかし、母君は、後ろ楯もない娘を入内させることに抵抗を感じつつも、亡き夫のために精一杯のことをしてきたのだと思う。故大納言は娘を入内させ、更衣の子どもが春宮になることで家の繁栄はもちろん母君の生活の安定まで考えていたのではないだろうか。それに対し、母君は夫の遺言を守ることと娘の幸せを考えていたように思う。

C＝Aさんの言うとおり、母君と大納言との間には、考えに差があったと思う。大納言が入内を望まなければ、母君は娘を入内させなかったと思う。大納言は、自分が死んでも入内させよと望んでいたのだから、「家」への思いが強い。それに対して、母君は子を思う気持ちが強い。しかし、母君は大納言の望みを受け入れて娘を入内させた。その結果、今のような事態を招いてしまい、自分が入内させたことに対して後悔しているのではないか。

問題③ ここで初めて桐壺更衣が宮仕えするまでの経緯が語られている。この過去の話がこの場面で出てきた意味を考えて見よう。

（解答例） A＝ここで語られた桐壺更衣が宮仕えするまでの経緯によって、父大納言がどんなに更衣に期待していたかがわかるとともに、父が亡くなったにもかかわらず、母北の方が夫の遺言に従って後ろ盾もない身で宮仕えに出すことのおそろしさを思いながら、この娘ならばという思いの板ばさみにされた状態で娘を宮中に送り出している。そして、そのような気持ちに何かひっかかったような状態で、娘が日に日に弱っていき、亡くなってしまう。母北の方は、最後に帝の過剰な愛情のせいで娘が亡くなった、原因は帝にあると言いながら、娘を入内させたことを後悔し、自分自身を責めている。それがまた「心の闇」につながるのではないかと思いました。

問題④ 「人げなき恥を隠しつつまじらひたまふめりつるを」の「人げなき恥」とはどのようなものかわかりやすく説明してみよう。なお、「まじらひたまふめりつるを」は、宮廷内の出来事であるので、母君は更衣や側近の女房たちから聞いて知っているにすぎないことを表す。

（解答例） A＝ここで言う「人げなき恥」とは、しっかりした後ろ楯がないにもかかわらず宮仕えをしていることである。この宮仕えについては故大納言の臨終の際に示された遺言に従ったものであった。まさか主上のご寵愛を受けることになるとは思っていなかったのではないかと思う。つまり、遺言に従って宮仕えさせただけであったのが、思ってもみなかった主上のご寵愛を過分なほど受けたからこそ余計に桐壺更衣の後ろ楯がしっかりしていないことが目立ってしまったようにも思う。

（補足）＝桐壺更衣は、大納言の娘で、「いとやむごとなき際」である内親王や大臣の娘には及びませんが、「同じほど、それより下臈の更衣たちはましてやすからず」と語られていたように、更衣としての地位は決して低くはありません。「それより下臈の更衣」は中納言以下の出自です。そういうことで、何人かの人が書いているのですが、「人げなき恥」は桐壺更衣の出自の低さを指摘する意味ではありません。Aさんの解答にあるように、ご寵愛を受けるには出自が高くないことの意味で理解するようにしたいと思います。

問題⑤　母君はなぜ帝に対して、娘がとりわけ大事にされたことについて、「かへりてはつらくなむ、かしこき御心ざしを思ひたまへられはべる」と言ったのだろうか。わかりやすく説明してみよう。

（解答例）　**A**＝帝が、娘を愛してくださったことはとてもありがたいことで、よろこばしいことであったが、その帝の愛があまりにも大きく、まわりを顧みることのない、娘に妬みが集中するような愛し方だったので、人の妬みが深く積もって、気苦労のすえ、娘が死んでしまった。帝のあまりにもまっすぐな愛が娘を亡くすことになってしまった。帝のご寵愛がなかったら、もしくは違うかたちであったなら、娘を失うことはなかっただろうに、と嘆いている。しかし、最後に「これもわりなき心の闇になむ」と弁解している。

B＝二人にとって、更衣は大切な娘であり、幸せを望むのも親としては当然であろう。帝に愛され、皇子を産むことで、二人の願いは叶ったかに見えたが、それによって娘を失ったことは本意ではなかったはずである。帝への恨み言をもらす過程で、母君はこんな結末を望んでいなかったと訴えたかったのではないか。帝へのことばであると同時に自分にも向けたことばのように思える。

問題⑥ 母君は最後に「これもわりなき心の闇になむ」というように弁解しているが、それはどうしてだろうか。

（解答例） **A**＝娘が帝に大事にされることが願いではあったが、そのことが（寵愛の度合いがあるにしろ）娘を苦しめ、間接的にでも死へ追いやってしまったことの葛藤が、北の方にはある。家のために娘を使うことは、時代の通例であったとしても親のエゴであると感じる。そのことに北の方は気づいたのではないだろうか。更衣が死に、残された親が父親でなく母親であることによって、帝に対しての不満や心の闇というものが、この場面においてうまく作用している。

ところで、命婦や北の方は、帝に更衣が愛されたことを頻繁に口に出しているが、なぜ更衣が帝を愛していたことについては話さないのだろうか。命婦と北の方の場面は、更衣の死を悼むシーンであるのに、やはり帝中心に話が進んでいる。北の方は大納言の遺言に従って娘を入内させ、周りの女御や更衣は桐壺更衣をしいたげていた。そんな中で、桐壺更衣と本気で向き合おうとしていたのは、帝だけだったのではないだろうか。それを考えれば、桐壺帝と更衣の想思想愛もうなずける。

B＝母君は心の中ではしっかりした後ろ楯となる人もいない自分の娘を寵愛してくださった帝に対して、本当は感謝の思いでいっぱいなのだと思う。しかし、娘を失ったことがとても悲しくて、どうしてよいか、気持ちのやり場に困って、この場面では帝に八つ当たりをするような言い方になっている。私は、この場面で母君の痛い思いが感じられた。

C＝娘が死んだのは帝の愛によったかもしれないという感情もあるが、帝に対して、そういう思いは抱いてはいけないと感じてもいる。また、娘が帝を愛していたのではないかと思い、それを否定するようなことを言ってしまったことに対しての弁解でもある。北の方は、帝の娘への愛と娘の帝への愛に対して弁解しているように感じる。そのため「親としての心の闇」と表現したのではないだろうか。

参考2

「〜と言ひもやらずむせかへりたまふほどに夜も更けぬ」は、まずは母君のこれまで抑えていた気持ちが吐露されていること、次に、「夜も更けぬ」に時刻がかなり深夜に及んでいることを表している。

〈解説例〉 **A**＝この表現を読んだとき、本当に北の方の思いがとめどなくあふれ出し、止まらなくなってしまったのだろうと思いました。私が思うに、帝からの誘いについて帝自身はまったく悪気がないように思いました。いつまでたっても桐壺更衣との別れの切なさはなくならないし、若宮に会って一緒に暮らしたい、それだけしか考えられないのだろうと思います。しかし北の方から見れば、そのように誘ってくださることはありがたいけれど、掟を破ってまで宮中に行くのはどうしても無理がある。しかし、若君だけを参内させると、自分は若君とも離れ離れになる。もう生きている気力を失うようなものではないか。そんな悲しみ、不満が突然あふれだすかのように命婦に打ち明けてしまっていると感じました。

〈質問〉＝父の大納言が自分の娘に対して「この人の宮仕の本意、かならず遂げさせたてまつれ」というように敬語「たてまつる」を使っていますが、それはどういうことでしょうか。

〈回答〉＝大納言の会話文は、北の方が帝の勅使である靫負命婦に語る中で夫である大納言のことばを引用したものです。桐壺更衣は、大納言が遺言を伝えた時点では大納言の娘ですが、そのことばを引用した現在は、帝の寵愛を受けた桐壺更衣であり、死後、従三位を追贈されています。そこで、この「たてまつる」は北の方が加えた、結局は帝へ向かう敬語表現とみることができます。仮に、大納言が健在の折に入内が決まったとしたら、大納言はやはり「たてまつる」を使ったことでしょう。

【二三】　悲嘆にくれる帝

「うへもしかなん。『わが御心ながら、あながちに人め（人目）おどろくばかり思されしも、ながかる（長かる）まじきなりけりと、今はつらかりける人のちぎり（契り）になん。世にいささかも人の心をまげたることはあらじと思ふを、ただ、この人のゆゑにて、あまたさるまじき人のうらみ（恨み）をおひ（負ひ）しはてはては、かううちすて（棄て）られて、心をさめむ方なきに、いとど人わろうかたくなになりはつるも、さき（前）の世ゆかしうなむ』とうち返しつつ、御しほたれがちにのみおはします」とかたり（語り）てつき（尽き）せず。なくなく（泣く泣く）、「夜いたうふけ（更け）ぬれば、こよひ（今宵）すぐさ（過ぐさ）ず御返りそうせ（奏せ）む」といそぎ（急ぎ）まゐる（参る）。

問題①　前節【二二】の母君のことば「かへりてはつらくなむ」云々を受けて、命婦は「上もしかなん」と語り始めている。どちらにも強調の「なむ」が用いられている。ところが、その内容には違いがある。どういう違いがあるか説明してみよう。

（解答例）　**A＝**前節の結びの母君の「かへりてはつらくなむ」云々は、更衣が亡くなってしまった原因は帝の寵愛が深かったからだと言っているのに対して、命婦は「上もしかなん」(帝とても同じこと)と言っているが、帝は、更衣が亡くなってしまった理由は自分の寵愛にあるとは思っておらず、「更衣の命が短い」という宿命だったからこそ、深く愛してしまった、自分はみっともなく愚か者になってしまった、これも前世の因縁、つまり、更衣が亡くなった原因について、母北の方は「帝の御寵愛だ」と考えているのに対して、帝は「前世の因縁だ」と思っているところに両者の違いがある。

問題② 帝は、自分が更衣に夢中になった原因・理由として、結果的にどういうことを思っているか。

(解答例) **A**=帝は、自分が更衣に夢中になった理由として、更衣が薄命な身の上であり、それもまた前世の因縁であると考えている。これにより、更衣の死の責任が自分にあるとは思っていない自分本位な薄情者ととらえられがちだが、帝は自分本位でいて当然な位置にいる人物であるので仕方ないことだと思う。何より、帝は自分を責める心の余裕すらなかったのではないかと思う。前世の因縁だととらえることでいつまでも闇の中に面影を探してばかりでなく、帝なりに愛する人の死というものを受け入れようとしているのではないかと、私は考える。

B=帝は自分が更衣を深く愛したのは、長く続くはずのない仲だったからであるとか、早くに亡くなってしまうのは前世からの宿命であるという考えを持っている。しかし、実際はどうであろう。確かに帝のいうようにそういう運命であったと一言で片づけることは簡単である。更衣の母北の方は同じ「更衣の死」でも違う受け止めをしている。帝が人目を気にせず、更衣にだけ過剰な愛情を示さなければ、更衣は人々から恨みや嫌がらせを受けることもなく、心労を抱えずに済んだのではないかと考えている。こんな考えをもつ北の方にとって「更衣の死は宿命である」と語る帝を恨みたくなるのは仕方のないことである。

問題③　「ただこの人のゆゑにて、～　前の世ゆかしうなむ」は、早とちりすると、自分が周囲から非難されたりしたことの原因・理由に更衣の存在があったということになるが、ここはどのように読めば良いのであろうか。

（解答例）　**A**＝確かに何も考えずに読むと、帝は自分が周囲から非難された理由・原因が更衣にあると語っているように見えます。しかし、帝が「世にいささかも人の心をまげたることは」云々とおっしゃっているように、帝が更衣にした行為は自然であったように私には思われました。なので、私は、この帝のことばは、裏を返せば、まさか受けると思っていなかった人の恨みを受けてしまったくらいに、更衣に胸を焦がし、周囲も気にならないほどに愛していらっしゃったのではないかと思いました。

B＝帝は周りが見えないほど更衣を愛していた。その愛が深すぎるため、なぜ自分をおいて先に亡くなったのか、どうしてと思う気持ちから、更衣のせいで周囲から非難されたと言ったと思う。本当に愛していたのに今はもう目の前にいない。長い間ずいぶんと苦しんだ。口から出てくることばも、なぜ先に死んだのかということだけで、つい更衣を責めているようなもの言いになってしまうのだと思う。二人の短すぎた時間にも何か理由がなくては納得できず、前世からの因縁のせいと言ったのだと思う。沈む気持ちを盛り上げてくれる人も出来事もなく、どんどん悲しくなってくる。気持ちを鎮めようもなく、更衣のこと以外に何も考えられない。帝が本当に苦しんでいることがわかった。

参考1　命婦は、「夜も更けぬ」と述べて辞去しようとしたが、母君の心の苦しみを聞いて退座することもできず、帝の日々の懊悩を語ることになる。母君との話が尽きることがないが、お待ちになっている帝が気懸りであるので、泣く泣くお暇のあいさつをする。

（解説例）　A＝北の方の悲しい想いが一挙にあふれ出る。その想いを知った命婦は夜が更けてしまっても話を終わらせることができない状態になっている。帝の使者として訪ねてきているため、早く帰参して帝に報告しなければならないということで、泣く泣く話を終わらせようとしているように感じた。また、帝が桐壺の死を宿命だと思いこんでいて、自分が愛したから亡くなったとは少しも思っていない、そのことが北の方にとって許しがたいことであったに違いないが、命婦も北の方の考えに近かったのではなかろうかと、この一文から思った。

B＝命婦は帝の気持ちやおことばを伝え、若宮に宮中に戻ってきてもらうために母君の所にやって来た。本来ならば、帝のことばを伝え若宮を戻すかどうかの返事だけ聞いて命婦は帰参するはずだったが、母君があまりにも本音を話すので、その気持ちに心打たれた命婦は帰参しずらくなっている。命婦も帝のことばを伝えるだけの伝達係ではなく、れっきとした一人の人間なんだと思った。命婦は、帝と北の方の両方の思いや気苦労を知って、二人の間で心が揺れているのかな、だから泣く泣くお暇のあいさつをすることになったのかなと思った。

参考2　「『夜いたう更けぬれば、今宵過ぐさず御返り奏せむ』と急ぎ参る」は、勅使靫負命婦が母君の邸宅から帰参することの描写である。源氏物語は、こういう重要な場面では、まず退出の事実を語り、それに続けて、改めて離別の場面を詳しく語ることになる。

（解説例）　A＝桐壺巻では、危篤に陥った桐壺更衣が里邸に退出する場面でもこの表現が使われていた。それと同じ表現の仕方である。

【二四】辞去時の歌の贈答

月はいりがた（入り方）の、そら（空）きよう（清う）すみ（澄み）わたれるに、風いとすずしく（涼しく）なりて、くさ（草）むらのむし（虫）のこゑごゑ（声々）もよほしがほ（顔）なるも、いとたちはなれ（立ち離れ）にくき草のもとなり。

すずむし（鈴虫）の　こゑ（声）のかぎりを　つくし（尽くし）ても　ながき（長き）夜あかず　ふるなみだ（涙）かな

えものり（乗り）やらず。

「いとどしく　虫のね（音）しげき　あさぢふ（浅茅生）に　つゆ（露）おきそふる　くも（雲）のうへ人（上人）

かごともきこえ（聞こえ）つべくなむ」といは（言は）せたまふ。

をかしき御おくり物（贈物）などあるべきをりにもあらねば、ただかの御かたみ（形見）にとて、かかるよう（用）もやとのこし（残し）たまへりける御さうぞく（装束）ひとくだり（一領）、御ぐしあげ（御髪上げ）のてうど（調度）めく物そへ（添へ）たまふ。

問題①　「月は入り方の」云々の一文について、修辞的な方面、または感覚的な方面から説明してみよう。

（解答例）　Ａ＝月から始まり、空、風、草、虫というように、自然が上から下に次第にクローズアップされる形で一文が構成されている。また、それらの自然は「空は清く澄み、風は涼しく」など秋夜を際立たせるように描かれている。次の文からは命婦と母君の歌のやり取りがあり、それが「虫の音」にかけてあるところから、地の文である「月は入り方の〜」は秋の月夜のわびしさを印象づけ、贈答歌それぞれをより深みのあるものにする効果を発揮している。

B＝「月は入り方の〜」の一文を感覚的な面から読むと、「空清う澄みわたれるに」は視覚的映像で雲一つない夜空を想像させ、「風いと涼しくなりて」は触覚的映像で夏も終わり、秋の朝晩は冷えてくる、その涼しい風を思わせ、「草むらの虫の声々〜」は聴覚的映像で涙をさそうような虫たちの鳴き声を想像させる。これは後に続く命婦の歌にもあらわれるのだが、涙を誘わせるなら、天候は悪いほうが合うのではとふと思った。「涙雨」ということばもあるくらいなのだから、虫の声よりもそちらがいいのではないかと。しかし、視覚、触覚は良い雰囲気を表す中、聴覚の虫の声だけが涙を誘うようなものだというほうが余計に悲しい気分にもなると、二度、三度読んでみた。その情景を想像させる表現はさすがだと思う。

C＝まず、「月は入り方の」と、月の位置で時間の経過を表す。この時間の推移に「月」を用いることにより、場面に美しさと寂しさを視覚的に強調している。また、澄み切った空や涼しげな風、涙を誘うかのような虫の声は、桐壺更衣そのものの清らかさ、美しさを連想させるものである。それらすべてが更衣の死を悼むように、悲しそうに寂しさを際立たせる描写として用いられていることにより、「更衣の死を悼む」という北の方を命婦が訪れるこのシーンの終わりをよりふさわしく、美しいものとする、冒頭文のような働きをしている。また、それらの要素すべてに感覚として感じることのできるものをもってくることで、読み手は一瞬にしてその場面を思い描き、引きこまれることになる。

D＝沈みかけている月は時間が経ったことを示すとともに、はなやかな雰囲気はなく、故大納言や更衣の死の影を重くただよわせるこの邸宅によく似合っている。秋の夜の冷たく澄んだ空気に響く虫の声はこの文章を読むと頭の中にイメージとして浮かんでくる。声に出して読んでみると、音としての響きもすばらしく美しい。「名文」といわれる文章は「作者の人柄を源として作品の言語表現が何とも言えない雰囲気を発散し、読むものに充実した時間を実現する文章」と中村明さんが言っているると授業で習ったが、雰囲気をもつ文章とはこういうものなのだろうかと思うような私のお気に入りのくだりである。

参考1 本文に詠まれている二首の歌は、源氏物語の最初の一対になった贈答歌である。古今集などでは、特に返歌の価値は、贈歌に対する「切り返し」にあるといわれる。この母君の返歌もまた、命婦の歌の内容を巧みに切り返していることに注意したい。

なお、切り返しの技法で高く評価される歌人に在原業平がいる。古今集の次の贈答歌で説明してみよう。巻十七雑歌上　九〇〇と九〇一番歌（詞書を省く）の在原業平の母君の歌と業平の返歌である。

　老いぬれば　さらぬ別れの　ありと言えば　いよいよ見まく　ほしき君かな

　世の中に　さらぬ別れの　なくもがな　千代もとなげく　人の子のため

業平の母君は、自分にも「さらぬ別れ」が迫ってきているから、いよいよあなたにお会いしたい気持ちにかられると詠みかける。これで、業平がすぐに長岡京に住む母に会いに行けたら歌を返さなくてもよいが、宮仕えの身であるから、動きが取れない。それで、この世から「さらぬ別れ」がなくなってほしいという返歌を詠むのである。「さらぬ別れ」というものがなくなれば、母の「いよいよ見まくほしき」気持ちは薄らぐことでしょうというのである。このように、贈歌の論理を打ち消すことによって別の見方を伝えるのが返歌の「切り返し」ということである。

〈解説例〉 A＝平安時代の貴族には教養の一つとして歌を詠むことがあり、その巧みさもその人の魅力の大きな一つを表していた。上流階級の人々は現代人と比べてはるかに歌が巧みで、命婦と母君の歌のやりとりも二人の教養深さに納得させられる。周囲の景色の様子と自分の思ったこと、伝えたいことをうまく歌として表現することは並みの人では無理といえる。しかし、この場面で本当にすばらしいと思うのは作者の紫式部である。歌の内容もさることながら、登場人物の立場に立って、命婦と母君の心境を歌に表したのはさすがである。

参考2 「鈴虫の声のかぎりを尽くしても長き夜あかずふる涙かな えも乗りやらず。」の「えも乗りやらず」は、歌の情趣と合わせて命婦の行動を語り、辛い心情を表す。

(解説例) A＝命婦が母君に贈った歌は母君の気持ちを理解し、励ますと同時に、それを秋の夜に響き渡る鈴虫の鳴き声にたとえることでとても風情を感じさせる歌になっている。しかし、それでも母君の気持ちは辛いままであることも命婦にはわかっているので、母君を心配し、車に乗ることもできなかったんだと思う。桐壺更衣を亡くしたことにより、母君や帝はもちろん辛いが、両方の気持ちを知りながら仰せを伝えにいく命婦もまた、大変つらいだろうなと思った。

参考3 「と言はせたまふ」は、母屋にいる母君が侍女を使って、すでに車の近くに出ている、あるいは車に乗り込もうとしている命婦に朗誦してお伝えする意味である。これは、源氏物語絵巻などを想像すると、空間的な位置関係がよくわかって理解しやすい。

(質問) ＝母北の方は、帝の使者、しかも帝の信頼も厚い靫負命婦に贈る品物について、帝にもお目にかけるであろうから、はずかしくないものをと思って更衣の衣服や髪を結う道具をさし上げたとあります。この亡くなった更衣の衣服などを贈るという行為は、現在の考え方と大きく違っているように思います。特に髪を結う道具などには何か思いが残っているように思いますが、平安時代はそういった感覚はなかったのでしょうか。

（回答）＝「御髪上げの調度めく物」は、「長恨歌」の中でやっと尋ね着いた皇帝の使者に、かつての楊貴妃が「鈿合金釵」を持たせることと関連しています。「金釵」は黄金のかんざしでこれを二つに割いて片方を持たせたのでした。「御髪上げの調度めく物」は美しい細工を施した髪飾りのようなものだと思われます。後世の、いわゆるいみことばが普及して、櫛が九・四、苦と死を暗示するから贈り物に適切でないといった感覚はまだ平安時代にはありません。

参考4　靫負命婦が母君の邸宅を訪問する場面は、桐壺巻の中でも圧巻というべきである。そのことを考えてみよう。第一に、本文の長さの上で指摘することができる。第二に、はじめて季節や時刻の移りが人物の心情と深くかかわるかたちで描写されている。第三に、歌の唱和が行われている。第四に、「場面」という用語が当てはまる物語が展開している。

（解説例）　A＝桐壺巻の中で靫負命婦が母君を訪問する場面はまさに圧巻であり、非常に劇的で細やかな描写がなされている。それについて考えてみると、この場面は源氏物語の第一巻にあたり、これ以降の物語で主役として登場する光源氏の母である桐壺更衣の死にざまをまずこの場面で強調的に語ることによって、後々に出てくる光源氏を際立たせることにつながるのではないか。また、それによって物語にも深みが出てくると思う。

B＝桐壺巻では、桐壺更衣が亡くなった後に靫負命婦が母君を訪問する場面で、初めて登場人物の動きや息遣いが会話を通して伝わってくるような気がする。この巻の主人公といえる帝や更衣でなく、脇役といえる立場の母君と命婦が悲しみを代弁することで、主人公二人の存在により強い尊さを生んでいると思われる。桐壺更衣は亡くなってしまっているが、この場面においては、邸宅や、前栽を包む季節や自然自体が更衣の代役として登場し、強い存在感を出していると考える。

C＝命婦が母君の邸宅を訪れた場面は、これから「源氏物語」の中でおこっていく出来事がとじこめられているのではないか。「桐壺巻」という源氏物語の始まりの中にこの場面をもってきて、親子の愛や故大納言の望み（＝家の再興）などをあまり深く掘り下げることなく軽めに描き、これから光源氏を中心にすすんでいく物語への期待を高まらせるための作者の意図ではないか。いわば、「源氏物語」の予告編のようなものではないかと考える。

D＝桐壺巻は会話が少ない。特に最初の方は桐壺更衣を中心とした状況説明が主である。しかし、桐壺更衣が退出し亡くなるあたりから物語は一気にもり上がりを見せる。会話も少しずつ見られるようになり、命婦が母君の邸宅を訪れた場面では命婦と母君の会話が中心になる。季節感も出てくる。最初のあたりで物語の主人公である光源氏の出生などを知った読み手は、ここでいっきに物語に引き込まれていく。

E＝私は、この場面が長さの上で桐壺巻全体の約二割を占めていることについて、作者の深い思い入れがあるように感じる。なぜなら、この場面では歌、季節、人物の心情など多くの具体的な描写がなされているからだ。源氏物語という規模の大きな長編物語では、登場人物も多くなり、人物同士の関係も複雑になってくる。そのような中で主人公である光源氏の生い立ちやその背景は欠かせないものである。だから、作者は読者に対して、母君が亡くなり十分な愛情を受けられずに光源氏が成長したということを強調するために、長く詳しく描写しているのだと思う。

【二五】 北の方参内にまどう

わかき（若き）人々、かなしき（悲しき）ことはさらにもいはず、うち（内裏）わたりをあさゆふ（朝夕）にならひて、いとさうざうしく、うへ（上）の御ありさまなど思ひいで（出で）きこゆれば、とくまゐり（参り）たまはんことをそのかしきこゆれど、かくいまいましき身のそひ（添ひ）たてまつらむもいと人ぎき（人聞き）うかるべし、また、見たてまつらでしばしもあらむは、いとうしろめたう思ひきこえたまひて、すがすがともえまゐら（参ら）せたてまつりたまはぬなりけり。

参考1「若き人々」は、桐壺更衣、若君にお仕えしている若い女房。「わかし」は「おとなし」の対で、まだ周りへの配慮が十分には備わっているとはいえない未熟な、という意味を含む。

（解説例） **A**＝若宮にお仕えしている若い女房たちは、更衣が亡くなったことはもちろんであるが、荒れ果てた北の方のお屋敷にいつまでも留まっていることを心寂しく思っている。以前の宮中暮らしと比べると、暗い哀しみに満ちた北の方のお屋敷は、自分たちの気持ちまでも暗くしてしまい、いつまでも気が晴れない。それで、若宮に対して早く参内なさるようにと内々申し上げているが、その行為自体は配慮が足りているとはいえない。北の方はそんな若い女房たちを見て、哀しみをいっそう深めていく。

B＝この場面は、命婦が立ち去った邸宅の名残を描出しており、今までの文章とはまた違った感じで際立って見える。その中でも、早く帰参したがっている女房たち、他方、亡き更衣を想って泣きつづける北の方が対比的に表現されている。この女房たちの前向きの気持ちによって時間の流れを感じることができる。まだ更衣の死にとらわれている北の方、そして荒れ放題の邸宅。これまでの命婦と北の方の会話とそれを取り巻く情景として描かれてきたものは、時が止まっていた。しかし、その裏で、手紙によって若宮の参内を望む帝、北の方を心配しつつも帰参を願う女房たちによって時は確実に動き出している。

参考2 「かくいまいましき身の添ひたてまつらむも人聞きうかるべし」は、北の方が付き添って参上する場合、「見たてまつらでしばしもあらむは、いとうしろめたう思ひきこえたまひて」は、自分が残り、若宮だけを参上させた場合である。どちらの選択肢にも支障があるというのである。

〈解説例〉 A＝自分が若宮と一緒に参内するのは世間体が悪くてできないなどといっているが、実際は、すでに指摘されているように、娘を死に追いやった宮中には行きたくないという思いで、それを直接口に出せないので、「人聞き（世間体）」ということばを使って、濁しているのではないかと推測される。

問題① 「すがすがともえ参らせたてまつりたまはぬなりけり」の文末の「なりけり」に注目して、北の方の気持ちをわかりやすく説明してみよう。

〈解答例〉 A＝「すがすがとも……」の文末の「なりけり」は、ここで命婦訪問の場面が終わることを示すことばである。この場面では、北の方はいつ参内するか、若宮だけか北の方も共に参内するかなどは決めかねていると命婦に伝え、今回の命婦訪問の機会での参内は遠まわしにお断りしている。ここで、解説表現にかかわる「なりけり」を使うことで、この遠まわしの拒否も、ほぼ断定的にNOと帝に返事をして、かわいい孫と離れたくない、この家で静かに過ごしたいという北の方の強い願望が伝わってくるように思う。

B＝この文は、年若い女房たちの話や母君の気持ちが描写されているので、語り手の視点で語られていることがわかる。「〜なのであった」という結び方は「だった」という結び方に比べると、母君の気持ちにより深く近づいている。母君は、娘を亡くしたばかりでもあるし、本心では唯一の肉親となった若宮の近くに居たいと思っている。参内することに対しても、そのことが若宮のためになるということも理解している。しかし、世間の目を考えたときに、宮中でひと騒動の只中にいた更衣の母という立場の自分が若宮とともに参内するのはいかがなものかという考えに加え、忌まわしく思っている宮中には行きたくないという考えも持っている。様々な考えの板ばさみになり、苦しむ母君の気持ちをしっかり汲み取った「なりけり」であると思う。

C＝北の方は最愛の娘を亡くしたことをすぐには受け入れることができない。信じたくないという思いもまだ強く残っている。さらに追い討ちをかけるように今度は若宮を早く参内させるようにと言われる。最愛の娘を亡くし、深い闇の底へ落ちたような気持ちの中、若宮という存在があったからこそ、それが北の方の心の支えになっていたのだと思う。ゆえに心の支えでもあった若宮を参内させることは北の方が再び闇の中をさまようことになり、北の方の心を立ち直らせることのできる可能性がある存在を失ってしまうことになる。それはつまり娘のときと同様に愛しい人が再び側からいなくなる、独りになってしまうという北の方の心の淋しさがうかがえるように思う。

【二六】　命婦、帰参して奏上

命婦は、まだおほとのごもら（大殿籠ら）せたまはざりけると、あはれに見たてまつる。おまへ（御前）のつぼせんざい（壺前栽）のいとおもしろきさかり（盛り）なるを御覧ずるやうにて、しのびやかに（忍びやかに）、心にくきかぎりの女房四五人さぶらはせたまひて、御物がたり（物語）せさせたまふなりけり。

このごろ、あけくれ（明け暮れ）御覧ずる長恨歌の御ゑ（絵）、亭子院〔ていじのゐん〕のかか（描か）せたまひて、伊勢、つらゆき（貫之）によま（詠ま）せたまへる、やまとことのは（大和言の葉）をも、もろこしのうた（唐土の詩）をも、ただそのすじ（筋）をぞまくらごと（枕言）にせさせたまふ。

いとこまやかにありさまを（ありさま）とは（問は）せたまふ。あはれなりつることしのびやかに（忍びやかに）そうす（奏す）。御返り御覧ずれば、
いともかしこきは、おき（置き）所もはべらず。かかるおほせごと（仰せ言）につけても、かきくらすみだり（乱り）心地になん。
あらき風　ふせぎしかげの　かれ（枯れ）しより　こはぎ（小萩）がうへぞ　しづ心（静心）なき
などやうにみだり（乱り）がはしきを、心をさめざりけるほどと御覧じゆるすべし。

参考1 この場面は、帰参した靫負命婦の視点で語られている。すなわち、語り手が靫負命婦の目・心を通して哀傷深まる帝の様子を描き出している。

（解説例） **A**＝この場面を命婦視点で語ることにより、第三者的立場ができる。命婦は帝のつらさも北の方の悲しみも、更衣の寂しさも、そして、今までのすべてを知る人であることから、読者と同じ、あるいは読者に一番近い立場に立てる人物である。ここには、帝を誰からかの視点で客観的に語る必要があったのではないだろうか。それにより、この場面に、帝の寂しさや気を紛らわせる姿がよりいっそうの悲しみを持たせることになる。

B＝靫負命婦は、母北の方の邸宅を訪ね、悲しみに沈んでまったく立ち直ることのできていない姿に接して、複雑な気持ちで帝のもとへ帰ってきたのではないかと思う。母君には、帝の気持ちをくわしくお伝えはしたが、納得していただけなかった。そういうことで、まだ眠らずにいた帝を拝見して本当にいたたまれなく思ったのではないだろうか。母君の気持ちを聞いたあとでも、これほど帝のことを考えている靫負命婦は帝をとても思いやっている人なのだと感じた。

問題①「まだ大殿籠らせたまはざりけると、あはれに見たてまつる」という靫負命婦の帝への同情を「まだ」、また、次の文の「壺前栽のいとおもしろき盛りなるを御覧ずるやうにて」などに注目して説明してみよう。

〈解答例〉 **A＝**いつもであればお休みになっているはずの帝がまだ起きていて命婦の帰りを待っていた。それほどまでに桐壺更衣の里の様子、特に北の方の返事が眠ることもままならないほどに気になっていたことがうかがわれ、そんな帝の期待に応えられなかった返事を伝えなければならないことに抵抗を感じながら、伝えた後の帝のことを思うと「あはれ」にも思う命婦の気持ちが見てとれる。また、御前の庭の植え込みの紅葉の美しい移りを御覧になっているようでそうでないことが傍で見ていてわかるほどに帝の興味が命婦の返事にあることもわかる。「壺前栽のいとおもしろき盛りなるを御覧ずるやうにて」と付け加えていることで帝の気持ちをうまく表すことができているようにも思う。

B＝この命婦の視点で見た場面は、同じく命婦の視点で描かれた母君の家の様子とたいへん対照的な感じがする。確かにこの場面からは帝の寂しさも伝わってくるが、美しく手入れされた宮中の前栽の描写や四、五人の女房に囲まれている帝の様子は、娘が死んでから荒れ果ててしまった母君の邸宅の庭の描写や、その中に若君と二人だけでいる母君の様子とあまりに対比的で、この場面に直接登場しないが、母君の寂しさが強く伝わってくる気がした。

C＝私は「まだ大殿籠らせたまはざりける」という所を読んで、帝がいまだにお休みになっていない、気の毒で慰めたり手助けしたくなったりするような靫負命婦の気持ちがよく伝わってきました。また、「〜御覧ずるやうにて」という所を読んで、帝が庭に咲く秋草を見つつも、実は命婦の帰参を心待ちしている帝の心情がよく伝わってくる場面でした。それだけ帝は、命婦から愛する更衣の話、若宮の話が聞きたかったんだろうなと思いました。

参考2 白楽天の「長恨歌」はテキストの附録を参照。冒頭近くの【二】の桐壺更衣が帝の寵愛を受けていたころは、外からの批判、非難の資料として「長恨歌」が取り上げられていた。「唐土にも、かかる事の起こりにこそ、世も乱れあしかりけれ」と語られていた。ところが、この場面では帝が亡くなった桐壺更衣を追憶し哀悼するものとして「長恨歌」が取り上げられている。

〈解説例〉 A＝「長恨歌」は普通の視点から見れば戒めなどに目が向くが同じ愛する人が死んでしまった帝からすれば、玄宗皇帝と同じように相手の死を悼み死んでしまった者に対して死後もどうにかして慰めてあげたいという気持ちの表れであるように私には思われた。死を悲しむだけでなく、死後も相手を愛していることへの表現に「長恨歌」が使われているのではないかと思う。

B＝帝は更衣を失ってようやく自分と桐壺更衣がまさに「長恨歌」に出てくる玄宗皇帝と楊貴妃のようであったということを身にしみて実感しているのだと思った。

参考3 3–1 「このごろ、明け暮れ御覧ずる長恨歌の御絵、亭子院の描かせたまひて、伊勢、貫之に詠ませたまへる、大和言の葉をも、唐土の詩をも、ただその筋をぞ枕言にせさせたまふ」という表現から、「長恨歌」がすでに宮廷あるいは貴族社会に普及していたことがわかる。

3–2 「亭子院の描かせたまひて」の「亭子院」は宇多上皇のこと。もう少し後の若宮が高麗の相人に会う場面には「宇多帝《うだのみかど》の御誡め」とある。「宇多帝」が公的な呼称であるのに対して、「亭子院」はお住まいになっている邸宅に基づく呼称。

3–3 「伊勢、貫之に詠ませたまへる」の「伊勢」は古今集、後撰集、拾遺集という三代集の女流歌人の中で歌数が最も多い歌人。「貫之」は古今集の編者の一人の紀貫之で、古今集では歌が最も多く収録されている。
3-4 「大和言の葉をも、唐土の詩をも」は、たとえば「和漢朗詠集」のように漢詩と和歌の両方をかねそなえたもの。
3-5 帝は、長恨歌の御絵をくり返し見ながら、別れた桐壺更衣とのことを追悼している。

参考4 伊勢が長恨歌を詠んだ歌を『伊勢集全釈』(関根慶子他編 風間書房 平成八年二月)から一首掲げておきたい。この歌を第一首として全十首が長恨歌についての歌である。詞書の第二文の「みかどの御になして」は、玄宗皇帝の立場にたって、の意。

長恨歌の屏風を、亭子院のみかどかか(描か)せたまひて、そのところよませたまひける。みかどの御(おほん)になして

もみぢばに　いろ見えわかず　散るものは　ものおもふ秋の　なみだなりけり

なお、もう一首、桐壺帝の心に副う歌を引用しておきたい。

くれないに　はらはぬ庭に　なりにけり　かなしきことの　はのみ積もりて

右掲書には「おそらく屏風の画面には、秋の宮殿で楊貴妃を恋い嘆く玄宗の姿が描かれていたのであろう」(一四五ページ)とある。

問題② 母北の方の返歌について「などやうに乱りがはしきを」とあるが、いったい、どのように「乱りがはし」いのか、北の方の返事について具体的に説明してみよう。

(解答例) A＝帝の「宮城野の〜」に対する返歌であるにもかかわらず、更衣と若宮のことにしか触れず、帝のこと

は歌に詠みこまれていない。それは、母君の心が乱れている状態なので、素直に悲しみや心配事だけが詠まれ、帝への御心遣いが欠けてしまったように思った。それほど母君の心が不安定であるのだと思う。

B＝返歌の前書きを見ても母君の心が闇の中にあることがわかる。そして、歌の部分では、帝への返歌であるはずなのに、亡くなった更衣と若宮の今後についてしか内容に表されていない。前書きでは一応の礼儀はとっているものの、肝心な歌の部分で帝を無視するなどして、北の方の本音が少し露わになっている。

問題③ 語り手は、母北の方の返歌が「乱りがはし」いけれども「御覧じゆるすべし」と推測しているが、どうしてそういうように推測できるのか。

（解答例） A＝今まで桐壺更衣を失くしたことを悲しんでばかりいた帝が、母君も最愛の娘を亡くしたことや仕えていた者たちが悲しむ姿を見て、辛いのは自分だけではないと気づき、若宮のことを考えるようになった。母君が気持ちの乱れからか、取り乱しているのも大目に見ているところから、桐壺更衣の死によって、帝として随分と成長できたと思う。

B＝北の方の心乱れる返歌に対して、帝が「御覧じゆるすべし」というように語り手が推測しているのは、帝の度量が広いということに加えて、その後に続く「いとかうしも見えじと思ししづむれど、さらにえ忍びあへさせたまはず」という帝の心境から、自分も北の方と同じように、愛しい人を失った悲しみに沈んでいるのだという思いを自覚して、冷静に受けとめようと努力なさっているからではないかと思いました。

【二七】 北の方への慰め

いとかうしも見えじとおぼし（思し）しづむれど、さらにえしのび（忍び）あへさせたまはず。御覧じはじめし年月のことさへかきあつめ（集め）よろづにおぼし（思し）つづけられて、時のま（間）もおぼつかなかりしを、かくても月日はへ（経）にけりとあさましうおぼし（思し）めさる。「故大納言のゆいごん（遺言）あやまたず、宮づかへ（宮仕）のほい（本意）ふかく（深く）ものしたりしよろこびは、かひあるさまにとこそ思ひわたりつれ、いふ（言ふ）かひなしや」とうちのたまはせて、いとあはれにおぼし（思し）やる。「かくても、おのづから、わか宮（若宮）などおひいで（生ひ出で）たまはば、さるべきついでもありなむ。いのちながく（寿く）とこそ思ひねんぜ（思ひ念ぜ）め」などのたまはす。

参考1 帰参した靫負命婦が里邸の母君などについて奏上したことによって、視点が靫負命婦から帝に移行する。本文の初めの「いとかうしも見えじと思ししづむれど」以下は、語り手が帝の心に入って帝自らの気持ちを語る内話（心理描写）である。

〈解説例〉 **A**＝北の方を訪問したことを命婦から聞いた帝の心情をよりくわしく描出するために帝視点へ切り換えたと思われる。帝は「いとかうしも見えじと思ししづむれど」と、自身のうちひしがれている様を他に見せないように努力していることがわかる。それで、弱々しい発言はひかえるであろうから、更衣を思いやる心を細かいところまで描こうとすれば必然的に視点は帝になる。帝以外の視点では、そうした描写ができなくなるからである。

B＝帝は今もまだ桐壺更衣が亡くなったことを悲しみつづけている。しかし、周りの人たちに気づかれないように気を配っている。このことを、語り手が帝の心に入って帝自らの気持ちを語ることによって、更衣が亡くなって、帝がどんなに悲しんできたかをいっそう深く読者に知らせようとしているのだと思う。

参考2 「かくても月日は経にけりとあさましう思しめさる」は、「『かくても月日は経にけり』『あさまし』と思しめさる」の意味で、「かくても月日は経にけり」は驚き・慨嘆の具体的な事実を表し、「あさまし」はその驚き・慨嘆の評価・感想を包括的に表す。帝は、あれだけ更衣と約束していたのに、自分だけ生きながらえていること自体に「あさまし」という気持ちを抱いている。

（解説例） A＝桐壺更衣がこの世にいなくなって悲しみに耽っていても、月日はあっという間に過ぎていってしまう。ついこの間まで片時も離さず、側にいないと不安で仕方がなかった桐壺更衣が生きていたはずなのに、ずいぶんと月日が経っていたという事実に驚いている。一人残された状態になっても未だ桐壺更衣のことを毎日のように思っている帝にとってはそう月日は経っていないように感じるのに、実際は結構な月日が経っていたことに「あさまし」という気持ちを抱く。そしてその「あさまし」には、桐壺更衣はいなくなったのに、自分ひとりが生きていることに対しての「あさまし」も含まれているように思う。

B＝帝は桐壺更衣が亡くなったときに、死の原因を前世の因縁のせいにしていた。そこから、帝は桐壺更衣と別れる運命にあったのだという半ばわりきった考えを持つ人物なのかと思っていた。しかし、この「あさまし」ということばの中に、帝が悲壮感、喪失感をどれだけもっていたかがよく表されている。愛する人が先立たれてもなお、生きていかなければならないことの大変さや苦しみがよく表されている。

C＝「かくても月日は経にけり」という帝の驚きは、時間というものは、自分と更衣がそろって初めて動くものだと帝が思っていたからこそのものだと思う。もちろん、そんなことはありえないのであるが、帝の世界では更衣がいなければ動くことも変わることもない、モノクロ写真のようなものではないかと思った。更衣がいるからこそ、はじめて動きが変化し、色のつく世界になるのだと思う。

参考3　帝の会話文「故大納言の遺言あやまたず」云々は、半ば独り言のようで、末尾の「言ふかひなしや」に全体が集約されている。このことばも靫負命婦が北の方へ送る文に記されることになる。それは、半ば独り言のようでありながら、「と受け」表現が「うちのたまはす」になっていることから言えることである。

参考4　「かくても、おのづから～寿くとこそ思ひ念ぜめ」は、北の方の手紙への返事の役割をもつ。その中の「さるべきついでもありなむ」は、若宮の立坊のことを意味しているか。帝は、桐壺更衣をせめて「女御」に昇進させたいと思っていたが、それがかなわなかったので、その代わりに若宮への処遇を考えている。これは、しかし、帝一人の考えで、公表したら社会を震撼させそうである。

（解説例）　A＝桐壺更衣と連理の枝になろうと約束するほど帝の更衣への想いは激しいものであった。そのあふれる想いは更衣の死によって行き着く場を無くしてしまった。桐壺更衣を「女御」に昇進させ、二人の仲を固いものにと考えていた帝は更衣への想いを若宮に向ける（若宮の立坊）ことで気持ちを落ち着かせようとしているのではないだろうか。桐壺更衣が生きていたころの帝の強い愛情がまわりの反感を呼んだという惨劇がまた若宮に降りかかるかもしれないおそれがあると読者に不安を与える場面である。

【二八】　更衣への追憶に沈む

かのおくり物（贈物）御覧ぜさす。なき（亡き）人のすみか（住み処）たずねいで（尋ね出で）たりけんしるしのかむざし（釵）ならましかばとおもほす（思ほす）もいとかひなし。

たづねゆく　まぼろしもがな　つてにても　たま（魂）のありかを　そことしる（知る）べく

ゑ（絵）にかけ（描け）る楊貴妃のかたち（容貌）は、いみじきゑし（絵師）といへども、ふで（筆）かぎり（限り）ありければいとにほひすくなし。太液芙蓉〔たいえきのふよう〕、未央柳〔びおうのやなぎ〕も、げにかよひたりしかたち（容貌）を、から（唐）めいたるよそひはうるはしうこそありけめ、なつかしうらうたげなりしをおぼしいづる（思し出づる）に、花とり（鳥）のいろ（色）にもね（音）にもよそふべき方ぞなき。あさゆふ（朝夕）のこと（言）ぐさに、はね（翼）をならべ、枝をかはさむとちぎら（契ら）せたまひしに、かなはざりけるいのち（命）のほどぞつき（尽き）せずうらめしき。

問題①　「絵に描ける楊貴妃の容貌」と思い出の桐壺更衣の容貌が対比的に表現されている。帝は、桐壺更衣の容貌がどうだったととらえているのだろうか。

〔解答例〕　**A**＝ここの場面において帝は、「絵に描ける楊貴妃の美しさは外見の美しさなのであろう」と思っているのではないだろうか。桐壺更衣は、もちろん容貌も大変美しい人であったが、桐壺帝自身、更衣を亡くして初めて彼女の真の魅力が内面的な部分にこそあったのだと楊貴妃と比較することで感じているのだろう。かもしだす愛らしさや、かわいらしい雰囲気を絵に描ける絵師はいない。内面的な魅力と外見の美しさを両方備えていたからこそ、更衣は帝にあそこまで深く愛されたのだろう。

B＝私は、帝の楊貴妃と更衣の対比は、「華」と「花」だったように思う。「華」という字はいかにも華麗で華々しくきらびやかな美しさというイメージだが、「花」という字は反対に可憐で野に咲いているような親近感を憶えるというのか、かわいらしく愛らしいイメージがある。帝は、更衣のことを「やさしくかわいげがあった」といっていることから、上のように野に咲く花のように可憐であいらしく親しく思わせるような容貌であったように思える。それを考えると、楊貴妃や女御などは「華」のイメージであったのかもしれない。気高くきらびやかで、弱さなどないようなイメージが帝にはあったのかもしれない。

C＝絵の中の楊貴妃は、確かにとても美しく、きれいでだれもが目を奪われるような美貌であるが、生き生きとした内面から発する光がなく、木や花を見て美しいと感じるのと同じような美しさである。それに対して更衣の美しさは外見だけでなくて内面の美しさみたいなものがにじみ出ている。かわいくて優しくて、心を奪われるような美しさであり、花や鳥にはたとえることができないものであった。

参考1 「かなはざりける命のほどぞ尽きせずうらめしき」は、【二七】の参考2と関連している。参考2は悲しみに沈んでいても時間だけは経過することを語り、ここでは桐壺更衣がはかなくなったことを慨嘆する。桐壺更衣への「鎮魂」の役割をいくらかもつ場面である。

〈解説例〉 **A**＝この場面は帝の苦しみや悲嘆があらゆる角度から語られ、更衣のたぐい稀な器量を惜しむ気持ちが語られている。また、それらに加え、自分だけがこの世に残ってしまったという後悔とはかなくも先に旅立ってしまった更衣に対する帝の鎮魂の気持ちが込められている。同時に、命のはかなさが恨めしく思われるということも表されている。

【二九】弘徽殿の女御、宴を催す

風のおと（音）、むし（虫）のね（音）につけて、もののみ悲しうおぼさ（思さ）るるに、弘徽殿には、ひさしく（久しく）うへ（上）の御つぼね（局）にもまうのぼり（参上り）たまはず、月のおもしろきに、夜ふくる（更くる）まであそび（遊び）をぞしたまふなる。いとすさまじうものしときこし（聞こし）めす。このごろの御けしき（気色）を見たてまつるうへ人（上人）、女房などは、かたはらいたしときき（聞き）けり。いとおしたち（おし立ち）かどかどしき所〔ところ〕ものしたまふ御方にて、事にもあらずおぼしけち（思し消ち）てもてなしたまふなるべし。

参考1「風の音、虫の音につけて、もののみ悲しう思さるるに」が帝の気持ちを表すのに対して、続く「弘徽殿には」から弘徽殿の女御に表現の視点が移っている。「久しく上の御局にも参上りたまはず」は、今夜はお呼びがかかるか、今夜こそはお呼びがかかるかと清涼殿の一隅にある「上の御局」に伺候してきたが、絶えてお誘いがかからないということから、ここしばらくは、「上の御局」に伺候することもなくなった、の意。

(解説例) A＝秋の風の音と虫の音が聞こえる美しい風景を御覧になり、帝は以前の桐壺更衣と一緒に会話を楽しんでいたころを思い出されて、悲しみに暮れている。その気持ちが痛いくらいわかる。秋の同じ風景を御覧になると、桐壺更衣との思い出が浮かぶのだと思う。その帝のお気持ちを考えると、辛くて悲しみに暮れてしまわれるのも無理はないと思う。弘徽殿にも帝からのお声はかからず、伺候もしなくなったというところから、帝のそばにお仕えすることもなくなったのだなと感じた。

B＝初めの「風の音、虫の音につけて～」の部分から帝の心から話し合える相手がいなくて寂しい情景が浮かんでくる。そして弘徽殿の女御に対して帝は良い印象を持っていない。弘徽殿の女御も桐壺更衣の死に対して良い印象を持っていないと思うので、二人はお互い快く思っていないと感じられる。

参考2　「月のおもしろきに、夜更くるまで遊びをぞしたまふなる」は、女御としては、上の御局に伺候しても、結局はお呼びがかからない。ここで、弘徽殿の女御の立場にたって解釈すると、この女御は右大臣の長女であり、帝の第一夫人であり、また、第一皇子の母であるということで、お付きの侍女の数も少なくない。月が面白く、風の音、虫の音も情趣あふれる季節を迎えている。例年であれば帝主催の月を愛でる催しが挙行されるところだが、今年はそれがない。せっかくだからということで、侍女たちの願いも汲んで管弦の遊びに打ち興じている。こういった解釈が可能であるが、もちろん、その催しはあらかじめ帝には報告されていない。管弦の音色が聞こえてきたことで、帝ははじめて知りえたのである。この催しは、帝の立場からは「すさまじうものし」（興ざめで、不愉快だ）ということになる。

（解説例）　A＝虫の音や風の音、月が情趣あふれている季節であっても、帝からの立場と弘徽殿の女御の立場で受け止め方がまったく違っている。帝は、いくら情趣あふれる季節であっても、桐壺更衣が亡くなった悲しみに心がいっぱいで、とても悲しい風景に思えてしまう。しかし、弘徽殿の女御は、管弦の遊びを存分に楽しむ中秋の名月を迎えたと思っている。帝は自分よりもはるかに下﨟の桐壺更衣の喪に服した感じで詩歌管弦の遊びまで中止している。それはいただけないと思っている。他方、帝の立場からすると、悲しみの中にいるところへ管弦の音が聞こえてくるのは、とても不愉快に感じるはずだ。

B＝帝からすれば「すさまじうものし」と思えるのは当然仕方のないことなのだろう。なぜなら、更衣を失った悲しみからまだ立ち直れてはいないのだから。しかし、私の個人的な思い入れから、もう少し弘徽殿の女御の味方をしてほしい。テキストの対訳には「亡き更衣の～まるで気にもかけられず」とまで書いているが、そうではなく、彼女も苦しかったのだとは考えられないだろうか。第一皇子をすでにもうけており、帝の愛を受けてしかるべき女性であるのに、当の帝は亡き更衣にばかり心を砕いておられる。更衣の人柄がすばらしかったことはわかっていても、彼女は寂しいに違いない。それを「管弦の遊び」で紛らわしているのを誰が責められるだろう。容貌や人柄が素晴らしいと言われた更衣はもちろん好きだが、こうした女性の「負の側面」とも言えるところを隠せていない弘徽殿の方がむしろ、人間らしくて私は好きだ。

C＝弘徽殿の女御の立場から見たとしても、今回の月がきれいだからと、夜が更けるまで管弦の遊びに興じていたのは、あまりにも無神経に思う。どんな理由をつけようと、桐壺更衣が死んで帝が沈んでいることはわかっているのだから、清涼殿まで聞こえるような管弦は、控えるべきだと思う。ここで、帝を支えるような働きを見せれば、少しは帝にうとんじられることもなくなるのではないかと思った。弘徽殿の女御にもう少し思慮深さがあったら、もっと好かれていたのではないかと思う。

参考3　「このごろの御気色を見たてまつる上人、女房」などは、もちろん、帝の立場にたって是非の判断をするということで、女御の管弦の催しを「かたはらいたし」と聞いている。

（解説例）　**A**＝帝と弘徽殿の女御の間にいる殿上人や女房のはらはらする気持ちがよくわかって、大変だと感じました。帝の立場から見ているので余計にどきどきしたことでしょう。こんな風に主要ではない人物の気持ちや立場も間に入れていることで、より帝や弘徽殿の女御などを客観的に見ることができるし、読みやすいのだろうと思いました。レクイエムと呼ぶには少し違うような感じはしましたが、更衣は他の人たちにとってこんなにも大きい存在であり、人々の考えや行動を変えてしまうほどだった、ということがわかる部分のように思います。

B＝私は、この部分を読んで弘徽殿女御に怒りを感じました。更衣がまだ元気だった時に、帝によく管絃の遊びで美しい音色をたてながら弾いていた更衣のことを思い出させるかのように、帝の気持ちなどおかまいなしな弘徽殿の女御は、とても意地悪だと思いました。この意地悪さは、更衣のことをいじめていた感情と少し似ているのではないかなと思います。こういうことをすることによって、帝の気持ちがどんどんとまた沈んでいくのではないかと、殿上人や女房たちは、はらはらする思いだったのではないかと思いました。ここには、帝の更衣のことをまだ愛しているんだろうなと思う気持ちが伝わってきました。

参考4　「いとおし立ち」云々は、語り手の立場から弘徽殿の女御の気性を説明している。末尾の「もてなしたまふなるべし」は、「月のおもしろきに、夜更くるまで遊びをぞしたまふなる」という行動をとった女御の思い・判断を語り手が少し距離を隔てたところから批判的に解説している。こういう性格の女御だからこそ帝の気持ちを無視して自分勝手なことができるんだと説明している。

〈解説例〉　A＝弘徽殿の女御は、我の強い女性である。管弦の遊びを夜が更けるまでしたのは、皆の気持ちが琴の美しい響きで慰められるのではないかという気持ちだったのかもしれない。だが、私には桐壺更衣のことは早く忘れて、私のことだけを思ってほしいという女御の一種のアピールのようにも受け取れる。末尾の「もてなしたまふなるべし」の「なるべし」は、どこか女御を客観的に、冷めた目で描いているといった印象を受ける。やはり、弘徽殿の女御は空気の読めない、我の強い自分勝手な女性だと思う。

B＝語り手は弘徽殿の女御が我の強い人だから帝の気持ちも考えず、自分勝手な行動を取っていると批判的だが、私は弘徽殿の女御の肩をもってみようと思う。桐壺更衣が亡くなって大分経つのに帝は相変わらずで、うつろでまつりごと（政治）にも力が入らない。そして弘徽殿の女御は帝に大切にされるべきでありながらも放ったらかしにされている。弘徽殿の女御からしたら、ふぬけたままの帝に対して、怒りも起こるのではないだろうか。トップの人間がいつまでも故人を思い、沈んでいては、ろくなことがないからである。

【三〇】 更衣への鎮魂歌

月もいり（入り）ぬ。

　雲のうへも　なみだ（涙）にくるる　秋の月　いかですむらん　あさぢふ（浅茅生）のやど（宿）

おぼし（思し）めしやりつつ、ともし火（灯火）をかかげつくし（挑げ尽くし）ておき（起き）おはします。右近のつかさ（司）のとのゐまうし（宿直奏）のこゑ（声）きこゆる（聞こゆる）は、うし（丑）になりぬるなるべし。人め（目）をおぼし（思し）てよるのおとど（夜の御殿）にいら（入ら）せたまひても、まどろませたまふことかたし。あした（朝）におき（起き）させたまふとても、あくる（明くる）もしら（知ら）でとおぼしいづる（思し出づる）にも、なほあさまつりごと（朝政）はおこたら（怠ら）せたまひぬべかめり。ものなどもきこしめさず、あさがれひ（朝餉）のけしきばかりふれさせたまひて、大しやうじ（大床子）のおもの（御膳）などは、いとはるかにおぼし（思し）めしたれば、はいぜん（陪膳）にさぶらふかぎりは、心くるしき（心苦しき）御けしき（気色）を見たてまつりなげく（嘆く）。すべて、ちかう（近う）さぶらふかぎりは、をとこ（男）女、「いとわりなきわざかな」といひ（言ひ）あはせつつなげく（嘆く）。「さるべきちぎり（契り）こそはおはしましけめ。そこらの人のそしり（譏り）、うらみ（恨み）をもはばから（憚ら）せたまはず、この御事にふれたることをば、だうり（道理）をもうしなは（失は）せたまひ、今、はた、かく世中（世の中）のことをもおもほし（思ほし）すて（棄て）たるやうになりゆくは、いとたいだいしきわざなり」と他のみかど（朝廷）のためし（例）までひきいで（出で）、ささめきなげき（嘆き）けり。

参考1 「月も入りぬ」は、【一七】の「夕月夜のをかしきほどに」に始まる野分けが通りすぎた夜の描写の結びの表現。ついに美しい満月も山の端に沈み、闇におおわれたのである。

（解説例） A＝「月も入りぬ」の文から夜がすっかりふけていく場面へと切り替わっていく。美しい月や虫の音について心を交す相手がいずに悲しい思いでいる帝であったが、寝なければならない時刻がやってきて、またも寝つけない闇の夜の場面に入っていくことを読者に知らせる表現でもある。帝の無性に悲しい思いがこの短い「月も入りぬ」という文にこめられている気がした。

参考2 「雲のうへも涙にくるる秋の月」云々は、帝が、靫負命婦を使者として訪ねさせた北の方の宿を思いやる歌。この歌は、宮中が涙に暮れて少しも晴れていないということから後半は北の方の「浅茅生の宿」もまた澄むことがあろうかという内容になっている。「いかですむらん」の「すむ」には「澄む」と「住む」が掛け詞になっている。ここから、帝が何度も母北の方に宮中にきてほしい、一緒に更衣の思い出を語り合いたいと誘ったことが本心からのことばであることがよくわかる。

（解説例） A＝私は「雲のうへも涙にくるる秋の月」の歌を読む前は、北の方の気持ちになって考えていたため、「帝は若宮のことばかりで、心から、北の方と心を通わせて更衣の思い出を語り合いたいと思っているのだろうか」と疑問に思っていました。しかし、この歌の部分を読んで、帝はちゃんと、北の方が娘を失ってとても苦しんでいるということを理解しているし、その苦しみや悲しみを心から思いやっていることが読み取れたため、「手紙」の場面で本当に帝は北の方と更衣を失った悲しみをわかち合いたいと思っていたのだなと思うことができました。

参考3 「人目を思して夜の御殿に入らせたまひても」以下の表現は、靫負命婦の奏上を聞いた帝の行動を語ると同時に、そういう不眠の夜がずっと続いていて、気力も食欲も失っていることを語る表現に移行している。作者は「長恨歌」を踏まえて、漢詩的な表現を採用している。

〈解説例〉 **A**＝帝が人目を気にして、寝所にお入りになるけれど、少しも眠りにつけないところで、私も帝と少しかぶる部分があると思いあたり、人目を気にして寝ようとしても、なかなか寝られず、余計、緊張して寝られないという気持ちがわかりました。靫負命婦の奏上した事柄は帝にとって、ぜひに聞きたいことであっただろうけど、今は思い出したくなく、寝られず食べられずになるくらいだと思うと、少し心がきゅうとなりました。

参考4 右の後半の本文は、①「陪膳にさぶらふかぎりは」、②「すべて、近うさぶらふかぎりは、男女」という広がりを見せ、その②はまずは「いとわりなきわざかな」と嘆き、次に、政治への関心・気力を失うことについて「いとたいだいしきわざなり」と小声で嘆き合っている。

参考5 「さるべき契りこそはおはしましけめ」の「ちぎる・ちぎり」は、帝と更衣のかかわりをとらえる上でのキーワードということができよう。桐壺巻に次の七例があり、最後の一例を除いてすべて帝と更衣に使われている。

① 前の世にも御契りや深かりけん、世になくきよらなる玉の男御子さへ生まれたまひぬ【五】
② よろづのことを泣く泣く契りのたまはすれど、御答へもえ聞こえたまはず【一〇】
③ 限りあらむ道にも後れ先立たじと契らせたまひけるを【一一】
④ 長かるまじきなりけりと、今はつらかりける人の契りになん【二三】
⑤ 朝夕の言ぐさに、翼をならべ、枝をかはさむと契らせたまひしに【二八】
⑥ さるべき契りこそはおはしましけめ【三〇】
⑦ いときなきはつもとゆひに長き世をちぎる心は結びこめつや【四五】

「ちぎる・ちぎり」は、大きく二つの意味に分けられる。一つは用例①の「前の世にも御契りや深かりけん」に明らかなように「前世からの因縁」の意味である。用例の④、⑥がそれである。用例⑥は、帝の周辺の人々の嘆きの中に使われていて、帝と更衣の深い絆は前世からの因縁によっていたという見方が次第に広がりつつあることがわかる。もう一つはこの世をともに生きていくことの約束の意味である。用例②、③、⑤の三例がこの意味である。

〈解説例〉 **A**＝桐壺はいないし、頼みだった北の方も来ない。悲しみをわかち合う人が見つからず、整理しきれない負の感情が帝を取り巻いているように感じました。食事にも形程度に手をつけるばかりで、ろくに食事をとらない。周りの者が心配する中で、今度は仕事にも支障が出てくる。帝にやる気を起こさせ、立ち直らせることが出来るのは桐壺本人だけですが、桐壺が現れる訳もなく……この様な状態で、周りの人は「生きていた時は熱をあげすぎて問題になるし、いない時はいないで新たな問題を引き起こす。まったくもってどうしようもないことだ」とあきらめのような気持ちがあるのかもしれません。同時にこれから先を不安に思っているような気がしました。帝の負の感情は、周りをも取りこんでいると思いました。

B＝今までは桐壺更衣が亡くなったことで悲しみに暮れている帝を見て女房たちもかわいそうだと思っていたが、それが何日も続き、食べ物もろくに召し上がらず、事態はどんどん悪化していくばかりであり、女房たちも帝に愛想をつかしてきているると思う。このまま帝が無気力なまま政治まで出来なくなったらどうしよう、という深刻な状況を読み取ることが出来る。

参考6 「他《ひと》の朝廷《みかど》の例《ためし》までひき出で、ささめき嘆きけり」は、「長恨歌」を引き合いに出して、ひそひそと小声で嘆き合っているという意味。

（解説例） **A**＝「他の朝廷の例までひき出で、ささめき嘆きけり」とは帝が更衣の事を忘れられず、夜も眠れず、また食事もろくに取らなくなってしまい、ついに帝はこの世の中の事を忘れて早く更衣のいるところに行きたいと思っているのに対し、帝のお世話役の人達が男女問わずに「大変なことになってしまった。睡眠も食事もろくにおとりにならず、ついには政務もなさらなくなってしまって、本当に大変なことになってしまいましたね」とお互いささやき合っている。

B＝ここでついに帝の臣下たちは安録山の乱のことを引き合いに出している。これは帝を心配する一方で、政務を省みることがない帝への不満や見限りたいという声に出して言えない負の感情が宮廷に満ちてきたことを表しているると思った。ここは帝だけではなく、帝の嘆きようの影響で宮廷の人々すべてが不安定な気持ちになっていることを表す重要な場面だと感じた。

参考7 この節は、桐壺更衣への鎮魂歌《レクイエム》としての意味をもつ。ここで、桐壺更衣の物語はいったん切れて、物語は、若君の参内など明るい内容に転じることになる。

（解説例） **A**＝源氏物語における桐壺巻という巻はプロローグという役割を担っている。その桐壺巻の中でも、人の表情や感情がとても良く表現されているのが桐壺巻におけるこの鎮魂歌の場面であると思った。量から見ても、桐壺更衣が生きていた時よりも亡くなってからの方が、倍ほど長く書かれている。これは【二七】の「あさまし」に関連して、残された人間の心の暗闇が描き出されているからなのだと思った。

B＝この節は歌に始まり、沈んでいく月の描写、長恨歌の引用を織り込んだ、まさしく帝から桐壺更衣への鎮魂歌として描かれていると思いました。月は次第にその光を失い、また心和ませるはずの弘徽殿の女御の管弦の音色も届かないほど帝の心も沈んでいます。この悲愴感溢れる物語の結びこそ、桐壺更衣の死を弔い、そして以降に続く若宮の輝かしさとのコントラストを生み出していると思いました。

C＝この場面は、更衣が亡くなったことで宮中にどれほどの混乱を招いているかということを弘徽殿女御の存在を介して描いていると思う。帝に冷たくする女御の姿や帝が政務を怠り、周囲からの批判の目を浴びている様子を描くことで、若宮が参内する場面をより一層明るく引き立てているように思う。

【三一】　若宮帰参

月日へ（経）てわか宮（若宮）まゐり（参り）たまひぬ。いとどこの世のものならずきよらにおよすけたまへれば、いとゆゆしうおぼし（思し）たり。あくる（明くる）年の春、坊さだまり（定まり）たまふにも、いとひきこさ（越さ）まほしうおぼせ（思せ）ど、御うしろみ（後見）すべき人もなく、また、世のうけひくまじきことなりければ、なかなかあやふくおぼしはばかり（思し憚り）て、いろ（色）にもいださ（出ださ）せたまはずなりぬるを、「さばかりおぼし（思し）たれどかぎり（限り）こそありけれ」と世人もきこえ（聞こえ）、女御も御心おち（落ち）ゐたまひぬ。

参考1　「月日経て若宮参りたまひぬ」は、服喪の期間を里邸で過ごした若宮がいよいよ参内する。服喪期間は、この巻の語りに従うと半年余りである。なお、【一三】の参考1で、母更衣の服喪のために三歳の皇子が退出することにふれて、「養老令」第二六「葬喪令」の一七「凡服紀者、為君、父母及夫、本主、一年。」を引用した。そこに示されるように服喪期間は一年間であるが、こういう幼児の服喪には何らかの扱いがあったのであろうか。島津久基氏は『対訳源氏物語講話（桐壺・帚木）』で賀茂真淵の『源氏物語新釈』（賀茂真淵全集第八巻　吉川弘文館　昭和二年）の「令条の定、父母には十三月の喪にて服一年、暇五十日なる事今も同じ。もとより一条院の御時も此定めなれば此れわか宮五十日過はまいり給ふべきなるを、祖母のすがすがとまいらせずして猶月日を経たりしを、其の年の冬の比まいり給へるなるべし」（三二一ページ下段）を引いている。この真淵の説は物語の展開を理解するのに無理がないが、まだ「暇五十日」の根拠がどこにあるかを知らない。今は年の暮れ。満年齢でいうと二、三歳の幼児ということで、わずか半年間といっても成長が目を驚かすほどに著しいのである。

参考2　第二文「いとどこの世のものならずきよらにおよすけたまへれば、いとゆゆしう思したり」の「この世のものならず」（この世の人であるとは思えないほど）は「きよらに」を修飾する。成長するにつれていっそうきよらに（気品高く）なっていく。「いとど」は以前よりも一段との意味。「ゆゆし」は光源氏の美しさを表現する際の、常套的とまではいえないが、源氏物語独特の表現といえそうである。天人がこの世に降臨してきたかのようだという意味がある。

（解説例）　**A＝**桐壺更衣も、花や鳥にたとえられず、また、楊貴妃のように絵に描くことができないと語られていたが、若宮の美しさは更衣とはまた違った美しさである。更衣の美しさが内面から来る人間らしい美しさというなら、若宮の美しさは人間を超えたところにある美しさである。「ゆゆし」という表現は、源氏物語独特の表現であるが、若宮の美しさが他とは一線を画しているということである。

B＝「いとどこの世の〜」という一文は帝の視点である。帝以外から見ても若宮は美しく気品高い子どもであろうが、さらに帝は「ゆゆし」という表現まで使っている。あまりに美しいものは鬼神に魅入られて早世してしまうという俗説があり、帝の最愛の美しかった更衣は現に早く死んでしまっていることから、若宮の美しさに、早く死んでしまうのではないかという心配があるのではないか。

C＝「この世のものならず」ということばを用いたのは、竹取物語のかぐや姫と同じように月の京《みやこ》に住む人かもしれないと思えるほどに人間離れした若宮の美しさをたとえたかったからだと思う。まるで月にすむ天人たちのように美しいので、神に魅入られ早くに命を落としてしまうという危惧の思いが「ゆゆし」にこめられていると感じた。

参考3

「あくる年の春、坊定まりたまふにも」云々は、宮中の公式の行事とそれにかかわる帝の思いを物語る。「色にも出ださせたまはずなりぬるを」に帝の判断が示される。もしも「若宮を坊に」という意向を表明したら、若宮の安否が思いやられると考えたのであろう。「なかなかあやふく思し憚りて」の「あやふく」（若宮の身に危険が及びそうだ）ということの実際は、「続日本紀」や「日本後紀」などに先例が幾例も示されている。

〔解説例〕 **A**＝帝は、更衣が亡くなったときに、北の方に「若宮を東宮に」ということをにおわせているくらいに自らも若宮を東宮にすることを望んでいた。しかし、実際に、愛する人との間の子を目の前にすると、そのような地位の幸せよりも、親子としての幸せがあればよいと思ったのではないか。若宮の身を危険にさらしてまで与えるものではないと考え、東宮や帝としての幸せを送るのではなく、父として息子の身を第一に考えたのだと思った。自分の感情を殺し、息子のことを考えることができるという点と、周囲に対し宮中の「きまり」を意識した行為をとっている点（若宮の身を案じるがゆえではあるが）では、帝が精神的に成長していることがうかがえる。

B＝帝は若宮を春宮にしたいと強く思っているが世間から認められないとわかっていた。逆にその意向により若宮が命を奪われる危険性や貴族社会から追い出される危険性などが出てくる。帝は意向を示した後のことを考えて若宮のことは顔にも微塵も出さなかった。そのことで祖母北の方がどう思うかまで考えていたのかはわからない。しかし、自分が決断することで後にどんなことが起こる可能性があるかまで考えて事前に対処した点では以前と比べて帝も成長しているように思った。また、若宮のことを大切にしたいと思っていることもうかがえる。

C＝更衣追悼の場面で、帝は「あはれ」な母北の方を思いやり「さるべきついでもありなむ」ということばをかけている。これは、【三二】にも「いとひき越さまほしく思せど」とあるように、あながち悲しみをなぐさめ合うためだけの、若宮の将来を北の方に約束したのではないということがわかる。しかし、「御後見すべき人」もなく「世のうけひくまじきこと」である上に、若宮の命や出家させられる危険性などを考え、帝は「色にも出ださせたまはず」、一宮を東宮に定める。これは結果的に母北の方を裏切るかたちにもなってしまった。だが、こういった危険や世間のことに目をむけ、考えをめぐらせて行動できたという点では、更衣に対する無茶な愛を貫いていたころに比べて、帝も成長したのだということが感じられる。

D（**感想**）＝帝は若宮を特にかわいがっているようですが、第一皇子についてはどのように思っているのでしょう。帝は若宮ばかり心配しています。母親は違うが、二人とも帝の子なのに。もし私が第一皇子ならとても悲しい。

【三二】 祖母北の方亡くなる

かの御おば（祖母）北の方、なぐさむ（慰む）方なくおぼし（思し）しづみて、おはすらむ所にだにたずねゆかむ（尋ね行かむ）とねがひ（願ひ）たまひししるしにや、つひにうせ（亡せ）たまひぬれば、また、これをかなしび（悲しび）おぼす（思す）ことかぎり（限り）なし。みこ（皇子）むつ（六つ）になりたまふ年なれば、このたびはおぼししり（思し知り）てこひなき（恋ひ泣き）たまふ。年ごろなれ（馴れ）むつびきこえたまひつるを、見たてまつりおくかなしび（悲しび）をなむ、返々［かへすがへす］のたまひける。

参考1　「かの御祖母北の方、慰む方なく思ししづみて～つひに亡せたまひぬれば」云々は、第一皇子の立坊からほぼ二年間が経過している。若宮六歳の死別である。

〈解説例〉　**A**＝北の方は若宮六歳のときに亡くなったが、生きている間ずっと更衣の死を悲しんでいた。亡くなるまでずっと悲しみにくれていた。ということは若宮は北の方から母更衣のことをあれこれとたくさん聞いたことであろう。五歳くらいならば、愛については深く理解できないだろうが、大切な人が目の前から消えてしまう死というものがわかったのではないか。

B＝幼いころに母を亡くした若君は北の方を母親のように慕っていた。時おり里邸に退出して心ゆくまで遊ぶ楽しみなどは宮中ではとうてい味わうことができない。その北の方が亡くなったことは、若君にとって大きな悲しみであった。里邸では、宮中で暮らす上での不安、窮屈さなどが全然なくてのびのびしていたのではなかろうか。

C＝「かの御祖母北の方、慰む方なく思ししづみて～つひに亡せたまひぬれば」の「つひに」には、祖母北の方の亡き娘を想う気持ちの長さだけでなく、若宮が死の意味がわかるほどに成長した年月の長さがわかる切ない表現だと感じた。

参考2 「また、これをかなしび思すこと限りなし」には、祖母北の方の死去についての桐壺帝の深い哀悼が表されている。帝は、桐壺更衣の母君、若宮の祖母である北の方に対して悲しみに暮れている。それは、きっと、北の方に肉親に対する親しみの情愛を抱いてきたからであろう。

〈解説例〉 A＝祖母北の方の死去に、帝は少なからず責任のようなものを感じていた。年老いた身で娘に先立たれ、一人さびしく過ごしてきたあの方に対し、このような事態を導いてしまったのは、自分であるという思いを抱いていた。立坊してから二年という月日が経っているものの、この結果が北の方への心理的影響につながり、死期が近づいたのではないかという罪悪感も生じていた。

B＝これまでの話の中で、桐壺帝がとても情深い人物だということがわかる。祖母君がなくなったことに対する哀しみはもちろん、更衣の思い出を語り合える相手が亡くなった喪失感もあるとは思うが、それ以上に、自分の母を失ったように感じているのではないか。現代でもそうであるように、愛した人の家族は、自らの家族となりうる。家族を失った悲哀が「かぎりなし」の表現箇所から読み取れる。

C＝更衣の母君であるがゆえに似た顔立ち（これは私の推測）をどこかで実母のように慕っていたのではないか。おそらく北の方は更衣に似て品のよい美しい顔立ちをしていた。

問題① 「このたびは思し知りて恋ひ泣きたまふ」の「このたびは」に、読者は二重の悲しみを味わうことになる。その二重の悲しみについてわかりやすく説明してみよう。

（解答例） A＝若宮は六歳になっているので、祖母が亡くなったことを理解し、悲しんでいる。この場面で「このたびは」という表現を使用することで、「前にも同じようなことがあった」、つまり、「母更衣の死」を読者に想起させる効果がある。これは同時に、若宮が大切な人を二人も亡くしていることを思いださせ、二重の哀しみを読んでいる側に与えているのではないだろうか。

B＝更衣が亡くなったときは、若宮はお傍の人や帝が泣き惑っているのをただ不思議そうに眺めているだけで、若宮にはこのときは母親が亡くなったことが理解できていなかった。しかし、祖母が亡くなったときは若宮も成長し、理解できる年齢になっていたため祖母がいなくなったことを悲しんでいる。「このたびは」には若宮が幼いころに身近な人を二人も亡くしたという哀しみと、母のときは理解できず哀れだった、祖母のときは理解できたから哀しみが大きかったという若宮の心情への同情が含まれている。

C＝私は、桐壺更衣が亡くなった時に、若宮があまり理解していなかったのが、すごくつらかったです。しかし、今回の祖母北の方の死去は、きちんと理解していて、その死を悲しみ受け止めているようでした。私は、この北の方の死を悲しんでいることで、自分の母親の死を重ねて悲しんでいるのではないかと感じます。若宮はまだ幼いのに、二人の肉親を亡くし、その哀しみは本当に大きなものだったんだろうと思いました。

参考3 「年ごろ馴れむつびきこえ」云々から、若宮が時おり宮中から里邸に退出して祖母と一緒に生活していたことがわかる。

（解説例） A＝更衣の里邸を靫負命婦が訪ねる場面で、祖母北の方が若宮の参内を渋っていた理由の一つとして、「若宮ともう会えなくなる」という読みが出されていたが、帝は北の方が独りになってしまうのを気遣って、何かの折ごとにたびたび若宮を里邸に退出させていたのではないか。

B＝若宮が宮中に復帰してからも時折祖母北の方の里邸を訪ねていたことがうかがえます。二人の親しさが深まればそれだけ、離別の悲しみが強まります。

参考4　祖母北の方の辞世のことばは若君を残して先に逝く哀しみの気持ちを表すものである。

（解説例）　A＝祖母北の方にとって、夫である大納言が亡くなった後のこの世はつらく苦しく悲しい世界であったと思う。柱となる男の人を亡くした家を見苦しくないように保つことは決して楽なことではなかっただろうし、心の支えにしていた娘にすら先に死なれてしまったのだから。そんな苦しい現世にただ一人若宮を残して逝かなければならないことを改めて思うと北の方は切なく悲しい思いにかられたことであろう。後見がいない若宮が今後どうなってしまうのか、宮中でいじめられた挙句に亡くなった娘をもつ北の方は不安であったろうと思う。

B＝夫も娘も失った北の方にとって、若宮の成長は唯一の生きる希望であった。だからこそ亡くなる際に若宮のことをくり返し語るのであるが、桐壺更衣については一言も触れていない。この場面の前までは、読者は何ページにもわたって更衣の死に対する北の方の深い哀しみを読み、感情移入もしてきている。しかし、若宮の参内から急に物語の進み方が速くなり、北の方の感情の変わりように何か裏切られた気持ち、月日の経過に対する無常といった感情を抱く読者も少なくないように思う。

C＝北の方は自分が死んでしまうことを少しも恐れてはいない。更衣が待つあの世で再び更衣と話せることを楽しみにしているようにも感じる。自分自身の死に対して何の恐怖も感じない北の方が唯一この世に残す未練はやはり若宮のことである。桐壺更衣も北の方もいなくなったこの世で、一人生きていかなければならない若宮のことを思うと悲しみとつらさを堪えることができない。死と直面している状況の中で若宮のことを心の底から思っている北の方の姿から、北の方が若宮に注ぐ無償の愛に強さを感じることができる。

D＝北の方が亡くなる時、更衣の忘れ形見である若宮の母親代わりとして育てる人がいなくなってしまうこと、後見がいなくなり若宮の立場が不安定になってしまうこととの二重の意味で若宮を守ることができなくなることが哀しい。その前に、帝が更衣を死に至らせ、若宮を東宮にしなかったことで、帝に対する信頼が薄れていることがあるので、その哀しみはなおさらである。

【三三】　若宮の秀でた資質

いまはうち（内裏）にのみさぶらひたまふ。ななつ（七つ）になりたまへばふみはじめ（読書始）などせさせたまひて、世にしら（知ら）ずさとう（聡う）かしこくおはすれば、あまりおそろしき（恐ろしき）まで御覧ず。「いま（今）は、たれ（誰）もたれ（誰）もえにくみ（憎み）たまはじ。ははぎみ（母君）なくてだにらうたうしたまへ」とて、弘徽殿などにもわたら（渡ら）せたまふ御とも（供）には、やがてみす（御簾）の内にいれ（入れ）たてまつりたまふ。いみじきもののふ（武士）、あだかたき（仇敵）なりとも、見てはうちゑま（笑ま）れぬべきさまのしたまへれば、えさしはなち（放ち）たまはず。女みこたちふた（二）ところ、この御はら（腹）におはしませど、なずらひたまふべきだにぞなかりける。御方々もかくれ（隠れ）たまはず、いま（今）よりなまめかしうはづかしげに（恥づかしげに）おはすれば、いとをかしううちとけぬあそび（遊び）ぐさに、たれもたれも（誰も誰も）思ひきこえたまへり。

わざとの御がくもん（学問）はさるものにて、ことふえ（琴笛）のね（音）にもくもゐ（雲居）をひびかし、すべていひ（言ひ）つづけば、ことごとしううたてぞなりぬべき人の御さまなりける。

参考1 「今は内裏にのみさぶらひたまふ」は、祖母北の方が亡くなって里邸に退出することができなくなったからである。里邸はしばらくの間、主を失うことになるが、桐壺巻の結びで、「里の殿は、修理職、内匠寮に宣旨下りて、二なう改め造らせたまふ」云々と語られている。帝によって立派に建て替えられた邸宅は、若宮が成人後に相続することになる。

（解説例） A＝若宮は里邸に帰ることができなくなってしまった。私は、それはそれでよいことだと思う。若宮は皇子であり、父の傍で学ぶことも必要だと思う。また、頼れる人はもはや父の帝だけである。思い出の里邸がそのまま残されないことはさびしいことだと思った。

参考2 「世に知らず聡うかしこくおはすれば」の「世に知らず」は、【五】の「世になく」、【三一】の「この世のものならず」に類似する表現。「あまりおそろしきまで御覧ず」も「ゆゆし」と同様の表現。

（解説例） A＝「世に知らず」は前掲の「この世のものならず」と類似していて、「竹取物語」のかぐや姫のように、天から降りてきたのではと思われるほどの素晴らしさを表現している。同様に「おそろしきまで（御覧ず）」も、前掲の「ゆゆし」と類似し、あまりに素晴らしすぎて神に召され、早死にしてしまうのではという恐れが読み取れる。若宮は、このような表現から、神的な美貌や才能を備えていたことがわかる。

B＝若宮はまだわずか七歳でしかないにもかかわらずこちらが驚いてしまうほどに聡明で賢かった。また、美しさを兼ね備えていて、こちらが思わず恐くなってしまうほどであった。帝は、あまりに若宮が賢くて愛らしいので、桐壺更衣の時のように早死にしてしまうのではないかと不安にかられている。

C＝「ゆゆし」の現代語訳を見ると「恐ろしいほど」となっている。これは神に魅入られて早く亡くなってしまうのではないかという危惧による表現であろうが、「世に知らず」にはまた違った意味がこめられているように思える。これまでに類を見ないという驚きのようなものが感じられるが怖れや不安はあまりない。これは若者の才能に対する周囲の感情が、徐々に変化してきたためではないか。「恐ろしいこと」（早世への危惧）よりも、若君本人のすばらしい才能への賛辞のように思われる。

問題①　帝の「今は、誰も誰もえにくみたまはじ。母君なくてだにらうたうしたまへ」という発話について、状況をきちんと押さえてわかりやすく説明してみよう。

（解答例）　**A＝**宮中を騒がせた桐壺更衣はもうおらず、立坊における周囲の不安も取り払われたいま、帝のこのことばは、柔らかい表現の陰に強い牽制を含ませているように感じた。自分に後ろめたいことはないということを示し、「この状況で若宮につらく当たるようなことはあるまいね」というやんわりとした主張をしているように受け取ることができる。「母君なくてだに」と一見へりくだったような表現をもちいることで、反感を抱きにくくさせていると思われる。

B＝ここで帝のいう「今」とは、①身内もおらず、②一の宮がすでに立坊している、という現状を指している。が、その後に「母君なくてだにらうたうしたまへ」と①の内容をはっきりと言い表していることから、「今」の意味としては、②の「春宮」に関係する意味合いのほうが強かったのではないか。「誰も誰も」が「憎む」のは、やはり後継ぎに関することだからであるように思える。本来一の宮のものである春宮という名を、若宮がおびやかす危険がかなり少なくなった。そこで、もう後継ぎのことで憎み合うのはやめてほしいと願う帝の心が表れているように思う。またそれだけでなく、後継ぎのことにかかわって桐壺更衣が憎まれ、いじめられてしまったので、若宮もまたそのような境遇においてしまっては、亡くなった更衣の母北の方に申し訳が立たないという思いもあったのではないだろうか。

C＝若宮に春宮の地位を与えないとわかっている今となっては、美しく才能がある若宮を嫌う理由などない状況にある。さらに愛する更衣との子どもであり、親の欲目もあるだろう。帝は若宮を更衣のようにいじめることは許さないと周りに言いたい気持ちをこめていると思う。

問題②「弘徽殿などにも渡らせたまふ御供には、やがて御簾の内に入れたてまつりたまふ」について、「弘徽殿などにも」に注意してわかりやすく説明してみよう。

〈解答例〉 A＝光源氏の母である更衣を嫌っていた弘徽殿の女御でさえも虜にしてしまうくらいの容姿容貌をもつ若宮。元服はしていないため、御簾の中にはもちろん入れるが、その後に続く「えさし放ちたまはず」とあるように手放したくないくらいだと表現されている。これは若宮から入るというより、御簾の中から引き入れたくなってしまうほどだということを表している。「弘徽殿などにも」と強調することで、他の人たちも夢中になっていると想像できる。

B＝帝は弘徽殿などを訪ねるついでに若宮も連れて行き、御簾の内に入れる。若宮を特別扱いしているが、母君も亡くなっており、春宮も一の皇子が立って一応決着しているから、それに免じてかわいがってほしいと帝が述べている。桐壺更衣を良くは思っていなかった弘徽殿の女御であるが、若宮に関してはもはや憎くも思っておらず、むしろ可愛いとさえ思っている。これは若宮の容貌や人柄が他とは並べられないほどだからでもある。

C＝帝は宮中に帰って来た若宮を連れて弘徽殿や他の妃たちのもとを訪れる。まだ七歳の若宮はたいそう気品があり、顔かたちも素晴らしい。更衣を憎んでいた弘徽殿の女御でさえも若君に対しては顔を隠さず、御簾の中に入れて皇女たちと遊ばせる。いかに若宮の器量が素晴らしいかが読み取れる場面である。

問題③　若宮の容姿容貌について、形容語中心に説明してみよう。なお、説明としては「いみじき武士、仇敵なりとも、見てはうち笑まれぬべきさまのしたまへれば」「女御子たち二ところ、この御腹におはしませど、なずらひたまふべきだにぞなかりける」などとある。そして、形容語としては、この【三三】に「なまめかし」「恥ずかしげに」「をかし」「うちとけぬ」などがある。

（解答例）　**A**＝若宮の容姿容貌のすばらしさは、若宮が何もしなくても周りが微笑んでしまうところにある。若宮はおそらく自分の容貌に対して今は特に意識していないと思われる。無邪気に周りに接するので若宮の美しさはいやみに取られず、美しさがいっそう際立ってくるのではないか。つまり、若君は何もせずとも影響力をもつほどの美貌であった。若宮の容姿容貌に対して「なまめかし」や「うちとけぬ」という子どもらしくない表現が使われてしまうことからも、若宮の容姿容貌のすばらしさがうかがえる。

B＝若宮は、容姿容貌にすぐれると共に、学問、詩歌、管弦、人間性など思いつくかぎりのあらゆる才能に秀でている。それも人並みに優れているのではなく、まさに人とは思えないほどずば抜けている。まったくすべてのことにおいてことごとく人間的な優秀さを超えているので、帝や周りの人々は「本当に人の子か」という畏敬の念を抱くほど目を見張っている様子を「あまりおそろしきまで御覧ず」と表現したのではないか。

C＝若宮の容姿容貌は「この世の人ではない」という最上級のほめことばが多いのに対して、一の皇子や皇女たちは、いつも若宮の秀でた様を指摘するときの比較の相手にされている。春宮や皇女たちの容姿容貌も決して悪くはないはずであるので、若宮を特に目立たせる効果をもつということができよう。同じ帝の子ども同士の比較というところがポイントになっている。

参考3

「いとをかしううちとけぬ遊びぐさに、誰も誰も思ひきこえたまへり」の「うちとけぬ」に若君の気品が示される。それは「はづかし」に共通する性格といえそうである。「をかしう」（愛敬がある）と「うちとけぬ」という、普通には両立しにくい性格を表す表現に注目。

〔解説例〕 **A**＝若宮はまだ幼いにもかかわらず「なまめかしう」とあるように気品がおありになる。並々ならぬ気品あふれる美しさは、まわりの大人を恥ずかしい気持ちにさせるほどである。この部分において、まわりの大人が気恥ずかしくなるのは、たった七つの子どもの気品と美しさに自分が負けているように感じて圧倒されるからではないかと思う。また、「いとをかしううちとけぬ遊びぐさに、誰も誰も思ひきこえたまへり」という部分には「七つの子どもと遊んであげる」というよりも同等の張り合いのある相手として扱っている面が見えるように思う。それほどに若宮は優れた子どもなのだろう。

B＝若君が必ずしも両立しえない性格を備えているのは、若君が桐壺更衣をよりパワーアップした存在であるということを示すのではないか。若宮がもつ「をかし」の性格は、母桐壺更衣の美点を受け継いだものと考えられる。桐壺更衣についての記述「心ばせのなだらかにめやすく憎みがたかりし」や「心ことなる物の音を掻き鳴らし、はかなく聞こえ出づる言の葉も、人よりはことなりしけはひ容貌」は若宮にも当てはまる。その上、若宮は「うちとけぬ」という性格を持っている。これは、更衣がもたなかった威厳につながると思われる。後見がいない点、帝に愛されるという点では若宮と更衣は同じ立場だが、更衣と性格の違う若宮が今後どのようになっていくのか。読者が期待を募らせる場面である。

C＝人を魅了せずにいられない若宮の人なつかしさと、同時に若宮が備えている完璧性が「をかしう」「うちとけぬ」という相反する印象を与える。

参考4 容姿容貌、学問、詩歌管弦などと言い続ける。そして、「すべて言ひつづけば、ことごとしうたてぞなりぬべき人の御さまなりける」に若宮の類《たぐい》稀な美質が示されるが、それらの中心に「ことごとし」という表現がある。

（解説例） **A**＝容姿容貌、学問、詩歌管弦の才というように一つ一つ挙げていけばキリがないほど、優れた才能を持ち合わせていて、若宮の本当に秀でた様子が表現されている。「ことごとしうたてぞなりぬべき」は、何もかもの才能を持ち合わせていて、異様なほどであると若宮の特異性を強調している。この特異さは、これから先源氏物語が語られていく上で重要な要素となると考えた。

B＝この場面で、若宮の類稀な美質が語られている。あの弘徽殿にも行き来していることから、若宮の有無を言わさぬ美貌や人柄が伝わってくる。この若宮への周囲の態度は、更衣へのそれとは正反対であり、対照的に描かれている。更衣の容姿もすばらしかったが、若宮の様子はそれとは比較することができないほどだったという強調の表れだと思う。

C＝この「ことごとし」は、周りの人がさまざまな場面における若宮の特別に秀でた才覚や容姿容貌などを見て驚きあきれる様子、むしろ驚きさえも通り超したような「ことばで言い表せない」とまで思う感情も表している。

（質問） ①＝私は最初、「すべて言ひつづけば、ことごとしうたてぞなりぬべき人の御さまなりける」の意味がよくわかりませんでした。家で読んだとき「えっ？　誰が誰を気味悪がってるの？」と思ってしまいました。私には、若宮の才能が若宮から離れて一人歩きしているように思えてなりません。この巻には、若宮の心情を表す表現がどうして少ないのでしょうか。外から見た若宮の様子しか描かれていないので、わかりづらいと思いました。

（回答）＝「この巻には、若宮の心情を表す表現がどうして少ないのでしょうか」という疑問はもっともなことです。

桐壺巻の初めのほうの場面で桐壺更衣が外から語られていて、その内面の描写になかなか出会えませんでしたね。あれと同じで、若宮もまだ外から描写されているだけなのです。早く若宮の内面を知りたいものですね。もう少し読むと、若宮を主語とし、若宮の心情を語る表現に出会うことになります。

(質問)②＝この時代の女性の必須アイテムである扇は小さいころから持たされているものなのですか。それとも、成人したら持たされるものなのでしょうか。いつも扇子を持ち歩くなんて素敵だなあと思いました。

(回答)＝若紫巻に光源氏が病気の治療のために北山を訪ね、そこで、一人の少女を見かけます。それが将来の紫の上に育つのですが、年齢は十、十一歳くらいです。人里から離れた北山ということもあって素顔のままで遊び回っています。それらから言いますと、あなたの言うように裳着《もぎ》の儀（女性の成人の儀式）を済ませると、眉を剃るなどして一人前の女性の化粧を始めますから、それ以来扇で顔を隠すようになるのでしょう。なお、扇は日本で工夫され、大陸にわたり、シルクロードを通ってヨーロッパにまで伝えられたのでした。

平安時代の貴族は盛装時、男性が白木で作った笏《しゃく》をもつのに対して、女性は檜の薄い板で作った檜扇《ひあふぎ》をもちます。源氏物語には、現代の扇子と同じ蝙蝠扇《かはほりあふぎ》（略して蝙蝠）も出てきます。これは、好きな絵が描けるし、軽いということで好まれたのでしょう。

(質問)③＝若宮の優れた才能の一つに「琴笛の音にも雲居をひびかし」というように管弦に秀でていることが語られていますが、まだ十歳にもならない若宮はどのように習得したのですか。もしかしたら天賦の才能という意味でしょうか。

(回答)＝「天賦の才能」とは、生まれつき備わっている才能という意味ですね。実は、桐壺巻でまだ登場していないのですが、「先帝《せんだい》の四の宮」という方が入内して、若宮といっしょに合奏する場面があります。この四の宮はおそらく、先帝か母后の家系に伝わる琴の秘術を教養の一つとして伝授されている人だと考えられます。名門出の女性が競い合う後宮で琴を奏でて周りを納得させ、絶賛をうけるという技術こそ「先帝の四の宮」の出自にかかわる才能になるわけです。この若宮も、お母さんの桐壺更衣が琴の名手であったようです。【一七】に「かうやうのをりは、御遊びなどせさせたまひしに、心ことなる物の音を掻き鳴らし」と語られていました。若宮はその秘伝、つまり、祖母の北の方、祖父大納言の両家に伝わる琴や笛の高い技術を伝授されているのではないかと思われます。また、父の帝からも琴や笛の伝授を受けたことが考えられます。「雲居をひびかし」は、宮廷で何かの催しに演奏したこと、または、しばしば練習したこと、その響きがすばらしいことを表しています。

【三四】 高麗人、若宮の将来を予言

そのころ、こまうど（高麗人）のまゐれる（参れる）なか（中）に、かしこきさうにん（相人）ありけるをきこし（聞こし）めして、宮のうち（内）にめさ（召さ）むことは宇多のみかど（帝）の御いましめ（誡）あれば、いみじうしのび（忍び）てこのみこ（皇子）をこうろくわん（鴻臚館）につかはし（遣はし）たり。御うしろみ（後見）だちてつかう（仕う）まつる右大弁〔うだいべん〕の子のやうにおもは（思は）せてゐ（率）てたてまつるに、相人おどろきて、あまたたびかたぶき（傾き）あやしぶ。「くにのおや（国の親）となりて、帝王のかみ（上）なきくらゐ（位）にのぼるべきさう（相）おはします人の、そなたにて見れば、みだれ（乱れ）うれふる（憂ふる）ことやあらむ。おほやけ（朝廷）のかためとなりて、天下〔あめのした〕をたすくる（輔くる）方にて見れば、またそのさう（相）たがふ（違ふ）べし」と言ふ。

参考1 「そのころ」は、時節を漠然と提示するとともに、物語の新しい事態を提示することば。

（解説例） A＝「そのころ」は時節を表しているが、それと同時に新しい物事が起こるということも示している。源氏物語は時の経過を示す表現が多いが、「そのころ」はその前の章から時間はあまり経過しておらず、ほぼ同時期に起こったこと、連続しているということを表している。また何が起こるのだろうということを感じさせ、若宮が源姓を賜る前触れも示す。

B＝「そのころ」とはプリントでは「時節の提示とともに、物語の新しい事態を提示することば」と書かれている。桐壺の巻はまず、桐壺帝と桐壺更衣の恋、そして二人の間に皇子が誕生し、桐壺更衣が亡くなったところで一つの話が終わっている。その後は更衣亡き後の皇子の話になる。それを細かく見ていくと、女御の皇子、一の宮が春宮となり、とりあえず大臣などは安心し、めでたしめでたしとなるはずであった。ところが、ここで事件があったのである。それを示すために、「そのころ」ということばを入れている。

参考2 「宇多帝の御誡あれば」は「寛平御遺誡」のこと。「外蕃之人、必可二召-見一者、在二簾中一見レ之、不レ可二直対一耳。」（外蕃の人を召見すべき場合は、必ず、簾中に在りて之に見《まみ》え、直対すべからざること。）なお、「寛平御遺誡」は『日本思想大系8古代政治社会思想』（山岸徳平他校注　岩波書店　一九七九年三月）に収載されている。

（解説例） A＝「宇多帝の御誡」とは、若くして即位した醍醐天皇に心得とすべきことを書いたものである。その御誡とは、外国人と会う場合は御簾を隔てて直接対面してはならない、というものであった。この御誡があるために若宮を鴻臚館へ内密に遣わした。

B＝帝が、宇多天皇の「外国人と会う場合は、直接対面してはならない」という戒めがあるにも関わらず若宮を面会させたことから、若宮への深い愛情や特別な思いが感じられる。どのような位が若宮にとって最も良いのか、将来のことも考え、帝が慎重になっている様子が背景に描かれている。高麗人が、若宮との別離を惜しんでいる場面からは、若宮が類稀な存在であることが誰の目から見ても明らかだということを強調しているように感じられる。

参考3 「鴻臚館」は、七条朱雀の東西に建てられていた。平安時代に来朝する渤海国の使者を迎えるための迎賓館である。渤海使は渤海国が滅びる九一九年まで国王の国書を奉呈してきた。鴻臚館は六年に一度の迎賓のために施設を整えてきたが、渤海国の滅亡とともに廃止された。源氏物語の舞台が十世紀初頭に設定されていることの証拠の一つとしてこの鴻臚館が挙げられる。（参考）『平安京散策』角田文衛著　京都新聞出版センター　一九九一年一一月

参考4 「国の親となりて、帝王の上なき位にのぼるべき相おはします人の、そなたにて見れば、乱れ憂ふることやあらむ。朝廷のかためとなりて、天下を輔くる方にて見れば、またその相違ふべし」は、源氏物語の長編的な構想と関係している。

（解説例） **A**＝この相人のことばは確かに今後の物語につながっている。このことばによって、この先の話の展開を考えるきっかけになってくるのではないかと思った。自分（読み手）なりにこの物語の展開を想像し、読み進めるにあたって、より楽しんで読めると思う。あと、作者はすでに、だいぶ先の話まで考えていてきちんとした構想も出来上がったうえで、桐壺巻を書き進めているのかなと思った。

B＝源氏は最終的に準太上天皇という、臣籍としては、この上ない位につくことになる。そのことを予言しているとされる「国の親と～またその相違ふべし」ということばには、天皇の位についてもおかしくない源氏の資質と、しかし現時点でそうなることを許さない現実の状況とが織り込まれているのではないか。もしも、この時点で源氏が天皇になったと仮定すると、朝廷内で権力を持つ右大臣の一族は源氏に従わないだろう。すると、朝廷は混乱する

ことになる。他にも道理にはずれているとして、天変地異が起こるかもしれないなどいろいろと考えられるが、源氏の資質だけについて考えるならば臣下にしておくのにはもったいないのかもしれないと思った。

C＝ここから、この相人が実に優れた相人であることがうかがえる。若宮には今、北の方も亡くなって、後ろ盾にするものがない。若宮が親王に即位した時には、様々な批判や妬みが若宮を渦巻くだろう。更衣の母北の方が死に際に心配していた通りである。その運命の波が、相人には見て取れたのだろう。そして、若宮の優れた才をしっかりと見極めている。若宮についての説明を受けていないのに。初対面で見極めたということは、まさに「かしこき」相人であるということがわかる。

【三五】 高麗人、若宮の詩に驚喜

弁も、いとざえ（才）かしこきはかせ（博士）にて、いひ（言ひ）かはしたることどもなむいときよう（興）ありける。ふみ（文）などつくり（作り）かはして、けふあす（今日明日）かへりさり（帰り去り）なむとするに、かくありがたき人にたいめん（対面）したるよろこび、かへりてはかなしかる（悲しかる）べき心ばへをおもしろくつくり（作り）たるに、みこ（皇子）もいとあはれなる句をつくり（作り）たまへるを、かぎり（限り）なうめでたてまつりて、いみじきおくり物（贈物）どもをささげ（捧げ）たてまつる。おほやけ（朝廷）よりもおほく（多く）の物たまは（賜は）す。おのづから事ひろごりて、もらさ（漏らさ）せたまはねど、春宮のおほぢおとど（祖父大臣）など、いかなることにかとおぼしうたがひ（思し疑ひ）てなんありける。

参考1　「弁」は「右大弁」のこと。「右大弁」は「右の大弁」の略称。太政官。「太政大臣、左右大臣、大納言、中納言、参議」に続く。大弁は従四位上で、大国の国司に同じ。ただし、国司は地方官であるので政治上の力は大弁のほうが大きい。「いと才かしこき博士」であるという。大弁の下は中弁、小弁と続く。

参考2　「言ひかはしたることどもなむいと興ありける」云々は、漢詩文が男性の世界の文学であることに関係した言い方。特に、「今日明日帰り去りなむとするに、～悲しかるべき心ばへをおもしろく作りたるに」は、源氏物語が女性の物語だから漢詩を掲げていない、それで、内容はこうこうしたものだという語り方になっている。何らかの漢詩文をモデルに物語っているのであろう。

（解説例）　**A**＝読者はそれぞれ自分の理想の男性像を持っていることを想定し、若宮が作ったという漢詩を掲げないのだと思う。源氏物語の読者は主に女性であり、実際の男性の世界は想像するしかない。この物語において、光源氏は読者一人一人にとって最高の男性でなければならず、漢詩をあえて掲げないことによって、読者に想像の自由を与えているのではないか。

B＝この「言ひかはしたることどもなむいと興ありける」云々は、漢詩文が男性の世界の文学であることに関係している。紫式部は女性の身でとても賢く、漢詩文に通じていることが読み取れる。後に続く文章からも、文学が男性のものであるという考え方を内々に否定しているのではないか。そして自分自身、高麗人から学んでみたいという願望を光源氏にかぶらせたのではないかと感じた。

参考3　「皇子もいとあはれなる句を作りたまへるを、限りなうめでたてまつりて」は、若宮がすばらしい漢詩（の一節）を創ったので、高麗からの客人が賞賛したという意味である。

（解説例）A＝何をするのもずば抜けている若君は七歳で漢詩を作れるという偉才を発揮する。たとえそれがお手本を見ながらの作品であったとしても驚異の若さである。しかも高麗からの客人にも誉められるほど素晴らしいものだったのだろう。ここでも若君の人並みならぬ才能が強調されている。

B＝若宮がすばらしい漢詩の一節を作ったとあるが、まだ幼い若宮が資料を参考にしてはいても漢詩を作ることができたという学の高さに相手は驚き賞賛したのだろう。若宮の漢詩の内容について詳しく書かれていないために、どのような内容であったのかとても気になる。「別れが悲しい」という詩への返しは「私もあなたに出会えて良かった」というような漢詩だったのだろうか。

C＝先の話で若宮がずば抜けて優れていることが語られていたが、ここでも若宮の才能が描かれている。まだ元服もしていない子どもが素晴らしい漢詩を作ったので、相人が賞賛したとあるが、これで「外国人（高麗人）も驚くような素質」があると、改めて若宮の才能を提示している。

問題①　「漏らさせたまはねど」は、帝が人に語ることがなかったという意味である。この挿入句がある意味を考えてみよう。

（解答例）A＝帝は、若宮を高麗人の相人に占わせたことについて、もしや今の春宮を廃して若宮に春宮の位を与えるつもりではないか、という疑いを（主に春宮の祖父大臣や弘徽殿の女房などに）抱かせないために、何も語らずにこの相人に数々の品を与えたのだろう。しかし、帝のその懸念（あるいは配慮か）が逆に、まだ若宮が春宮になる可能性があるという事実と重なって、春宮周辺にあらぬ疑いを抱かせたというのは非常に皮肉な結果であると言える。帝はいまだに詰めが甘いということなのだろうか。

B＝若宮のあり余る才能は、高麗の人までもが賞賛するものであった。帝は元々若宮の美しさや素晴らしい才能を周りに誇れるものだと感じていた。しかし立場上それをあらわにすることは控えた方がよいということもわかっているので、「帝は自らお漏らしにならないが～」ということばを挿入することで、帝が実は若宮の行い（詩句が素晴らしいとされたこと）をとても喜ばしく思っている、ということを示しているのだと思う。「おのづから」あえて「漏らさ」ないという語句が選ばれてことからもうかがえる。

問題②　「春宮の祖父大臣など」という呼称は、次の「いかなることにか」と疑惑を抱くこととどのように関係しているであろうか。

〈解答例〉　**A＝**若宮は実に感興深い詩句を作って、人々の注目を集めた。このことにより、見目麗しい姿をしているだけでなく、才も素晴らしいという印象を世間に広めることとなった。若宮の動向により東宮の地位が脅かされる危惧があるので、祖父大臣、弘徽殿女御は今回の若宮の行動が一体どういった子細なのか、という不安を抱いてしまったのだろう。

B＝「春宮の祖父大臣など」の「など」には、右大臣の娘である弘徽殿の女御や右大臣を頂点とする一族が含まれている。春宮が即位すれば絶大な権力をその一族が握ることになる。それで、若宮の作った漢詩への献上物のお返しが宮廷から高麗人に渡されたことから、春宮の地位が危なくなるのではと疑念を抱いている。

C＝この時代は観相をはじめとする占いの類は政治をする上でも、かなり重んじられていた。大陸の占いも重んじられていたであろう。今回は外国の優れた相人に若宮を見せたとあっては、政治と何か関係あるのではないかと疑うのは当然であり、秀才の若宮なので、「東宮の地位をおびやかすかもしれない」と現春宮の親類は不安を抱くはずである。秀才であり、帝にかわいがられている若宮だけに、周りは常にピリピリと疑心暗鬼に駆られていたに違いない。帝の外祖父は右大臣で、政治の実行面で強い権力の持てる地位であるだけに、誰も譲りたくはなく、精一杯なのだろう。

【三六】 若宮に源氏姓を付与

みかど（帝）、かしこき御心に、やまとさう（倭相）をおほせ（仰せ）ておぼし（思し）よりにけるすじ（筋）なれば、いままでこの君をみこ（親王）にもなさせたまはざりけるを、相人はまことにかしこかりけりとおぼし（思し）て、無品親王〔むほんのしんわう〕の外戚〔げさく〕のよせ（寄せ）なきにてはただよは（漂は）さじ、わが御世もいとさだめ（定め）なきを、ただ人にておほやけ（朝廷）の御うしろみ（後見）をするなむゆくさき（行く先）もたのもしげな（頼もしげな）めることとおぼしさだめ（思し定め）て、いよいよみちみち（道々）のざえ（才）をならは（習は）させたまふ。きは（際）ことにかしこくて、ただ人にはいとあたらしけれど、みこ（親王）となりたまひなば世のうたがひ（疑ひ）おひ（負ひ）たまひぬべくものしたまへば、すくえう（宿曜）のかしこきみち（道）の人にかむがへ（勘へ）させたまふにもおなじ（同じ）さまに申せば、源氏になしたてまつるべくおぼし（思し）おきてたり。

問題① 「帝、かしこき御心に」の「かしこき」は桐壺巻に次の三例が使われている。最初の二例とこの用例には意味の違いがある。どう違うのであろうか。

・そのころ、高麗人の参れる中に、かしこき相人ありけるを聞こしめして【三四】

・弁も、いと才かしこき博士にて、言ひかはしたることどもなむいと興ありける。【三五】

・帝、かしこき御心に、倭相を仰せて思しよりにける筋なれば、【三六】

（解答例）A＝「かしこき相人」「かしこき博士」の「かしこき」は「優れた」という、その人物の性質を表す意味で用いられているが、「かしこき御心」は「畏れ多い御心」を持つ帝を高めることに用いられている。これにより読者に「帝は他の登場人物とは別格である」と強く印象づけることができる。

B＝右の相人と博士に使われている「かしこき」はただ優秀である、立派であるというような意味しか含まれていないが、帝に使われている「かしこき」は帝に対する語り手の敬意を表している。この場面は、愛する若宮をどう扱うかという厳しい判断にかかわる帝の行為を取り上げていて、帝が私情に走る判断ではないなどという意味で、「かしこき」（恐れ多い）ということばを用いている。

問題②　「帝、かしこき御心に」以下では、帝の気持ちがよく語り出されている。気持ちを直接に表す表現をカギカッコで括ってみよう。そして、どうすれば幸せになるかについての判断を説明してみよう。

（解答例）A＝帝が気持ちを直接に表す表現は、「無品親王の外戚の寄せなきにては漂はさじ、わが御世もいと定めなきを、ただ人にて朝廷の御後見をするなむ行く先も頼もしげなめる（こと）」だと思う。そして、帝は自分が世を治めるのもいつまで続くかわからないと思っているので、臣下として朝廷の御補佐役を務めさせたい。そのために政道に役立つ多方面の学問を習わせている。安定した役職につくことが幸せであると思っている。

B＝「相人はまことにかしこかりけり」と「無品親王の～頼もしげなめる」までが、帝の気持ちを直接に表す表現であるが、高麗の相人が言ったことは正しく、判断した才を賢明だと評し、若宮をこのまま無品の親王としておくよりも、大臣たちもうかつに手を出せないし、出す必要のなくなる臣下にした方が、幸せに安心に過ごせると判断した。

C＝帝は、高麗の相人に若宮を見せるよりも先に、日本の相人に占わせ、若宮を東宮にしない方がよい、といった助言をすでに受けていたことがここでわかる。帝のこれまでの様々な若君を守ろうとしていた行動にも、説明がつくのである。そして、日本の相人の助言をさらに明確にしたものが、今回の高麗人の相人の占いだったのであろう。それゆえに、帝は「相人はまことにかしこかりけり」と感じたのである。また「無品親王の〜頼もしげなめること」は、相人たちの占いの結果をもとに、帝が若宮への対応を考えている部分である。帝自身治世を念頭におきながら、自分の権力が及ばなくなったのちも、若宮が安定した生涯を送れるよう、模索している。子の将来を思う親心が表されている部分だと感じた。

参考1 「いままでこの君を親王にもなさせたまはざりけるを」は、テキストの脚注「親王宣下があってはじめて皇子は親王に列せられる。」が参考になる。『王朝時代皇室史の研究』（竹島寛著　昭和一一年初版　昭和五一年復刻版　名著刊行会）に「平安朝になつてからは、宣下なくして親王と称することを得ず、宣下あるまでは某宮と申上げてゐた」（三四ページ）とある。

参考2 「道々の才」は、帚木巻に「三史五経、道々しき方を明らかに悟り明かさむこそ愛敬なからめ」とある。「三史」は「史記・漢書・後漢書」。五経は「易経・書経・詩経・礼記・春秋」のこと。なお、現在は「四書五経」がよく使われる。「四書」は朱子学の源となる「論語・大学・中庸・孟子」のこと。帝は、若宮に政治に必要な学問の習得をさせている。

（解説例） A＝帝は若宮に「道々の才」つまり政治に必要な学問を学ばせている。これは、若宮がしっかりと自分の力で、宮中で生きていけるようにという配慮であろう。自分がいつまでも若宮を守り続けられないという帝の心中もこの部分から読み取れるのではないだろうか。また若宮の才能に対する期待、桐壺更衣の一族に対する思いなどもあるような気がする。

B＝「道々の才」とは三史五経の才、つまり政治方面で役に立つ学問のことである。

参考3 「ただ人にはいとあたらしけれど」の「ただ人」は「臣下」。皇室から離脱させて臣籍に位置づける。親王として処遇することで将来の帝王になる可能性を残すのでなく、きっぱりと帝王の道を断つ方途を採ったが、そのことが惜しまれるというのである。なお、桐壺帝のモデルは一般に醍醐帝とされているが、その父である宇多帝は一度源氏姓を賜って皇室から離脱したが、後に再度戻されている。紫式部の設定した十世紀初頭の源氏物語の時代は、まだそういう可能性を有していた。

〈解説例〉 A＝世にも類なく聡明で賢い若宮を臣籍に下すことを惜しいと思っている。しかし、だからといって親王にしてしまったら、世間の疑惑を受けることが必定である。若宮にこの先頼りない生涯を送らせてしまうくらいなら臣下としてつとめる方が幾分かは将来も安心であろうと帝は判断した。このことから帝はどれほどまでに若宮の幸せ、安心した将来を願っているのかがうかがえる。惜しいとは思っているが、若宮の幸せを第一に考えていることがわかる。それほど若宮を愛していることも伝わってくるようにも思う。

B＝若宮は、才能が秀でており、容姿も言うまでもない人物である。そんな若宮が将来、帝になってもおかしくはない。しかし、後見もなく今後どのような事態になってもおかしくない状況である。後見がしっかりしていないのに、帝になるようなことがあれば、危害を加えられる可能性もある。若宮のような人物を失うことはもったいないことである。若宮の才能を活かすには、臣下の位置にすることが一番よいと考えたのではないか。

C＝若宮を「ただ人」にすることに決めたが、有力な後見人もいないので将来が心配だ。それならば、一人でも自立していける道を残したのではないだろうか。学問を習得させることで、立派な朝廷の補佐役にしようという父親の愛情を表現しているように思える。

参考4 「親王となりたまひなば世の疑ひ負ひたまひぬべくものしたまへば」は、前の「祖父大臣など、いかなることにかと思し疑ひてなんありける」を受けている。桐壺帝は、春宮の祖父大臣や生母弘徽殿の女御などの一族がひそかに若宮に危害を加えようなどと画策する動きを察知しているのか。

参考5 「宿曜のかしこき道の人に勘へさせたまふにも」は、帝が慎重にも慎重を重ねて若宮の将来の身の安全を図っている。倭相、高麗の顔相、宿曜など当時の主要な運命学が駆使されている。

参考6 「源氏になしたてまつるべく思しおきて（掟て）たり」に、帝の確固とした意思が示されていて、若宮はこの後は「源氏の君」と呼ばれている。「思しおきてたり」は「思ふ」の敬語動詞「思す」と「おきつ」の複合動詞「思しおきつ」に助動詞の「たり」がついている。

【三七】 桐壺更衣に似た女性

年月にそへて、みやす所（御息所）の御事をおぼしわするる（思し忘るる）をりなし。なぐさむ（慰む）やと、さるべき人々まゐら（参ら）せたまへど、なずらひにおぼさ（思さ）るるだにいとかたき世かなと、うとましう（疎ましう）のみよろづにおぼし（思し）なりぬるに、先帝の四の宮の、御かたち（容貌）すぐれたまへるきこえ（聞こえ）たかく（高く）おはします、はは（母）后世になくかしづききこえたまふを、うへ（上）にさぶらふ内侍のすけ（典侍）は、先帝の御時の人にて、かの宮にもしたしう（親しう）まゐり（参り）なれ（馴れ）たりければ、いはけなくおはしましし時より見たてまつり、いま（今）もほの見たてまつりて、「うせ（亡せ）たまひにしみやす所（御息所）の御かたち（容貌）にに（似）たまへる人を、三代のみやづかへ（宮仕）につたはり（伝はり）ぬるに、え見たてまつりつけぬを、きさい（后）の宮のひめ宮（姫宮）こそいとようおぼえておひいで（生ひ出で）させたまへりけれ。ありがたき御かたち（容貌）人になん」とそうし（奏し）けるに、まことにやと御心とまりて、ねむごろにきこえ（聞こえ）させたまひけり。

参考1 「年月にそへて、御息所の御事を思し忘るるをりなし」は、一般に、人の思い出は歳月の経過とともに薄れていくものだが、御息所とのことは、どれだけ年月が過ぎ去っても、記憶から薄れることがない、という意味。「御息所」という呼称はこれで二度目。初出は【九】。

〔解説例〕 A＝「年月にそへて、御息所の御事を思し忘るるをりなし」は、帝が桐壺のことを忘れることができないという意味だが、この一文でも帝が桐壺のことを本当に愛していたことがわかる。ここで「更衣」と言わないで「御息所」という呼称をとっているのは、若君の母親という意識が込められているのではないでしょうか。

B＝「御息所」を電子辞書で引いてみますと、「①天皇に侍する宮女の敬称。皇子・皇女を産んだ女御・更衣をいう場合が多いが、皇子・皇女のない場合にも、また、広く天皇に寵せられた宮女にもいう。②皇太子および親王の妃の敬称」とありました（『精選版日本国語大辞典』）。「御息所」というと、とても位が高いと私は思っていましたが、①の後半の意味でいくと、位の低い侍女なんかもなれるということになり、とても意外だと思いました。

C＝年月が過ぎ去っても薄れない、逆にどんどん濃くなっていく更衣の存在はそれほど帝にとっては大きいということだと思う。自分にとって忘れられない記憶というものは何年経っても忘れないものだから特別なものじゃないとそうはならないと思う。「更衣」でなく「御息所」を用いているのは、特別だということが強調されているように思える。

参考2　「さるべき人々を参らせたまへど」云々は、桐壺更衣の代わりになる人を何人か入内させたけれども、の意。周りの人々が、桐壺更衣を失って悲しみに沈む帝の心を慰めようとして、帝の意にかなうような女性を次々に入内させるのである。「入内」はその女性の一族が財力をかけて豪華な儀式を挙行することでもある。可能であれば、次期の春宮などと願う一族の悲願をもって宮中に送りこまれるということである。

〔解説例〕　A＝何人もの女性たちが桐壺更衣の代わりとして入内してきた。しかし、更衣のすばらしさには足元にも及ばず、帝をなぐさめることができずにいる。それを見た女性たちは自分たちに目もくれない帝に悲しみを抱いたのだろうか。むしろ、それを通りこえて恨めしくなったり姿のない桐壺更衣の存在をうとましく思ったりしたのかもしれない。

B＝桐壺を失った悲しみから帝を救い出そうと周りの人々は代わりになる女性を次々に入内させた。家柄、人柄、教養、容貌などの優れた女性を入内させたものの、帝は亡き更衣と同じような人などいないと言って見向きもしなかった。

C＝桐壺更衣の代わりとして入内する女性の中には、彼女よりも綺麗な人がいただろうに、帝がなびかなかったのは、それだけ更衣への想いが強かったからだとわかる。入内した女性は、帝に相手にもされなかったので、身を落ち着かせる所もなく、つらかっただろうと思う。

参考3　「『なずらひに思さるるだにいとかたき世かな』と、疎ましうのみよろづに思しなりぬるに」の「疎ましう」は、帝が次第に厭世的になってしまわれている意味。「よろづに」は私生活だけでなく公的な生活の面でも、の意。帝にお仕えしている人々の嘆きが裏にある。

（解説例）　A＝帝が次第に世の中さえ疎ましく思われていく様子から、それほど桐壺更衣に思い入れがあったこと、帝という政治的な立場にありながら、桐壺更衣を心の支えとしていたことをうかがい知ることができる。

B＝帝が現世を捨てて出家を願っている様子が毎日の生活の中に見られるということで、周りの人々がやきもきしているのでしょうか。もしも帝が譲位を考えているということであったら、世の中が大きく変動することになりそうです。ただし、弘徽殿の女御とその一族の人々は好機到来と内心喜んでいるのかもしれません。

参考4　「先帝の四の宮の、御容貌すぐれたまへる聞こえ高くおはします、母后世になくかしづききこえたまふを」以下で、源氏物語の中で大きな役割をもつ女性（藤壺の宮）が新たに紹介される。

（解説例）　A＝この表現で新たに紹介される四の宮は、以前、桐壺帝が望んでもいないのに次々に入内してきた妃たちとは違う登場の仕方である。これによって、桐壺更衣がいなくなったので空いていた物語上の大きな存在を再び埋めることができる。そして、次の展開へと発展させていくことができる。

参考5　「上にさぶらふ典侍は、先帝の御時の人にて」云々で、典侍と呼ばれる女官が提示される。この女官は、後の発話文から、三代の帝にお仕えしていることから、年齢もかなり高齢である。少し古い事例ではあるが、訳出されている『日本後紀』（講談社学術文庫）を読むと、帝が典侍の邸宅に行幸をなさり、わずか数日後にその典侍が身罷るという記事が散見される。御所における典侍の地位の高さや役割の大きさなどが伝わってくる。

（解説例） A＝この典侍の存在は、わかりやすく考えるなら、時代劇でたびたび見かけるお殿様付きの「じいや」と似たようなものでしょうか。皇女や妃でもなくて地位が高いという女性は、なかなか想像できませんが、出世欲の激しい大臣たちよりも帝が信頼して相談をする存在であったのでしょう。

参考6　「后の宮の姫宮こそいとようおぼえて生ひ出でさせたまへりけれ。ありがたき御容貌人になん」は、第一にこの姫宮が容姿容貌だけでなく、様々な面で桐壺更衣によく似ていること、第二にまれに見る美貌であること、第三にその母后もまた内親王であること、第四に姫宮の年齢がまだ若いことを伝えている。この第四は、この姫宮がやっと入内できる年齢に育っていることを表している。

（解説例） A＝この文で先帝の四の宮がやっと入内できる年齢になった。このことをにおわせるような文がいくつかある。まず母后が亡くなった後、姫宮が心細そうにしていると、帝が「ただ、わが女御子たちの同じ列に思ひきこえむ」というように自分の娘たちと同じように思って大切にすると言っていることからもわかる。

B＝帝としては、こんなにも桐壺更衣によく似た理想の女性像に最も近い后の宮の姫君を一刻も早く入内させたいかもしれないが、やっと入内できる年齢になったばかりで、しかも入内の決め手が桐壺更衣によく似ているからというのはちょっと辛いものがあるのではないかと思う。「私はただの更衣の身代わりなのか」と私なら嘆いてしまいそうだ。

参考7　「まことにやと御心とまりて、ねむごろに聞こえさせたまひけり」は、帝が自ら乗り気になって入内を望んだことを語っている。

（解説例）Ａ＝藤壺自身は身代わりとして入内することについて嫌ではなかったかという意見があります。確かに嫌だと思う部分もあったと思います。しかし、たとえ身代わりであったとしても、帝が自分のことを大切に思って愛してくださると信じたから入内したのだと思います。

Ｂ＝「まことにやと御心とまりて、ねむごろに聞こえさせたまひけり」とあるが、今まで桐壺更衣のことを忘れさせ、気持ちを紛らわせてあげようと、様々な女性を入内させたが、帝はすべてお気に召さなかった。ところが、桐壺更衣と顔が似ている人がいるとお伝えしたところ、帝は初めてお心にとめて、自分から入内してほしいと望んだのである。

【三八】　先帝の四の宮の入内

ははきさき（母后）、「あなおそろし（恐ろし）や、春宮の女御のいとさがなくて、きりつぼのかうい（桐壺更衣）のあらはにはかなくもてなされにしためし（例）もゆゆしう」とおぼし（思し）つつみて、すがすがしうもおぼしたた（思し立た）ざりけるほどに、后もうせ（亡せ）たまひぬ。心ぼそき（細き）さまにておはしますに、「ただ、わが女みこ（御子）たちのおなじ（同じ）つら（列）に思ひきこえむ」といとねむごろにきこえ（聞こえ）させたまふ。さぶらふ人々、御うしろみ（後見）たち、御せうと（兄弟）の兵部卿のみこ（親王）など、かく心ぼそく（細く）ておはしまさむよりは、うちずみ（内裏住み）せさせたまひて、御心もなぐさむ（慰む）べくなどおぼし（思し）なりて、まゐら（参ら）せたてまつりたまへり。ふぢつぼ（藤壺）ときこゆ（聞こゆ）。げに御かたち（容貌）ありさまあやしきまでぞおぼえたまへる。これは、人の御きは（際）まさりて、思ひなしめでたく、人もえおとしめきこえたまはねば、うけばりてあかぬことなし。かれは、人のゆるしきこえざりしに、御心ざしあやにくなりしぞかし。おぼし（思し）まぎるとはなけれど、おのづから御心うつろひて、こよなうおぼしなぐさむ（思し慰む）やうなるも、あはれなるわざなりけり。

参考1 母后は、桐壺更衣の死の原因が春宮の女御のさがなさによるという事情を客観的かつ的確にとらえている。そして、愛娘をもつ母親の立場から「あな恐ろしや」「ゆゆしう」と表現している。

（解説例） **A**＝母后は、桐壺更衣の死については客観的にとらえることができたが、いざ自分の娘が同じようになるかもしれないと思うと客観的にとらえることはできずなかなか入内させる決心がつかない。これは、若宮を宮中に呼び返そうとした時に北の方の決心がなかなかつかなかったこととまったく同じである。このことから更衣の死は帝だけでなくまわりの人々にも多大な影響をあたえたことがわかる。藤壺の前に入内した「さるべき人々」の母親たち、あるいはその家族は入内をしぶらなかったのだろうか。

B＝弘徽殿の女御は、世間からそんな風に思われていても、宮中での立場や評判は変わらず、居心地も良かったのだろうか。私なら、間接的であっても、人一人を殺したと言われたら、宮中にはいられない。弘徽殿の女御は嫌いだったけど、本当はすごく可哀そうな人なのかもしれないと思った。愛されたいがゆえの行動で、自分を更に追い詰めてしまう、という。

C＝帝の要望を受け入れるか迷っていた四の宮の母后は、本当に四の宮をかわいがっていることがよく伝わった。帝がいくら入内してほしいと言っていても、一番に自分の娘のことを考えている母は素晴らしいと思った。あんなに桐壺更衣を失ったことを悲しんでいた帝が、桐壺更衣にそっくりだというだけで四の宮に入内させようとしているのが少し残念だった。所詮そんなものかと思ったし、四の宮としても、「桐壺更衣の身代わり」で愛されているのではないかという不安が生まれてしまうのではないかと思った。

参考2「すがすがしうも思し立たざりけるほどに、后も亡せたまひぬ」で、四の宮も若宮と同じく母親に先立たれ、「心細きさま」で日を送ることになる。

（解説例） A＝母后の死は、藤壺の宮にとってもちろん悲しく辛いことだろうが、この宮の「心細し」とはどういう意味だろう。私のイメージする「心細し」は、身寄りがいなくなって不安だとか、経済的に苦しくて不安だとか、そういうすっかり不安な状況におかれていることである。それともここでの意味は現代とは違った意味を表す「心細し」なのだろうか。

B＝四の宮の母后も、四の宮が入内する前に亡くなってしまう。帝は、自分の息子の若宮をみてきて、母親がいないことがどれだけ辛いかを感じとっていたのだと思う。それで、四の宮を更衣や若宮以上にかわいがってあげようという気持ちが強くなっていたのだと思う。

（質問） C＝四の宮には兄弟は別として三人の姉宮がいます。ということは、母后はだいぶお年を召していたことになります。これからの人生について相談にのってくださる母后がいなくなって、とても心細いはずです。私も母親のことを頼りにしているので亡くなってしまうときっと心細くなると思います。ところで、質問があるのですが、母后が四の宮の入内をためらっていましたが、入内は断ることができるのですか。

（回答）＝入内は断ることができます。ただし、これは一般論ですが、帝からの誘いを断るということは社会的に角を立てることになります。ところが、四の宮は先帝の姫君ですから、仮に入内を断ったとしても、そのことで身内に何も不利になることはありません。ただ、断れば、生涯独身を通す、出家するという限られた道しか残っていません。ところで、これが臣下である場合は、入内の御誘いは、いわば「棚からぼたもち」のように僥倖《ぎょうこう》に恵まれることですから、もしも何らかの理由があって断るとしたらその損得、功罪を十分に検討しなければなりません。この後、元服した若君の「添臥《そひぶし》」になる左大臣の姫君の話がでます。この姫君は春宮から入内の誘いがあったのですが、断っています。これは、若君にという意図があったからです。

D＝（Cさんの質問を受けて）帝の入内の誘いを断れるのは、先帝の姫君のような方ぐらいだろうと思います。それを思うと、かぐや姫が入内を断るのは地上の身分に落ち着く者でないことを表しているように思いました。臣下で入内を断るとしたら、「とりかえばや物語」のように病気といったちゃんとした理由があるのではないでしょうか。

参考3 「さぶらふ人々、御後見たち、御兄弟《せうと》の兵部卿の親王《みこ》など」の「御兄弟《せうと》の兵部卿の親王《みこ》」は、同じ先帝の親王で四の宮の兄。後の紫の上の父君。「桐壺巻人物関係図」（二三二ページ）を参照。なお、「さぶらふ人々」は主として女房たち、「御後見たち」は四の宮の後見人たち。経済上の管理などに携わる親戚の人々などを指す。「入内」の儀式には莫大な費用がかかります。その費用を賄い、荘重、かつ格式の高い儀式を挙行するには一族の結集が必要になります。

（解説例） **A**＝「御兄弟の兵部卿の親王」は同じ先帝の親王で四の宮の兄。「さぶらふ人々」は主として女房たちなどということから、藤壺一人では入内できなくて、背後に多くの人々の支えがあることがわかりました。家の繁栄のために娘に入内をすすめたりするのは、この時代の特徴だと思います。もし自分がこの立場だったら押しつぶされそうです。

B＝四の宮の周囲の人たちは、もしかしたら自分たちの今後の発展や帝からの恩恵のために四の宮に入内を勧めたのかもしれません。そうだとしたら、四の宮はかわいそうだと思います。数多くの人々の様々な思惑があったのだろうなと思いました。

参考4 「かく心細くておはしまさむよりは、内裏住みせさせたまひて、御心も慰むべくなど思しなりて」の傍線部は「『御心も慰むべし』などと思しなりて」と同じ。「内裏住みせさせたまひて」は「内裏住みをなさったら」の意。

（解説例） A＝母も亡くなり、将来のあてもなく過ごしているよりも、帝の妃となり、内裏に住むことで、安心して過ごせます。また、一人でいるよりも寂しさが紛れ、心の拠り所ができるのではないかと四の宮の周囲の人々は感じていたのでしょう。もちろん「帝」という世の中で一番の人の所に嫁げばすべて安心ではありましょうが、この時点で四の宮もまだ若いし、何より帝の心にある更衣への想いに対する不安などがあったのではないでしょうか。

参考5 「藤壺と聞こゆ」は、桐壺更衣の「御局は桐壺なり」（【七】）という短くて効果的な一文を受けて、対比的に表現されている。「藤壺（飛香舎）」は清涼殿に最も近い御局である。清涼殿には「藤壺上御局」も用意されている。

（解説例） A＝平安時代の文章と比べ、現代の文章は文の長さがかなり短い。文は短いものが主流であり、長くとも八十字以下がよいとされる。そんな、各文が短い現代の文章においても、十字以内の短い文は目を引く。リズムが途切れることで、視覚的にも聴覚的にも強調的な効果を生む。対して平安時代の、特に源氏物語の文は一文一文が長い。百字を越すことが普通である。そういう中で、「御局は桐壺なり」「藤壺と聞こゆ」は、とりわけ短く、現代における短い文が持つ効果よりも、さらに強い効果を生んでいると思われる。また、桐壺更衣に代わる存在が藤壺の宮ということで、同じような表現法を用いて二人を重ね合わせると同時に対比もしている。

B＝藤壺の宮は、顔立ち、まなざしなど細かな点まで今は亡き桐壺更衣にそっくりであった。ただ一つ桐壺更衣と大きく違ったのは、藤壺の宮が皇女というきわだった身分にあるということだった。これは、藤壺の宮が帝からどんなに深い寵愛を受けても、だれもがそれを認めざるを得ないということを意味する。桐壺更衣が亡くなった後、揺ぎない地位を保っていた弘徽殿の女御にとって、藤壺の宮は桐壺更衣以上の強敵になることであろう。

C＝藤壺の局は清涼殿に最も近く、桐壺の局は清涼殿から最も遠い。「これは～、かれは～」という表現にあるように、藤壺の身分は際立っている。このように藤壺と桐壺の違いを示した上で、帝が藤壺へと心を移していく。それは色々と障害のあった桐壺との愛とどのように愛情を注いでも何の問題にもならない藤壺への愛を対比しているように思う。

参考6 「げに御容貌ありさまあやしきまでぞおぼえたまへる」と藤壺の容貌や容姿などが桐壺更衣によく似ていることを指摘した上で、「これは～、かれは～」という構文で対比的に説明している。

（解説例） A＝「これは～、かれは～」という構文で藤壺と桐壺更衣を比較することで、どんなに容貌や器量が良くても「身分」が重要とされているこの時代においては、身分が高くなければ、生きづらいということがわかる。藤壺の宮と桐壺更衣は光と影のような存在であると思った。「誰からも認められる藤壺」を見ていると桐壺更衣の不遇さが際立ち、切なく感じられる。

B＝藤壺の容貌はとても桐壺更衣に似ていて、それは見た目だけではなく、ありとあらゆる行動、振る舞い、声の出し方まで、本当に驚くほどだったのだろう。しかし、これほど似ていて、まるで桐壺更衣その人かと思うほどでも藤壺は桐壺とは違い身分が高い出身である。そういうところを「これは～、かれは～」というふうに比較し、もしも桐壺更衣が藤壺ほどの身分であれば、何か帝と桐壺更衣の運命も違っていたのではないかと思わせられた。

C＝「げに御容貌ありさま～」だけでは、似ているのかとぼんやりとしたイメージでしかないが、対比的に説明がしてあることで、具体的ではっきりとしたイメージが浮かびやすい。それにより、どれくらい美しく似ているとか、きっと帝も気に入りなさるだろうと先の予想までがだいたいできる。

参考7 「思しまぎるとはなけれど」の一文は、帝が自然に藤壺に心を寄せるようになることが語られる。

(解説例) **A**＝帝は桐壺更衣への思いを忘れることはないが、自然と藤壺に心を寄せていく。あれほど強く思っていたはずなのに心が移ってしまう。このことを人情の自然と語り手は述べている。桐壺更衣と藤壺は似てはいても位や周りの反応がまったく違う。ある意味、桐壺と対照的な藤壺の違った魅力に魅かれて心が移っていったように思う。そのことから、この「人情の自然」ということが物語が進んでいく上で重要なキーワードにもなってくるのではないかと思った。語り手はこのことについて強調しているように感じた。

B＝帝の桐壺更衣への愛は決して消えるわけではないと思います。ただ、生き写しの藤壺の宮が傍にいることで哀しみが少しずつ緩和されてきて、帝の気持ちを切り替える（＝悲しみに浸るばかりではいけないと気づく）上で良いきっかけになったのではないでしょうか。亡くなった人を思い続けることは並大抵の気持ちではできないはずです。桐壺とそっくりの藤壺に生前を重ねているのかもしれませんが、そこから藤壺自身への愛を見出すことは可能だと思います。他方、そうなるまでの藤壺の心中はどのようなものなのだろうと思いました。

C＝藤壺の宮が入内し、亡き桐壺更衣に似ている女性を追い求め続けてきた帝は、ようやく落ち着きを取り戻す。他の妃たちは、帝が以前の状態に戻りつつあるので安心しているように思われるが、あの弘徽殿の女御だけは内心穏やかではないだろう。桐壺更衣が入内し、自分が粗略に扱われたという恥ずかしい経験があるのだから、今回も同様のことが起こらないとは限らない。藤壺を入内させたことで帝の桐壺更衣への想いを知るとともに悔しい気持ちも抱いたことであろう。

（質問）①＝私は、自分の娘といってもおかしくないほどに年の離れた藤壺に帝が心を寄せるといった感情をほとんど理解できません。それほど藤壺が魅力的な女性だったのでしょうか。一定の年齢を迎えると入内できるようですが、こういった年齢の差は、この時代、宮中の内外で一般的だったのでしょうか。

（質問）②＝帝は亡き桐壺更衣にそっくりの藤壺をどれほど愛していたのでしょうか。更衣を愛したくらいに藤壺を愛しても今は世間上何ら問題がありません。しかし、帝も昔と違い、精神的にも大人になっています、それでも昔のような熱愛を藤壺に注いだのでしょうか。また、帝と藤壺は何歳離れていたのですか。

（回答）＝桐壺更衣が帝の寵愛をいただいているころに、やはり、帝、更衣、女御の年齢の質問がありました（【九】の質問④）。そこでは、桐壺更衣が入内したころの帝は年齢を十七、八歳、多く見積もっても二十歳以下、更衣は十四、五歳、女御は帝より四～六歳年長としました。実は、それからすでに十一、二年が経過しています。若君は早くも十一歳になっています。そこから、帝は三十歳前後、入内した藤壺の宮は源氏の君より五歳年長の十六歳、ということになります。一夫多妻制度では、二番目以降に入内した夫人は最初に入内した夫人より少しずつ若くなります。そういう意味で、帝の三十一歳、藤壺の宮の十六歳は取り立てて年齢が離れているわけではありません。源氏物語の作者の紫式部は藤原宣孝と結婚しましたが、紫式部は初婚で三十歳前後、孝宣は再婚で五十歳近くになっていました。少なくとも二十歳は年齢の開きがあります。歌集の歌を読むと、紫式部は半ば悩みつつも幸せだったようですが、わずか三年弱で夫に死別しています。それで、娘賢子（大弐三位。冷泉天皇の乳母）は父の思い出をもっていないということになります。

なお、藤壺の宮が桐壺更衣によく似ているということで、似ているから帝に愛されているという悩みはなかったかという疑問を抱く人が少なくないようですが、帝は、一人の女性として藤壺の宮を愛したのだと思います。桐壺更衣と藤壺の宮は容姿容貌などがよく似ているのですが、加えて帝への心づかいなど人間的な面で二人は格別に魅力的であったということでしょう。

【三九】 源氏の君、藤壺の宮にあこがれる

源氏のきみ（君）は、御あたりさり（去り）たまはぬを、ましてしげくわたら（渡ら）せたまふ御方はえはぢ（恥ぢ）あへたまはず、いづれの御方も、我人におとら（劣ら）むとおぼい（思い）たるやはある、とりどりにいとめでたけれど、うちおとなびたまへるに、いとわかう（若う）うつくしげにて、せちに（切に）かくれ（隠れ）たまへど、おのづからもり（漏り）見たてまつる。ははみやす所（母御息所）も、かげ（影）だにおぼえたまはぬを、「いとように（似）たまへり」と内侍のすけ（典侍）のきこえけるを、わかき（若き）御心地にいとあはれと思ひきこえたまひて、つねに（常に）まゐら（参ら）まほしく、なづさひ見たてまつらばやとおぼえたまふ。

参考1 「源氏の君」という呼称に注意。【三六】の結びで「源氏になしたてまつるべく思しおきてたり」と語られていた。そこでは帝の裁断が語られただけで、臣籍に下す儀式は特に語られていない。しかし、早くもここで「源氏の君」という呼称で語られている。元服も済ませていないので、前と同じように帝の近くで生活している。これは異例であろう。

（解説例） A＝すでに皇族から臣籍に下った臣下の者（無位無官）であるのに、まだ帝のおそばにいるということは、清涼殿などにも自由に出入りできるということでしょう。まだ元服していないから可能なのでしょうか。元服をすませていないのに臣籍に下すことがあったのか、そういう事実をもっと知りたいと思います。

参考2 「いづれの御方も～うちおとなびたまへるに」は、帝に連れられて御局を訪ねる機会が多いが、どの方もすっかり「おとなび」（若盛りを過ぎ）なさっている意。若君にとって親に思える人たちばかりで、自分を幼児扱いして、気を遣うことがないという意。以下に逆接のかたちで続く。

（解説例） **A**＝源氏の君が帝に連れられて行く御局の方々はみんな「おとなび」なさっていることがあえて語られている。その意図はもちろん、新しく入内した藤壺の宮を対比させるためである。そしてこの対比は、後に源氏の君が藤壺の宮を女性として愛してしまう未来を暗示しているように思う。顔こそ似ているが、源氏に母性を感じさせる相手として、藤壺の宮は若すぎた。それも、源氏が他の御局の方々と対比できる状況にあったからこその結論だと言えそうだ。

B＝藤壺の宮が亡き桐壺更衣に似ているということで、源氏は自分の母がどんな姿だったのだろうかと興味を持ったのであろう。しかし、もう一つ考えられることがある。それは、参考1にも書かれている通り、帝の后たちはどの方も若盛りを過ぎていらしたということ。そして、その中で藤壺の宮だけが若く美しかったということから、源氏は一人の女性として藤壺の宮を見ていたのではないか、ということである。

参考3 「いづれの御方も、我人に劣らむと思いたるやはある、とりどりにいとめでたけれど」は、語り手が後宮の女御や更衣の自負心を推察するとともに、それぞれ魅力的だとほめている。この表現は、藤壺の宮の容姿容貌の描写の中間におかれた「はさみこみ」（佐伯梅友著『上代国語研究』）で、語り手が批評を加えた挿入文である。

（解説例） **A**＝語り手が後宮の女御や更衣の自負心を推察して、それぞれに魅力的だとほめている個所であるが、しかし、訳文を読むと、後宮の女御や更衣たちが「私が一番美しい」などとそれぞれ思っているのを、少し嫌っぽく表現しているように思える。

B＝やはり入内している女性は、それくらいの自信や自尊心がなければつとまらないのかと思いました。しかし、自分たちよりもはるかに年少の藤壺の宮だけが大切にされるということは、さぞプライドが傷ついたことだろうと思います。

参考4 「切に隠れたまへど、おのづから漏り見たてまつる」は、藤壺の宮が何とか隠そうとしても、源氏の君がお顔を拝見する機会があるという意。

〈解説例〉 **A**＝源氏の君は帝のおそばにいる女御や更衣たちからはまだ元服もしていないこともあって、子どもとして扱われている。藤壺の宮は、その中でもひときわ若くてかわいらしくはあるが、数えで十五、六歳であるということで、もう女の子ではなく、一人の女性であると言える。それでもわずか十一歳の子供から隠れようとするのはなぜかと思いました。自分から見れば、源氏の君はまだまだ幼い子供だと見ることが出来なかったのでしょうか。

B＝藤壺の宮が亡き母に生き写しだと聞いているので、今は亡き母の姿、しぐさ、声などを「ああ、こんな感じだったのかなあ」と藤壺の宮を通して求めている。空白の母との時間をうずめるかのように。

参考5 「若き御心地にいとあはれと思ひきこえたまひて」の「いとあはれ」に藤壺の宮に対する若君の心情が表されている。

〈解説例〉 **A**＝若君は母君の姿をまったく覚えていなくても、（周りから似ていると聞かされたところもあるだろうが）藤壺を慕うのは直感的に何かを感じ取ったからだと思う。亡き母をなつかしく思う気持ちから、ずっと一緒にいたい大切な人へと気持ちがきっと変わっていくんだろうと、読み取れる。まだ幼い若君にとっては、藤壺は母でもあり姉でもあり、ずっとそばにいたくなるような人だということがわかる。

B＝周りの者が「似ている、似ている」と言えば、源氏の君も「そうなんだ」と素直に納得してしまっている。それは自分の母親がこれほどに美しくあってほしいとか美しければいいなと思っていたからではないか。人間は一般的に美しいものを好む。それが、覚えていない母親についても同じことかもしれない。それに自分も懐いているので、似ていると言われると嬉しいだろうし、半分暗示みたいなもので、そう思い込んだのだろう。素直な源氏の君だからこそ、そう感じたのでしょうね。

C＝男の子には少なくともマザコンの素質があると思います。ですから、母の顔も知らない若君が、似ているという藤壺の宮に母の面影を求めてしまうのは、きわめて自然だと思います。まして若君はまだ幼く、人に甘えたい年頃で、少しだけ年上の母に似ている藤壺の宮に近づきたいと願います。また、他の方と違って顔を隠したりする分、余計に追いかけたくなるということもあるでしょう。ただ一方で、藤壺の宮は顔を隠したというのに若君が驚くほど近づいてきて、困惑しつつもこれだけ慕ってくれたということで少しドキドキしていたのかも知れませんが、それが恋の相手というよりも、母になってほしいというのでは女心は複雑だと思います。

参考6 「なづさひ見たてまつらばや」は、何の隔たりもなく親しくしたいという源氏の君の気持ち。他の女御や更衣たちはひざに抱き上げてしてくれるのに、藤壺の宮はそうでないという気持ちがある。

〈解説例〉 A＝若君は藤壺の宮ともっと親しくなりたいと思っている。他の女御や更衣には膝に抱きあげてもらったりしているのだから、そう思うのは不思議ではない。しかし、藤壺の宮は若君にどのように接していいか戸惑っているのではないでしょうか。まして、桐壺更衣に似ているということもあり、若君は似ているという理由で親しくしてほしいのかなと悩むところが結構あったと思います。藤壺の宮が少し距離をおいてしまう気持ちがわかる気がします。

B＝源氏の君は他の女御や更衣と同様に藤壺の宮に対しても何の隔てもなく親しくしてほしいと思っていますが、藤壺の宮は期待するほどに親しく接してくれません。これは年齢によるものだと思われます。女御、更衣は源氏の君から見れば「お母さま」といった年頃であるが、藤壺は同じ「お母さま」では、年が近すぎます。そういうことで、藤壺の宮には恥ずかしさが強かったのではないでしょうか。

C＝若君は藤壺の宮を母として見ようとしているが、藤壺の宮は年の近い若君を子どもとして見ることができていません。母によく似ている藤壺の宮に甘えたい若君がとても可愛く感じられたのでしょう。

【四〇】源氏、藤壺並び称される

うへも、かぎり（限り）なき御おもひ（思ひ）どちにて、「なうとみ（疎み）たまひそ。あやしくよそへきこえつべき心地なんする。なめしと思さで、らうたくしたまへ。つらつき、まみなどはいとよう に（似）たりしゆゑ、かよひて見えたまふもに（似）げなからずなむ」などきこえ（聞こえ）つけたまへれば、をさな心地（幼心地）にも、はかなき花もみぢ（紅葉）につけても心ざしを見えたてまつる。こよなう心よせ（寄せ）きこえたまへれば、弘徽殿女御、また、この宮とも御なか（仲）そばそばしきゆゑ、うちそへ（添へ）て、もとよりのにくさ（憎さ）もたちいで（立ち出で）てものしとおぼし（思し）たり。世にたぐひなしと見たてまつりたまひ、なたかう（名高う）おはする宮の御かたち（容貌）にも、なほにほはしさはたとへむ方なく、うつくしげなるを、世の人ひかるきみ（光る君）ときこゆ（聞こゆ）。ふぢつぼ（藤壺）ならびたまひて、御おぼえもとりどりなれば、かかやく日の宮ときこゆ（聞こゆ）。

参考1 「限りなき御思ひどちにて」は、帝の二人に対する愛情はともに無上のものだという意味。

（解説例） **A**＝桐壺更衣が亡くなってから藤壺の宮が入内するまでの間、帝は本当に寂しく心細い毎日を送っていたと思う。もし今、桐壺更衣がここにいてくれたらどんなに幸せだろうと思うことが何度もあったのではないかと思う。それゆえに桐壺更衣によく似た藤壺の宮が傍にいて、更衣の遺してくれた若宮もいて、という毎日が本当に幸せで、もう二度と更衣を失った時のような悲しみを味わいたくない、この二人を失いたくない、という強い思いが「限りなき御思ひどちにて」の部分から読み取れるように思った。

B＝帝が源氏の君を想う気持ちはこの上なくはかりしれないものがある。そして同時に、妃である藤壺の宮に対する気持ちも源氏の君と同等なのである。帝は藤壺の君が桐壺更衣の代わりとして源氏の君の母になってほしいと思っているが、藤壺の君との年齢差がわずか五歳でしかないということから、どちらかが受け入れてくれないのではないかと心配し、仲良くしてほしいと伝えている。

参考2 「あやしくよそへきこえつべき心地なんする」は、敬語「きこゆ」からあなた（藤壺の宮）を若君の母親に見立て申したい、という意味になる。また、続く「つらつき、まみなどはいとよう似たりしゆゑ」は、敬語がないことから若君と桐壺更衣が似ていることを表す。これは、藤壺の宮を前にした帝の話しことばであるから、若君、更衣に敬語がつかないのである。

（解説例） **A**＝「あやしくよそへきこえつべき心地なんする」には二つの解釈がある。一つは藤壺の宮を若君の母親としてという意味、もう一つは藤壺の宮を桐壺更衣としてという意味である。流れからして、一つめの母親として見立てたいという意味だと思う。一つめの意味でとらえてみると、半分は若宮のためを思って入内させたのかもしれないと思えてきます。

B＝藤壺の宮はほんとうに可愛らしい方で、とてもよく更衣に似ていたので、源氏の君は母親と重ねて見ていた。帝も、この二人はとても大切な方々なので、藤壺の宮に「かわいがってください」と頼んでいる。帝からこのように言われた宮はどんな気持ちだったのだろうか。確かに美しい源氏の君から慕われてうれしかったに違いないが、「代わり」という感じで複雑な心境だったのではないでしょうか。

参考3「はかなき花紅葉につけても（心ざしを見えたてまつる）」の「花紅葉」は春の花、秋の紅葉ということから、脚注の「四季折々の風情にかこつけて」という意訳が説得力をもつ。

（解説例） A＝この短く美しい表現で、月日の経過が表されていることに驚きを覚えます。

参考4「弘徽殿女御、また、この宮とも御仲そばそばしきゆゑ、うち添へて、もとよりの憎さも立ち出でてものしと思したり」は、一時、弘徽殿の女御が若君を自分の勢力下に置こうとしたことを表す。藤壺の宮が入内する前までは順調であった。

（解説例） A＝藤壺の宮が入内するまでは、弘徽殿の女御が若君を自分の勢力下におこうとしていたことがわかります。もし、藤壺の宮が入内しなかったら、若君はおそらく弘徽殿の女御の女御子の婿になって、今後の政争の物語が展開されないことが考えられます。その点でも「藤壺の宮の入内」はこの物語の大きなポイントになると思いました。

B＝藤壺が入内するまでは源氏の君も自分になついてくれて可愛がっていたのに、入内してからは藤壺の宮を慕ってばかりで自分の所に来なくなってしまった。勢力下におこうとしていたのは事実だが、弘徽殿の女御が源氏の君を可愛がっていたのも事実なので、取られて計画が失敗したことに加えて、寂しいという気持ちもあったと思います。

参考5 「世にたぐひなしと見たてまつりたまひ、名高うおはする宮の御容貌にも」は、弘徽殿の女御の視点の表現。春宮を「世にたぐひなし」「名高し」と評価している。ところが、その表現の続きは弘徽殿の女御から離れて語り手視点になる。春宮を出して、若宮の優位性を表現する。春宮は紫宸殿などで催される公式の行事に加わることが少なくないので、殿上人などによく賞賛されているのである。

(解説例) A＝ここでは弘徽殿の女御が春宮をほめたあと、語り手が若宮をほめている。結局、語り手の客観的な立場からの判断で、若宮の優れていることを強調している。

参考6 「なほにほはしさはたとへむ方なく、うつくしげなるを」に若君特有の美貌が語られる。春宮に具備していない美が「にほはしさ」であるとする。

(解説例) A＝源氏の君は、帝がはじめて御覧になったときに、一の皇子と比べて「この御にほひには並びたまふべくもあらざりければ」と評価されている。この世に代わりになる者などいないほど大切な春宮をもってしても、引き立て役にしてしまう若宮は本当に優れた美貌の持ち主だったことがうかがえる。

問題① 若君と藤壺の宮の呼称について、「ひかる」と「かかやく」に焦点を当ててまとめてみよう。

(解答例) A＝「光る君」の「ひかる」は太陽から発する光を表しているということで、源氏の君は太陽のように周りの人々を明るく照らす力をもっていることがわかる。それは生前の桐壺更衣も同じだった。しかし、藤壺の宮は「かかやく日の宮」と表現されている。「かかやく」は月の光を指していると聞き、私はかぐや姫を思い出した。

B＝私の中で「ひかる」は光源的な存在で、「かかやく」はそうした光を受けて魅力が膨らむという解釈をしていました。この概念でそれぞれの呼称を見てみますと、若宮の美しさが類まれなものであったことがよくわかると思います。一方で「かかやく」には「恥ずかしがる」という意味もあり、女性に使われることが多い。

(質問)＝藤壺の宮が「かかやく日の宮」で、「かかやく」が静謐な感じの月の光を表すとしますと、どうして「かかやく日の宮」と表記しているのですか。「日」は太陽ではないのですか。

(回答)＝源氏物語の文字表記は、仮名表記を原則としています。その中にいくらか漢字表記が見られます。テキストが底本としている「明融臨模本」を見るとここは「か丶やく日の宮ときこゆ」と記されています。テキストは、それを受けて「かかやく日の宮と聞こゆ」と表記しています。問題は写本における「日」が漢字なのか、仮名なのかということです。これに漢字を当てると「かかやく妃の宮」になると考える研究者もいます。なお、「かかやく妃の宮」については『源氏物語と貴族社会』（増田繁夫　吉川弘文館　二〇〇二年）に詳しい考察が展開されています。

(質問)＝藤壺の宮は、桐壺更衣と同じく帝から寵愛されていますが、弘徽殿の女御からのいじめは受けていないのですか。

(回答)＝「平安宮内裏図」（二三五ページ）に明らかですが、桐壺更衣が清涼殿に参上する場合、桐壺の局（淑景舎）が東北の端に位置しているために、何人もの妃のお部屋の横を通らなければなりませんでしたが、藤壺の局（飛香舎）からは直通の廊下があります。また、藤壺の宮は先帝の内親王ですから、春宮の生母であるとしても、右大臣の娘では手出しがむずかしかろうと思います。

【四一】 源氏の君、元服

このきみ（君）の御わらはすがた（童姿）、いとかへ（変へ）まうくおぼせ（思せ）ど、十二にて御元服したまふ。ゐたち（居起ち）おぼし（思し）いとなみて、かぎり（限り）あることに事をそへ（添へ）させたまふ。ひととせ（一年）の春宮の御元服、南殿にてありしぎしき（儀式）、よそほしかりし御ひびきにおとさせたまはず。ところ（所）どころのきやう（饗）など、くらづかさ（内蔵寮）、こくさうゐん（穀倉院）など、おほやけごと（公事）につかう（仕う）まつれる、おろそかなることもぞと、とりわきおほせごと（仰せ言）ありてきよらをつくし（尽くし）てつかう（仕う）まつれり。

参考1 「この君の御童姿、いと変へまうく思せど、十二にて御元服したまふ」は、これまで一度も物語で取り上げることがなかった元服前の源氏の君の姿（髪型と衣服）に焦点を当てている。源氏の君が元服して大人になることについての帝のとまどいを表現している。

〈解説例〉 A＝源氏の容姿についてはこれまで何度も語られてきたが、衣服や髪型について語られるのはここが初めてである。また、桐壺の巻を冒頭から読み返してみても、他の人物の衣服や髪型について語られたことは一度もなかったように思う。当時は衣服や髪型までも含めたその人全体の様子が容姿容貌であり、それらを総合して「うつくし」や「らうたし」が用いられたのであろうから、その種の表現がないのは当たり前であるかもしれない。ここは源氏が元服をする場面であり、衣服や髪型を変え、大人になったことを表明する儀式であるから、変化する前と後に焦点を当てているのではないだろうか。

B＝私は、帝が、「愛らしくなくなってしまうかもしれない」という危惧の念から若宮を元服させることにためらいを覚えているのでなく、成人になれば、今までのように自分の傍に置くことができなくなることが嫌だったのではないかと思いました。成人になれば、臣籍に下ったことでもあるから、政治のこと、仕事のこと、お妃のことなども考えなければなりません。今までのように無邪気なだけではいられなくなります。帝は、大人の世界の汚さやずるさなどを知っているから、源氏の君を元服させたくなかったのだと思います。

C＝かわいらしい童姿を改めることに帝がとまどいを覚えるということは、私にとってとても意外でした。まだ幼いのに成人して大丈夫だろうか、早すぎるのではないかなどという親心からとまどいを覚えたのではないかと思いました。

参考2　「居起ち思しいとなみて、限りあることに事を添へさせたまふ」の「限りあること」は、すでに若君は皇子でなく臣籍に下った源氏であるから、元服の儀式も、春宮に比べて制限が設けられているという意味である。ところが、帝自身が率先して世話をすることで「事を添へ」させなさる、というのである。次の「一年の春宮の御元服」で始まる一文がその具体的な説明である。

〔解説例〕　A＝帝は制限が設けられている源氏の元服において、自らの意志でそれ以上のものにしようとしている。ここで表されるのは何よりも帝の力が前に比べて強くなってきているということ。前であったなら多くの者に反発されていたことであろう。その背景には、源氏の愛らしさ、美しさといったものも多少は影響していたかもしれない。（帝は普段から源氏を可愛がっていて、皆も源氏のためなら……と思った。）

B＝若君はすでに臣下として源姓を賜っており、それゆえ元服の儀式も東宮に比べて制限が設けられている。しかし、帝は若君をかわいがるあまり、先年の東宮の元服に劣らぬほどの儀式を率先して取り仕切り、定まったしきたりの儀式にそれ以上のことを加えてしまう。これが「限りあることに事を添へさせたまふ」ということである。またこの場面からは帝がいかに若宮を溺愛していたかがよくわかるが、それは本当によいことなのか疑問に思った。若君ばかりを特別に扱えば、当然それを不快に思う者たちも出てくるし、弘徽殿の女御との対立も深まることになる。その上、事あるごとに東宮は若君と比較され、いかに若君が容姿端麗で賢くすばらしいか強調するための引き立て役となってしまっており、少々不憫に思った。このことに帝が気付いているかどうかわからないが、多くの原因は帝にあると感じた。

参考3 源氏の君についての公的な儀式や容姿容貌、賢さなどを表現する多くの場合に春宮が引き合いに出される。この「一年の春宮の御元服」云々もその一例である。ただし、東宮の元服は南殿（紫宸殿）で行われているのに対して、源氏の君は皇子待遇で清涼殿で行われている。

（解説例） **A**＝春宮が源氏の君と比べられる記述が多く見られるが、春宮自身は源氏の君のことを苦々しくは思っていない。これらの文章は源氏の君の側近の女房の視点からつづられているが、おそらく、二人を取り巻く人々が感じていたことと大差ないだろう。誰もが「春宮より源氏の君の方が」と密かに思っていたに違いない。そんな状況を春宮が苦々しく思わないのであれば、おそらく気に入らないと思っていたのは、またしても弘徽殿の女御である。どれだけ周囲が何もないふうに装っていても噂というものは必ず耳に入るものだ。自らの皇子のことであればなおさらであろう。私にはこれら春宮と源氏の君が比べられていることについて、女御がどのような心境であったのかということに興味がある。

B＝源氏の美しさや愛らしさ、賢さ、才能以外に、行事の豪華さまでもが春宮を比較の対象にしている。春宮が比較された最初は若宮誕生の場面で「一の皇子は、右大臣の女御の御腹にて、……この御にほひには並びたまふべくもあらざりければ」とある。ことあるごとに引き合いに出しているのは語り手ではあるが、当の春宮はまだ直接出てこないが、女御はいちいち自分の子が比べられているので苦々しく思っていたことであろう。

C＝先年南殿で挙行された春宮の元服の儀式が立派であったという評判が立っているので、帝は源氏の君の元服も春宮に劣らないようにしたつもりであろうが、逆に春宮よりも立派な儀式になっている。帝の立場よりも父親としての立場で源氏の君の元服を考えているようである。では、なぜ春宮と源氏の元服がこうも違うのか。私は、亡き御息所への気持ちが強く入っているからだと思う。

参考4 「おろそかなることもぞと、とりわき仰せ言ありてきよらを尽くして仕うまつれり」は帝じきじきの命令によって「きよらを尽くして仕うまつ」ることが語られている。「きよらを尽くす」の「きよら」は最高の美を表す。

（解説例） A＝かわいい我が子の元服なので粗略なことになってはいけないと帝自身緊張していたように思う。「きよら」が最高の美を表すという意味からも源氏に対する愛情を感じる。私の親も成人式の時に一年前から着々と用意をしてくれていた。元服という節目の時は子どもよりも大人の方が意識が高いようである。

B＝「きよら」は最高の美を表すとある。今まで若宮に対して「最高の～を表す」ということばが何回出てきたことだろうか。「美」という表現には、見た目が美しいということばだけでなく内容もすべてが美しいという意味がこめられているように思う。

【四二】 帝、元服の儀式に落涙

おはします殿〔でん〕のひむがしのひさし（東の廂）、ひむがしむき（東向き）にいし（倚子）たて（立て）て、くわんざ（冠者）の御座、ひきいれ（引入れ）の大臣の御ざ（座）御前（おまへ）にあり。さる（申）の刻にて源氏まゐり（参り）たまふ。みづら（角髪）ゆひ（結ひ）たまへるつらつき、かほ（顔）のにほひ、さまかへ（変へ）たまはむことおしげ（惜しげ）なり。大蔵卿〔おほくらきやう〕くらひと（蔵人）つかう（仕う）まつる。いときよらなる御ぐし（髪）をそぐほど心くるしげなる（苦しげなる）を、うへ（上）は、みやす所（御息所）の見ましかばとおぼしいづる（思い出しづる）に、たへがたきを心づよくねんじ（念じ）かへさせたまふ。

参考1 源氏の君の元服の儀式の人物の位置関係を整理しておきたい。「清涼殿・後涼殿」の図（一三七ページ）を参照。帝は清涼殿の東側の広庇（東庇）に椅子にすわっていらっしゃる。広廂とその外側の孫廂の間は御簾で仕切られている。孫庇に御座を二つ設けて、源氏の君と左大臣が座る。孫庇には、もう一人、髪を切る大蔵卿も座る。親王は簀の子に順に座り、臣下の人々（上達部）は庭前に座る。

参考2 「角髪《みづら》結ひたまへるつらつき、顔のにほひ、さま変へたまはむこと惜しげなり」は、【四一】の最初の「この君の御童姿、いと変へまうく思せ（ど）」が含みもつ意味の一部に限定した表現。帝は、目に焼き付けようとしっかりと見つめなさるのである。ここで評価語を一切使用せず、ただ「角髪結ひたまへるつらつき、顔のにほひ」と述べているだけであるが、その抑えた表現が逆に説得力をもって読者に伝わることになる。

〈解説例〉 A＝これまでの文章で「皇子のおよすけもておはする御容貌心ばへありがたくめづらしきまで見えたまふ……」などから読者それぞれが源氏の君の美しさを想像してきたと思う。それゆえ、「角髪結ひたまへるつらつき、顔のにほひ、さま変へたまはむこと惜しげなり」というように、どこがどう美しいかなど細部までは表現されずに、シンプルな表現が用いられているのは、読者の中でこれまでつくりあげられてきた源氏の君のイメージを引き出すためであるように思われる。読者それぞれに成人前の源氏の君をなごり惜しんでほしいと考えているのではないだろうか。

参考3 「いときよらなる御髪をそぐほど」の「きよらなり・きよら」は、桐壺巻で、本用例を含めて四例が使われている。本例を含めた三例が源氏の君の容姿容貌に用いられ、次の（例3）だけは儀式の美麗さに用いられている。

（例1）世になくきよらなる玉の男御子さへ生まれたまひぬ【五】

（例2）いとどこの世のものならずきよらにおよすけたまへれば【三一】

（例3）とりわき仰せ言ありてきよらを尽くして仕うまつれり【四一】

〈解説例〉 A＝「きよらなり」という表現は、最上級のほめことばというか、本当に美しいものにしか使わない。そのことから、客観的に見ても、帝の目から見ても、源氏の君の容姿容貌は現実のものとは思えないくらい美しいのであろう。顔だけでなく、髪の毛に至るまで美しいなどと思うと、いよいよ人間離れをした美しさだと感じる。親である帝はもちろん、周囲の人々も惚れ惚れとしながら見ていたのだろうと思う。

B＝本来、源氏の君の元服の儀式は私事であるので、こじんまりとした儀式になるべきところを帝は、春宮に引けを取らないほど盛大に祝うよう自らセッティングする。帝は「きよらを尽く」させ、儀式を美麗に行わせた。ここで

「きよら」という最高の美を表すことばを使ったのは、「きよら」は源氏の美しさを形容することばに使われていたことから、儀式も源氏の美しさ、愛らしさに見合うものを……と帝は考えたのではないかと思った。このようなことから、源氏は帝に格別に愛され、大切に育てられていることがひしひしと感じられる。やはり一番愛した桐壺更衣の子どもであり、なおかつとても愛らしい源氏の成長というのは感動も一入なんだなあと思いました。

参考4 源氏の君の御元服の儀式を帝の立場・心を通して描出する。「念じかへさせたまふ」は、荘重な公の儀式であるから、涙を流してはいけないと自らの高ぶる思いを抑制するのである。

(解説例) A＝帝としても、父としても成長し、大きくなった帝が、息子の元服で感極っている場面。父として息子の成長を喜び、亡き桐壺がいたら……と思いながら涙をこらえるシーンは、帝というよりも一人の父として、夫としての姿を描いている。桐壺帝という人物が、現代でいう家庭を大切にする人物で、それでいて帝としての立場を自覚し、涙をこらえている、というふうに描かれている。(今日読んだ中で一番好きな場面でした。)

B＝源氏が元服の儀式をしている間、物語は帝の視点を取り入れて語られているが、ここでは帝としての立場というよりも、源氏という息子の元服を見守る一人の父親としての立場から描かれている。帝のことを「上」と表していることからもそれが読み取れる。桐壺更衣のことを思い出して涙を流すなど、神にも並ぶ立場である帝の、人間らしさが表されている。

C＝帝が涙を抑え、源氏の君を見て、立派になったと感激していると同時にこの様子を御息所と共に見ることができたらどんなに良いだろう、とやるせなさを感じているように思う。やはり帝にとって桐壺更衣は唯一無二の存在であり、最愛の人であったのだと改めて感じる場面であった。

【四三】成人の装いで美しさ加わる

かうぶりしたまひて、御やすみ所（御休所）にまかでたまひて、御ぞ（衣）たてまつりかへ（奉りかへ）て、おり（下り）てはいし（拝し）たてまつりたまふさまに、みな人（皆人）なみだ（涙）おとし（落とし）たまふ。みかど（帝）、はた、ましてえしのび（忍び）あへたまはず、おぼし（思し）まぎるるをりもありつるむかし（昔）のこと、とり返しかなしく（悲しく）おぼさ（思さ）る。いとかうきびはなるほどは、あげおとり（劣り）やとうたがはしく（疑はしく）おぼさ（思さ）れつるを、あさましううつくしげさそひ（添ひ）たまへり。

参考1 この場面は、御元服を終えた源氏の君の新しい装いが描出されている。「〜て、〜て、〜て、〜」のかたちに、儀式の手順が落ちなく説明されている。そこには源氏の君をうつくしむ温かな視点が認められる。

（解説例） **A**＝御元服を終えた源氏の君の行動が詳述されている。儀式の手順が落ちなく説明されていることには、元服後の源氏の君の様子がより素晴らしいものであるという意味がこめられているように感じる。誰もが思わず目をとどめて見入ってしまうほどであるということを、儀式の一つ一つの動作を通して描き出しているように思われる。

B＝元服を終えた源氏が新しい装いとなり、儀式を執り行う様子（儀式の手順）を落ちなく説明している。この文からは、儀式を見守っていた帝をはじめとする人々がどれほど源氏の姿を目に焼きつけておこうとしっかりと見ていたかが読んでいる側に伝わる。また、源氏の美しさも人々が儀式から目を離すことができない理由の一つだろう。

参考2 「皆人涙落としたまふ」を受けて、せっかく涙をこらえていた帝も「忍びたまふ」ことがおできになれない。母のいないわが子をこれまで育ててきた父親の立場が表現される。

(解説例) **A**＝少し前の源氏の君の御髪をそいだところでは涙を抑えたが、御装束を成人のものに召し替えたのを見たところで堪えきれなくなってしまった。源氏の君の成人の姿を見たことで、桐壺更衣との最愛の息子がいつの間にか大きくなったのだという父親の思いが込み上げてきたのではないだろうか。それと同時に、その瞬間を桐壺更衣と共に見ることができなかった悲しみが含まれているように思う。

B＝源氏の君の大切な儀式であるため、帝は必死で涙をこらえようとするが、まわりの者が皆涙するため帝は忍ぶことができない。私を含めた読者も帝が桐壺更衣と出会い、周囲の反感をおしきって結ばれ、そのために命を落とした桐壺更衣にたえがたい悲しみを覚える。その帝と桐壺更衣との間に生まれた若宮が立派に元服するという過程を見ているため、帝の心情がよく理解できる。この「桐壺」の物語を読み進めてきた中で、初めて帝の心を身近に感じることができた。

C＝「皆人涙落としたまふ」より以前に、帝は「たへがたきを心づよく念じかへさせたまふ」と涙をこらえているが、光源氏が（見た目は幼いが）一人の大人として拝舞をする様子にはこらえきれなかった。この親心というものは直接はわからないが、私自身、つい先日成人式を終えたばかりなので、そのときの両親の顔を見れば、帝の涙にも納得がいく。

参考3 「あさましううつくしげさ添ひたまへり」の「あさましう」は、意外にも、驚いたことになどの意。「きびは」である源氏の君であるから、「あげ劣り」が予想されたが、不自然さがないどころか却って「うつくしさ」までが添加されている、という皆人や帝の驚きが表現されている。

〔解説例〕 A＝かえって美しさの加わった源氏の君が表現されている。幼い「若々しさ」から青年へと変化する「若々しさ」がここでは人々の目には映ったのではないだろうか。愛らしさの中に凛々しさを見出すことができたのかもしれない。大人の男性へ変化していく源氏の君を見て、人々は涙を流したのだろうし、その容姿の美しさ、意外なほどに似合ってしまう源氏の君に感動したのだろう。容姿の素晴らしさは人々をひきつけてしまうものだと、ここでまた表現されているように思う。

【四四】 左大臣の愛娘

ひきいれ（引入れ）の大臣の、みこばら（皇女腹）にただひとり（一人）かしづきたまふおほむ（御）女、春宮よりも御けしき（気色）あるを、おぼし（思し）わづらふことありけるは、このきみ（君）にたてまつら（奉ら）むの御心なりけり。うち（内裏）にも、御けしき（気色）たまはら（賜ら）せたまへりければ、「さらば、このをりのうしろみ（後見）なかめるを、そひぶし（添臥）にも」ともよほさせたまひければ、さおぼし（思し）たり。

さぶらひにまかでたまひて、人々おほみき（大御酒）などまゐるほど、みこ（親王）たちの御ざ（座）のすゑ（末）に源氏つき（着き）たまへり。おとど（大臣）けしき（気色）ばみきこえたまふことあれど、もののつつましきほどにて、ともかくもあへしらひきこえたまはず。

参考1 ここで、源氏の君の正妻（後に「葵の上」と呼ばれる）が紹介される。両親の紹介、有力な求婚者、左大臣の思惑などが語られる。文末の「御心なりけり」はもともと思っていたからであった、という説明を表す。左大臣が娘を春宮に差し出せば、左大臣と右大臣の力関係が逆転する。

（解説例） A＝源氏が元服した時点で、左大臣家が隆盛を誇っていた。本来ならば春宮に入内させ、弘徽殿の女御のように次代の帝となる男子を生ませようと考えるのだろう。ましてや、左大臣の正妻は桐壺帝の妹であり、血統や政治的影響力を考えるとおそらく姫宮（葵の上）は春宮の正妻になれる確率がかなり高い。しかし、春宮の母は弘徽殿、つまり右大臣の娘であり、このまま姫宮を入内させると左大臣が右大臣に膝を屈したと他の人々に見られるために帝からの申し出に渡りに船とばかりに乗ったのではないだろうか。

B＝ここでは姫君（葵の上）が登場するが、ただ紹介されるのでなく、先に春宮の方から声がかかっていたのを引きのばしてまで源氏に差し上げようとしている。普通ならば臣籍に下った源氏より、いずれ帝になる春宮の妃にする方が当時の常識にかなっている。にもかかわらず、源氏に娘を差し出したのは、それほどの人間だったからであろう。もしくは、左大臣も今までの春宮と源氏、それに関わる行事を見てきて、帝がどちらをより大切にしているかを考えたということがある。今までの行いを見て、源氏は今はまだ若いがいずれ有力な人物になるのは間違いないと、今のうちに自分の勢力に引き入れておきたかったのではないだろうか。

（補足）＝「引入れの大臣の、皇女腹にただ一人かしづきたまふ御女、春宮よりも御気色あるを、思しわづらふことありけるは、この君に奉らむの御心なりけり」という一文は、深い意味を蔵しているように思われる。桐壺帝は、かねがね若宮を春宮にと内心思っていた。その願いは、おそらく帝の同腹の姉妹を正妻とする腹心の左大臣には伝えていたと想像される。以心伝心ということもあるし、内々に伝えていたことも考えられる。そこで、左大臣は、自分の愛娘を春宮に立った若宮に入内させたいと願っていたと考えることができる。きっと正妻の大宮も賛成していたことであろう。しかし、右大臣側の強い牽制もあったし世間を納得させるということでも、若宮を東宮坊に立たせることができなかった。若宮の命あるいは若宮の将来にかかわる危険が予想されたからである。それでも、左大臣は、帝のかわいがる若宮にこそわが娘を添わせたいと熱望していた。このように考えると、第一皇子である春宮からの入内の誘いは最初から頭になかったとみることができる。なお、こういう読みは「深読み」と言われている。授業では、こういう深読みを避けてきたが、みなさんの「解説」を読むと、やはり記録に留めておきたい。

〈補足についての感想〉＝仮に、左大臣が源氏の君を春宮に立てたいと考えていたとしたら、どうでしょうか。もし本当にそうなっていたら、政治は左大臣およびその一族の思うがままになっていたのではないでしょうか。帝はそのことがわかっていて左大臣に相談したのでしょうか。しかし、結局源氏の君は春宮にはならなかったが、左大臣は右大臣の孫の春宮に娘を差し出すよりも、源氏の君と結婚させるほうがましだと考えたのではないでしょうか。

参考2　「内裏にも、御気色賜らせたまへりければ」は帝の同意を表す。この「御気色賜らせたまへりければ」は、次の「～もよほさせたまひければ」でくりかえされる。

〈解説例〉　A＝源氏は立派に元服を行ったが、後見がいない状態は良いとはいえない。娘を右大臣の孫の春宮に出すことを良く思っていない左大臣と、源氏の君に後見がいないことを心配する帝の利が一致した結婚であることがわかった。しかし、その一方で、源氏の君や葵の上の気持ちなどはまったく関係がないただの政略結婚なのだと思った。

参考3　「親王たちの御座の末に源氏着きたまへり」は、序列をもって並ぶ中で、親王たちの最後尾に源氏が着座すること。もはや親王ではないけれども、清涼殿で儀式を行ったので、親王の末で左大臣の上座に着席なさるのである。

〈解説例〉　A＝並んで座っている多くの親王は皇位継承権をもつ人達である。その末尾に、元服を終えた源氏の君がお着きになったという。元々の臣下の者とはどこか違う。そんな源氏の政界における微妙な立場がこの一文にかいまみえるように感じた。

（質問）＝この元服の儀式に春宮は出席していたのでしょうか。

（回答）＝清涼殿で催された源氏の君の元服の儀式は、帝の思いが強いが私的な催しです。それで、春宮は、おそらく出席していないと思われます。仮に出席していたとしても、その存在を語ることは何らの意味ももちません。そういう意味で、出席していないと見ることができます。

参考4 左大臣は、着座した源氏の君に「気色ばみ」なさるが、源氏の君は「ともかくもあへしらひきこえたまはず」という様子である。恥ずかしくて、お返事ができない意。

（解説例） **A**＝何かと恥ずかしい年齢と書いているが、若君はまだ添臥等の意味がよくわからなかったのではないかと思う。（何とはなしにだいたいの事を察して恥ずかしくしていたのかもしれないが。）若君の日常には触れられていないが前回の「はかなき花紅葉につけても」という文からも機会を見つけては藤壺に会いに行っている様子が伺える。二人の関係は母子のようであったので、若君は自然と男女の関係というものから遠ざかっていた。もしくは無意識にでも遠ざかり、二人の一種清らかな世界にいつづけようと考えていたのではないかと思う。そう思う若君にとって大臣からの一言は対応に困る一言であり、返事ができなかったと思われる。

B＝元服してすぐに結婚の話を持ちかけられた源氏の君は、初めて女性を異性として意識した瞬間が描かれていると思った。今までは自由に妃たちの御簾の中に入ったりして、母親のような年の人々とふれあったり、年の近い藤壺が恥ずかしがることに臆することなく、母親として仲良くしたいという気持ちが強いように思われた。しかし、左大臣のことばで、源氏は子どもらしい恥ずかしい様子を見せて、はじめて年相応に感じることができた。

【四五】帝、愛娘を問う

おまへ（御前）より、内侍、せんじ（宣旨）うけたまはりつたへ（伝へ）て、おとど（大臣）まゐり（参り）たまふべきめし（召し）あれば、まゐり（参り）たまふ。御ろく（禄）の物、上の命婦とり（取り）てたまふ（賜ふ）。しろき（白き）おほうちき（大袿）に御ぞ（衣）ひとくだり（一領）、れい（例）のことなり。御さかづき（盃）のついでに、

　いときなき　はつもとゆひに　ながき（長き）世を　ちぎる心は　むすび（結び）こめつや

御心ばへありておどろかさせたまふ。

　むすび（結び）つる　心もふかき（深き）　もとゆひに　こき（濃き）むらさきの　色しあせずは

とそうし（奏し）て、ながはし（長橋）よりおり（下り）てぶたふ（舞踏）したまふ。ひだりのつかさ（左馬寮）の御むま（馬）、くら人（蔵人）所のたか（鷹）すゑてたまはり（賜り）たまふ。みはし（御階）のもとに、みこ（親王）たち、かむだちめ（上達部）つらねて、ろく（禄）どもしなじな（品々）にたまはり（賜り）たまふ。

その日のおまへ（御前）のをりびつもの（折櫃物）、こもの（籠物）など、右大弁なむうけたまはりてつかう（仕う）まつらせける。とんじき（屯食）、ろく（禄）のからびつ（唐櫃）どもなど所せきまで、春宮の御元服のをりにもかず（数）まされり、なかなかかぎり（限り）もなくいかめしうなん。

参考1 源氏の君の元服の儀式は公的な儀式であるということから、帝のことばも決して源氏の父君の発するものでなく、帝王としての「宣旨」になる。桐壺帝が「上」と表現される場面は、本人の心情に立ち入ることになる。この場面の帝は絶対的な存在としての帝王として描かれている。

(解説例) A＝並び方や権力関係、元服などが細かく描かれ、紫式部も地位の高い人だなと思う。当時、源氏物語を読んだ人々も宮中のことが知れて、興味深かっただろうなあと思った。実の親子であっても、権力は絶対であり、厳しい世界だと感じた。

参考2 「御前より〜参りたまふ」は、儀式の順序を追う表現であるので、一つ一つの言動が落ちなく表現されている。有職故実としての意義をもつ描写でもある。

参考3 帝と左大臣の歌の贈答が儀式に織り込まれているが、その中に両者の思いが託されている。

(解説例) A＝源氏の元服の儀が取り行われる中で、婿の父である帝と嫁の父である左大臣が交わす歌の贈答は二人の子どもが婚姻を結ぶことを明らかにし、互いにこの結婚がうまくいくことを願う気持ちが表れている。しかし帝の歌は疑問を示す助詞の「や」で締められていることがなんとも頼りなく感じるのは、この先の二人（源氏と葵の上）を知っているせいであろうか。また、左大臣の歌に「むらさき」が歌われていることも、葵の上と藤壺を比べ、不満を感じるようになっていく源氏を思うと、この歌さえも皮肉であるのではと感じてしまう。

B＝帝の歌には息子のことを思い、先の未来が良きものであることを自分が望んでいて、相手方の父である左大臣にも同じ父としてその気持ちを確信している。左大臣の方も娘を思う父として、「源氏の心がいつまでも変わらぬよう……」と思いをこめている。そこで目についたのが大臣の歌の「むらさき」である。源氏の初めての元結、それに使われ正妻の側から、しかも「心変わりがないように」との歌の中で葵の上を思わせるこの句は、皮肉を含みつつ物語を暗示しているような気がする。

C＝帝は、源氏の君と左大臣の娘との結婚を考えているということを左大臣への歌の贈答で示している。このことから帝の源氏の君には幸せになってもらいたいという強い思いがうかがえる。また逆に言うと左大臣の娘と結婚することが源氏の君にとっての幸せにつながると考えていることもわかる。左大臣は源氏の君の心がいつまでも変わらないことを祈りながら元結を結んだと答える。左大臣にとって帝の歌との贈答は自分が前々から願っていたことを逆に帝の方からお願いされたことになる。その左大臣の嬉しくて舞い上がっている様が目に浮かんでくるようだ。

参考4　「長橋より下りて舞踏したまふ」は、清涼殿の東側の簀の子から階段を下りて、上達部などが居並ぶ中で儀式に則った舞踏を奉納する意。

参考5　「左馬寮の御馬、蔵人所の鷹すゑて賜りたまふ」は、当時、貴族の間でさかんに狩猟がおこなわれていたことに関係している。「続日本紀」や「日本後紀」を見ると、当時、宮廷行事としてしばしば帝が狩猟に出かけている。

参考6　「禄ども品々に賜りたまふ」は、何らかの公式の儀式があると、身分に応じて、絹などが下賜されること。「日本後紀」などに記録されている。

参考7 「春宮の御元服のをりにも」云々は、源氏の君の優位性を春宮を引き合いに出す手法の一例。

（解説例） A＝この儀式の様子を描いた場面だけでも、春宮と源氏を比べる表現が所々で出てくる。このことから、日ごろ春宮がどれほど源氏と比べられていたのかがうかがえるような気がする。春宮と源氏が比べられることは、二人の立場上しかたがないことのようにも思うが、このことがさらに弘徽殿の女御の気持ちを不快なものへとしていたのだろうと思った。

B＝とにかく源氏の君の優位性を引き出すために春宮が比べられる。これは、春宮という立場だからこそ、源氏の君の優れた部分を強調するのに丁度よいからであろう。そして、逆に言えば源氏の優れた所というのは周囲を圧倒しすぎるので、普通の方では最初から比べるまでもないということなのではないだろうか。春宮は物語の先でも源氏の君を恨まないのが私には不思議でたまらないのだが、春宮は源氏の君をすばらしいと思っていてもたいして興味をもたれていなかったのかもしれないと思う。それゆえに恨むこともなく、源氏の君のことを見ることができたのではないか。

C＝春宮はいつも源氏と比べられている。決して春宮が劣っているわけではないが源氏があまりにもすばらし過ぎて次の帝になる春宮が比べられるのはかわいそうだと思う。特に母は違うが兄弟で比べられるのは本当に春宮にとっては辛いことではないか。春宮の母親は弘徽殿の女御である。源氏のことを嫌っている女御が、春宮に「源氏に負けるな」とプレッシャーを与えなかったのだろうか。源氏のことを悪くふきこまなかったのだろうか。私は女御のことだから、春宮にプレッシャーをあたえたりしていたと思う。子どものころに吹き込まれたことはなかなか身についていて離れないものなのに、春宮と源氏がのちに仲良くできるのは春宮はよほど理解もあり、ちゃんと物事を見うる人なのだろうと思う。

D＝源氏の素晴らしさは、伝わるのだが、やはり常に比較され続ける春宮は不憫であると思った。うまく説明できないのだが、春宮は運命、その時の時代背景などで春宮の地位についていて、宝石で言えば加工されてキレイというような人だけれども源氏は原石のままでも素晴らしい人というようなイメージを持った。比較することで、源氏の持って生まれた容姿・気質は、地位をしのぐほど素晴らしいということを伝えていると思った。

【四六】 源氏、左大臣邸で結婚

> その夜、おとど（大臣）の御さと（里）に源氏のきみ（君）まかでさせたまふ。さはふ（作法）世にめづらしきまでもてかしづききこえたまへり。いときびはにておはしたるを、ゆゆしううつくしと思ひきこえたまへり。女ぎみ（女君）は、すこしすぐし（過ぐし）たまへるほどに、いとわかう（若う）おはすれば、に（似）げなくはづかし（恥づかし）とおぼい（思い）たり。

参考1 「その夜、大臣の御里に源氏の君まかでさせたまふ」の主語は帝。まだ源氏の君が行動の主語になる表現は見られない。この扱いは、桐壺巻の前半における桐壺更衣と同じく、他者の言動の対象として描写されているだけである。

参考2 「いときびはにておはしたるを、ゆゆしううつくしと思ひきこえたまへり」の「いときびはにておはしたるを」は、お婿さんとして見ると、あまりにも子ども子どもしているという意味。

〈解説例〉 A＝「いときびはにておはしたる」は源氏の十二歳という年齢からくる幼さを表し、「ゆゆしううつくし」は誰もが心引かれるほど愛苦しい容貌を表現している。この二つの形容詞はどちらも強さをイメージさせるものではなく、男性である、婿であるということには源氏のイメージがかけ離れていたことがわかる。

B＝十二歳ゆえに子ども子どもしているのは仕方のないことだと思うし、女の子に比べると男の子の方が内面的にも成長は遅いものである。よって葵の上の婿として見ると源氏が幼過ぎる気がするのも、実際に年下でもあるということで、もっともなことである。しかし、才能が優れているとされているだけで内面はまだ成長しきっていないというのが源氏も人の子なのだという人間らしさ、そして、これから成長してゆくとどうなるのだろうという期待が持たれるのではないかと思う。

C＝源氏の君は、元服の儀式として髪を結う際にも、愛らしすぎて大人の髪型にするとおかしくなってしまうのではないか、と心配されるほどにまだ子どもであった。さらに、自分よりも母親として慕ってきた藤壺の宮に年齢が近い葵の上である。葵の上としても、まだあどけない源氏の添臥を立派につとめなければならないが、大切に育てられ気位も高いため、自分からうちとけた雰囲気をつくれるはずもなかった。源氏にとっても、葵の上にとっても荷が重いことだったに違いない。

参考3　「女君」は葵の上と後に呼ばれる女性。父は左大臣、母は桐壺帝の妹の大宮。大事に育てられてきた。源氏の君より四歳年上。兄弟にこのあとの【四七】で蔵人中将として紹介される人物がいる。なお、藤壺の宮は源氏の君より五歳年上。春宮は二歳年上。

〈解説例〉　A＝ここにきて、登場人物の年齢層がぐっと下がったように感じ、また同時に若さ特有の華やかさが物語に加わったように思う。葵の上が源氏に対し、似つかわしくないと恥じる気持ちは、源氏が自分の夫であるとした時に生じた想いであり、後の彼女の行動に関わっている。源氏が藤壺の宮の態度と葵の上の態度を比べるところがあるが、藤壺は源氏を息子や弟のような存在であるとしているところにも違いが出たのではないだろうか。

B＝女君は源氏のことを「自分に似つかわしくない」と思っているのではなく「若すぎて自分が似つかわしくない」と恥ずかしがっているのではないか。こうしてみると、源氏の君がプライドの高い女性にさえそう思わせてしまう魅力があったことがわかる。

C＝現代的に言えば、四歳年上の女性はそれほど珍しいことではない。が、それでも当事者にとっては気になることかも知れない。私が知っている姉さん女房は、最初旦那さんからプロポーズを受けても、自分が年上過ぎると感じて、なかなか結婚に踏み出せずにいた。当時の貴族たちは年の差が気にならなかったのだろうか。源氏自身は、年上にも年下にも手広く恋を仕掛けているが。余談だが、藤原道長とその正妻も確か四歳差だったと思う（根拠とした資料が『マンガ日本の歴史』（石ノ森章太郎著　中公文庫）で申し訳ないのですが）。紫式部はそのことを意識していたのでしょうか。それともこれはマンガの作者が誤解した設定なのでしょうか。

（回答）＝藤原道長の正妻倫子は確かに年長ですが、年齢差は二歳です。なお、私は『マンガ日本の歴史』は確認できていません。

【四七】　左大臣の政治力強まる

このおとど（大臣）の御おぼえいとやむごとなきに、はは（母）宮、うち（内裏）のひとつきさいばら（后腹）になむおはしければ、いづかた（方）につけてもいとはなやかなるに、この君さへかくおはしそひ（添ひ）ぬれば、春宮の御おほぢ（祖父）にて、つひに世中（世の中）をしり（知り）たまふべき右のおとど（右大臣）の御いきほひ（勢ひ）は、ものにもあらずおされたまへり。御こ（子）どもあまたはらばら（腹々）にものしたまふ。宮の御はら（腹）は、蔵人少将〔くらうどのせうしやう」にていとわかう（若う）をかしきを、右のおとど（右大臣）の、御なか（仲）はいとよからねど、え見すぐし（過ぐし）たまはで、かしづきたまふ四の君にあはせたまへり、おとら（劣ら）ずもてかしづきたるは、あらまほしき御あはひどもになん。

参考1 第一文の前半部は、まず、「この大臣の御おぼえいとやむごとなきに」と語られる。この左大臣は人柄が穏やかであり、これまでの政治上の実績が評価されて帝の信任が厚いということである。次は、女君の母宮が桐壺帝と「ひとつ后腹」だというのである。これで、この女君の父方、母方の「いづ方につけてもいとはなやかなるに」という条件になる。その上で、「この君さへかくおはし添ひぬれば」という条件が加えられている。

〈解説例〉 A＝光源氏が葵の上の婿になったことから、桐壺帝の愛情の深さがとても感じられる。「この大臣の御おぼえいとやむごとなきに」からも読みとれるように左大臣は帝の信頼がとても厚い人物である。そして、葵の上は帝の姪であるということで身分も申し分ない。左大臣の婿に行かせることによって、光源氏は幸せになれると帝は考えたのだろう。

B＝左大臣の父も身分の高い人だったのだろうか。この時代結婚をどのぐらいの年齢でするのかよくわからないが（十代か）、身分がさほど高くない臣下の者であれば、今上帝（東宮のころだろうか）の同腹の妹を妻とすることはできないだろう。ということは若かりし日の左大臣はよほどの出世頭だったのか父の身分が高かったのか。おそらく両方だったのだろう。

C＝帝の信頼が厚く、母宮が帝と「ひとつ后腹」で、加えて光源氏が婿になることで左大臣の地位が高くなったと語られているが、これは別の見方をすれば、〈光源氏が婿になる＝帝からの信頼や人脈と同等の価値がある〉ということを表しているようにも思える。光源氏のすばらしさをここでも描いているのかと思いました。

参考2 第一文の後半の「春宮の御祖父にて、つひに世の中を知りたまふべき右大臣の御勢ひは、ものにもあらずおされたまへり」は、現状では右大臣の勢力が左大臣側にすっかり押されていると語る。

（解説例） A＝源氏物語は、よく対比表現が使われるが、ここでも左大臣家と右大臣家の勢力が対比されている。左大臣家は本文に書かれてある通りの繁栄ぶりであるが、いずれ帝に即位なさるであろう東宮の外戚である右大臣家も引けをとらない。

B＝両親ともにも認められていて源氏までもが加わって完璧な状態になった左大臣側に対して、右大臣側には焦りが感じられる。このままでは勢いが左大臣の方にいってしまい、右大臣としての政治的立場がなくなってしまう。

C＝右大臣とその娘である弘徽殿の女御はそれぞれ、春宮の祖父・母であるにもかかわらず、桐壺帝がいる今、帝の妹を妻に持ち、帝の最愛の息子である光源氏を婿とした左大臣におされてしまっている。しかし、桐壺帝が春宮に譲位なさった場合、今は光源氏をかわいがっている左大臣が光源氏をどのように扱っていくのかが気になる。

参考3 右の左大臣が子だくさんであることが語られる。その上で、「宮の御腹」の子どもとして、先の女君以外に「蔵人少将」が紹介され、弘徽殿の女御の妹である右大臣の四の君を正妻としていることが語られる。かつて女君が春宮から入内を望まれたことが語られていたが、左大臣は、あえて断り、光源氏に嫁がせた。もし入内させたら、左大臣が右大臣に屈することになるという問題があるからである。

（解説例） A＝右大臣と左大臣とは政治的好敵手であるが、左大臣家が帝の妹宮を正室としていても将来的に帝となる東宮の後見である右大臣家と比べるといささか劣勢に立たされている。そんな中で、将来を見据えた上で、葵の上をどうするのかは一族にとって大きな問題であると思う。そこで東宮からの入内の申し出をあえて断り、源氏に嫁がせたのは、一大決心だったと思われる。あっさりと語られているが、とても深い場面であると思われた。

B＝左大臣は、右大臣とはあまり仲がよくなかったため、このままいくと、右大臣に屈することになってしまう。それならば、自分の信頼する帝の子である源氏の所へ葵の上を嫁がせるほうが良いと考えた。しかし、それではあまりにひどい扱いになると考えて、右大臣の四の君との縁を結んだのであろう。

C＝左大臣が右大臣に牽制した婚姻政策を執っていることがわかります。以前に左大臣が女君を春宮へ嫁がせなかったことからも、この結婚によって政治の上で優位に立とうとする左大臣の意志が感じられます。

参考4　「右大臣の、御仲はいとよからねど」から推察されることであるが、右大臣は政治面のやり手で、左大臣を政敵としていずれたたき落としてやろうと考えている。弘徽殿の女御と同様の性格、行動をもつ人物のようである。桐壺帝が譲位した時点で本領発揮ということになる。

〈解説例〉　A＝右大臣と左大臣の仲の悪さがよくわかる表現だと思いました。弘徽殿の女御と同様の性格行動を持った人物と説明されているので私の中では右大臣は最悪な印象になりました。弘徽殿の女御の性格はずっと読んできたかぎり、冷酷でとても無神経なイメージがあるからです。更衣が亡くなって悲しんでいる帝に対しての行動がとても忘れられません。そんな右大臣と仲良くして生きていかなければならない左大臣はとても辛いと思います。今後の発展が楽しみです。

B＝桐壺帝がいる間は、下手に動くと自分の身の方が危ないと考えて今はおとなしくしている右大臣。片鱗をのぞかせてはいるものの、まだ確実な行動には出ておらず、じわじわと相手方にプレッシャーをかけているように感じました。心の奥底に、権威への執着が見えました。

C＝右大臣は政治のやり手で左大臣を政敵としていずれたたき落してやろうと考えているとあるが、その言葉だけでどれだけ自分にとって邪魔かが伝わってくる。また、桐壺帝が譲位した時点で本領発揮というところで、まだ自分の力をすべて出し切っていないと思うと怖く感じる。

参考5　「あらまほしき御あはひどもになん」の「ども」は複数を表す。つまり、左大臣方と源氏の君、右大臣方と蔵人少将は、表面上はどちらも「あらまほしき」関係だというのである。このように、桐壺巻が終盤に近づくにつれて、源氏物語の世界の広がり、深まりが意識されている。それは、第一に宮廷から外の世界の政争の問題が意識されている、第二に、蔵人少将をはじめとする源氏の君の交友関係が示唆されてきたことである。

〔解説例〕 A＝桐壺の巻は源氏物語の全体の土台というか、舞台の設定の働きを担う部分が大きいと考えている。例えば源氏の生い立ちであったり、理想とする女性像の提示であったりする。そのため、先の物語の展開、源氏だけでなくその周りの人物達の状況や、設定を桐壺の巻現段階での源氏とからませつつ示していくことにより、今後の物語の展開に拡がりを持たせる余地を作っておいたのではないかと思った。また、作者の位置から見た時、物語の種子が尽きないようにと、保険の意味もあったのではないかなとも思った。

B＝源氏の君と蔵人少将が「あらまほしき御あはひども」であることについて、これから外の世界である政治面にも、内の世界である人物関係の面にも着眼された物語が展開していくことが感じられます。左大臣の勢力が増していることも前述され、源氏の君登場を控えた舞台が整えられたという印象を受けます。

C＝左大臣と右大臣は対立関係にあるけれど、その婿はお互いに良きライバルとなり親友となる。これまでは源氏の君のすばらしさを中心に語ってきたが、対になる者として蔵人少将を登場させることで人間関係が広まり、物語もおもしろくなっていくのだと思う。私は蔵人少将とふざけあっている光源氏の方が人間臭くて好きです。

【四八】 類なき藤壺の宮

源氏の君は、うへ（上）のつね（常）にめし（召し）まつはせば、心やすくさとずみ（里住み）もえしたまはず。心のうち（中）には、ただ、ふぢつぼ（藤壺）の御ありさまをたぐひなしと思ひきこえて、さやうならむ人をこそ見め、にる（似る）人なくもおはしけるかな、おほいどのきみ（大殿の君）、いとをかしげにかしづかれたる人とは見ゆれど、心にもつかずおぼえたまひて、をさなき（幼き）ほどのこころ（心）ひとつにかかりて、いとくるしき（苦しき）までぞおはしける。

参考1 第一文「源氏の君は、上の常に召しまつはせば、心やすく里住みもえしたまはず」は、源氏の君の主体的な行動を表す最初の表現である。なお、源氏の君を主語とする文としては、これまで次の四文が見られた。これらの文における源氏の君は、しかし、まだ主体的な行動を表してはいない。

1. 月日経て若宮参りたまひぬ【三一】
2. 皇子六つになりたまふ年なれば、このたびは思し知りて恋ひ泣きたまふ【三二】
3. 皇子もいとあはれなる句を作りたまへるを【三五】
4. 源氏の君は、御あたり去りたまはぬを【三九】

述語表現から逆に源氏の君を主語とする文を求めると、他にも二、三ありはするが、右の四例と同じく、語り手が外側から源氏の君の行動を物語る表現であるにとどまっていて、語り手が源氏の君に寄り添う、あるいはその目・心を通すといった表現はまだ見られない。ところが、ここの「源氏の君は～里住みもえしたまはず」は、源氏の君を主語として、その主体的な行動を物語っている。

（解説例）Ａ＝今まで源氏は子どもであり、父にくっついて生活しており源氏の意思で何かをするということはなかったのではないか。しかし、初めて「源氏の君は」と語られたことで、源氏が主人公として自立し、自分の意志で生活していくということを表現している。この場面から、青年になり源氏の人生が語られていくという暗示であると考える。そしてその初めとして、源氏が恋に落ちるということを表したのではないかと思う。

Ｂ＝物語で初めて源氏が主語となるこの一文で、藤壺の宮への想いが語られていることに、これから数多くの恋を体現していく源氏の人間像の原型が表されていると思いました。恋物語の主人公としてふさわしい、象徴的な描写だと思います。

Ｃ＝ここに来て、やっと源氏の君が表に出てきたか、と思った。この物語は、私としては読んだことのない種類のものので、主役は早くから登場しているのに、どうしてか、主役に関する記述や主役の心情の描写があまりにも少ない。これは、ここまでが作品のプロローグだったからではないだろうか。

参考2 第二文で、源氏の君の心情を直接話法で語り、藤壺の宮への思慕と否定的に取り上げられる大殿の君のことが語られる。初めて語られる源氏の君の心情が藤壺の宮への思慕であることに注目したい。

（解説例）Ａ＝源氏の心情が初めて取り上げられた場面である。これまでの源氏は父親についてまわり、たくさんの女御・更衣の顔を見ているにも関わらず、その心情は語られてこなかった。しかし、藤壺の宮に出会った瞬間に自分の妻にしたいと思われたということは、よほど衝撃的な出会いであったに違いないし、作者も藤壺の宮との出会いを印象づけたかったのだと思う。

Ｂ＝源氏が初めて主語として語られた直後に、藤壺の宮への思慕が語られていることで、源氏の藤壺の宮への特別な思い入れがより一層読者に印象づけられている。それと同時に藤壺の宮への思慕から母である桐壺更衣への強い想いも伝えられている気がした。また、その後で源氏が大殿の君のことを「いとをかしげにかしづかれたる人」と評価しているにも関わらず否定的であることから、源氏の中で藤壺の宮の存在は他の女性と一線を画していたのではないだろうか。

C＝この文で初めて光源氏の心情が語られている。この段落は光源氏が初めて主語になったのもこの心情を語る上での布石のように感じられる。藤壺を慕う心はここではまだ幼子の母をどこかで求めるようなものが少し進化しただけのようにも感じられるが、大殿の君を冷静に評価していることから、このころから後の光源氏の性格の一片を見せられているように思う。

参考3 「藤壺の御ありさまをたぐひなしと思ひきこえて、さやうならむ人をこそ見め、似る人なくもおはしけるかな」に、源氏の君の理想的な女性像が語られている。「見る」は愛する女性として会う意。

（解説例） A＝源氏の君にとって、藤壺は母の桐壺に外見だけでなく、身のこなし、声までそっくり似ている人物である。その人物に心を奪われるということは、早くから母を亡くし、母親の愛情を欲していた源氏が藤壺に会い、母親の面影と重ねようとしていたからではないか。源氏の理想的な女性というのは、母親であり、幼いころに母親に対して甘えることができなかった思いを受け止めてくれる人だと思う。

B＝他の女御たちは、源氏を子ども扱いし、自らの顔を隠すこともしなかった。が、藤壺だけは源氏を子どもとは思えず、義母でありながらもその美しさに目を向けられなかったため、顔を隠していた。その行動、気持ちが他の女御たちとは違うことを感じ、そこへ母・桐壺への思いも加わって源氏は藤壺へ想いを寄せるようになったのではないかと思った。

C＝光る君は藤壺の宮に対して、「たぐひなし」「似る人なくもおはしけるかな」など唯一無二の理想的な女性として思慕の情を寄せている。しかし、藤壺の宮は父であり帝である桐壺帝のものである以上、それは絶対に叶わぬ恋である。ただ一つの理想の恋が叶わぬ悲恋だったために、光源氏の心には常に埋められない寂しさがつきまとい、それを埋めるために様々な女性と付き合っていくようになるのだろうか。こう考えると光源氏はただの好色ではないようにも思える。

参考4 源氏の君は自分の正妻を「大殿の君」というよそよそしい呼称で扱っている。この「いとをかしげにかしづかれたる人」という源氏の君の評価の背後には、元服の前に帝に伴われて何人もの妃の御簾の中に入り、直接対面するかたちで見てきていることがある。弘徽殿の女御をはじめとして、若君には扇で顔を隠すようなことをしなかったのであろう。

〔解説例〕 A＝源氏の君は元服するまでは帝の側についていたので帝の何人もの妃たちを見てきた。それで、自分の妻である左大臣の姫君がいかに美しく、大切に育てられてきたかが見ただけでわかる。しかし、源氏の君は今まで見てきた藤壺の宮や帝の妃たちは自分を快く迎えてくれ、優しく接してくれていたが、左大臣家の姫君にはそういった優しさが感じられなかったのではないかと思う。そんな違和感のようなものがあったために「大殿の君」というよそよそしい呼称を使ったのではないだろうか。

B＝光源氏の正妻である葵の上は、自分の気持ちを上手に表に出すことができなかった少し不器用な姫君であったと私は思う。彼女の立場がそういった性格をつくり上げたようにも感じるが、ただ残念だったのは夫である源氏がそういった葵の上の気持ちを理解できなかったことである。二人の結婚は源氏がまだ幼いころに決まったものであったので、無理もない気がするが、源氏がもう少し葵の上と向き合おうとしていたら二人の距離はもっと縮まっていたのではないかと思う。

C＝「大殿の君」は左大臣家の姫君として大切に育てられた女性だが、宮中で多くの妃たちと直に対面してきた源氏の君には少しものたりない女性として映ったのではないか。大殿の君を見ると、どうしても「たぐひなき」人である藤壺の宮と比較してしまう。そのことによって、さらに大殿の君との心の距離を感じてしまうのだと思う。

【四九】 藤壺の宮への慕情高まる

おとな（大人）になりたまひてのち（後）は、ありしやうに、みす（御簾）の内にもいれ（入れ）たまはず、御あそび（遊び）のをりをり、ことふえ（琴笛）のね（音）にきこえかよひ（聞こえ通ひ）、ほのかなる御こゑ（声）をなぐさめ（慰め）にて、うちずみ（内裏住み）のみこのましう（好ましう）おぼえたまふ。五六日さぶらひたまひて、おほいどの（大殿）に二、三日など、たえだえ（絶え絶え）にまかでたまへど、ただいま（今）は、をさなき（幼き）御ほどに、つみ（罪）なくおぼし（思し）なして、いとなみかしづききこえたまふ。御方々の人々、世中（世の中）におしなべたらぬをえり（選り）ととのへすぐりてさぶらはせたまふ。御心につくべき御あそび（遊び）をし、おほなおほなおぼし（思し）いたつく。

参考1 「大人になりたまひて後は、～御簾の内にも入れたまはず」とあるが、これは当時のきまり（規則）である。源氏の君はすでに元服の儀を経て妻帯している。「入れたまはず」には、誰かの意思が感じられる表現であるが、それは、源氏の君が入れてほしいと思っている藤壺の宮と見るべきである。源氏の君は、自分だけ特例で御簾の中に入れてくださってもいいのにと思うが、やはりきまりがあって入れてくださらないという意味である。

（解説例） A＝成人すると女性と同じ御簾の内にいることができないという規則は、当時、常識である。それをあえて語るということは、この後、源氏にとってその規則がとても大きな意味を持ってくることを感じさせ、さらには藤壺への想いから、源氏が規則を破り、同じ御簾の内に入ってくるのではないかと読み手に予感させる一文ではないだろうか。

B＝源氏の君が元服したあとは、今までのように御簾の中に入って藤壺の宮と会うことができなくなってしまう。御簾は源氏の君と藤壺の宮にとって越えてはならない一線の役割を果たしているように感じる。御簾の側に近寄れば、藤壺の声も聞くことができる。御簾というあまりに頼りない一線をおくことで、藤壺に対する源氏の思いはますます募っていったのではないだろうか。

（質問）＝私は少し疑問に思ったのですが、元服して妻のいる源氏は御簾越しにしか母に会えないのは、藤壺が実の母ではないからですか。それとも、実の母でも御簾越しにしか会えないのでしょうか。

（回答）＝実の家族は直接に顔を見合わせて会うことができます。それでも年ごろを迎えた娘が兄弟と会うときは、おそらく顔を扇で隠すようにしていたことでしょう。源氏の君と藤壺の宮は、義理の母子関係にあります。源氏の君が元服する前は御簾の中に帝に連れられて入っていました。若君は、母によく似ていると聞いているので何としてもお顔を見たいと思っていました。藤壺の宮はまだ若いことや年齢が近いこともあって、若君から見られないように扇などで顔を隠していました。年齢はわずか五歳の違いです。姉と弟という関係が適切だといえそうです。他方、大殿の姫君とは四歳の差ですから、この宮が源氏の君と結ばれたとしても悪くはない関係にあります。源氏物語のずっと先の巻ですが、野分巻で、強い風に御簾が煽られたため、光源氏の長男の夕霧が義理の母である紫の上のお顔を垣間見したことが語られています。夕霧の様子がおかしいので、光源氏は、夕霧が紫の上をのぞき見したのかと疑うことが語られています。

参考2 「琴笛の音に聞こえ通ひ」は、双方向の伝達である。源氏の君は藤壺の宮の演奏に合わせて笛を吹き、藤壺の宮も源氏の君の笛の音色に合わせて琴を弾く。その演奏の息がぴったりと合う。これは、二人の心が通い合っているからだというのである。

〔解説例〕 **A**＝源氏は容姿容貌に優れ、加えて多芸に秀でている人物であるが、元服したとはいえ当時はまだ幼い。それでも、藤壺の琴と合奏が出来るだけの笛の技量を既に体得している。藤壺を思いながら琴に合わせて笛を吹く姿からは、幼い健気さと同時に、一人の男としての源氏が現れている。

B＝当時、琴や笛の演奏というのは、一種の自己表現であったと思います。別の巻には女性の弾く琴の音色に男性がひきつけられる場面が見られます。楽器の演奏は当時お互いを知る上で大切なものだったのでしょう。私は、この時点で藤壺も源氏の君に特別な感情を持っていたのではないかと思います。お互いを想い合って演奏しているのもロマンチックな気がします。だからこそ、二人に過ちが起こってしまったのかもしれません。

C＝私は「琴笛の音に聞こえ通ひ」という表現を読んで、藤壺と源氏のお互いの気持ちが通じ合っているところなので、なぜかとても心が温かくなるように感じました。琴を弾く音と笛を吹く音でお互いが会話を交しているみたいに感じとれるのも、源氏物語ならではの美しい表現だと感じました。

〔補足〕＝おそらく藤壺の宮は先帝あるいは母后から秘伝ともいうべき琴の技法を習得していて名手という評判を得ていたと想像されます。また、源氏の君も、桐壺帝から、あるいは大納言家から秘伝ともいうべき笛の技法を習っていたのでしょう。それで、二人の琴、笛の合奏は律調や音色のすばらしさの面で満場をうならせたことでしょう。

D＝「琴笛の音に聞こえ通ひ」で、源氏の君は思いをこめて笛を吹き、藤壺の宮も源氏の君を愛らしく思っているところから、いい関係であると思った。源氏の君の藤壺の宮が好きだという気持ちが伝わってくる。管絃の催しで、藤壺の宮に琴に笛を合わせて吹いてくるのは心を通わせないとなかなかできないと思った。

E＝「琴笛の音に聞こえ通ひ」……藤壺の琴の音色に源氏が笛を合わせて思いを伝える、という名場面である。わずかに十文字程度の短い文章であるが、思いを込めた源氏の笛の音色、その思いにこたえようとする藤壺の琴。楽器の音色に乗せた意思の疎通。そんな美しい情景が目に浮かんだ。とても好きなシーンである。

F＝姿を互いに見つめ合う機会が少なかった当時の社会では、男女が心を通わす手段が様々な形で描かれていて興味深い。たしなみの一つであった楽器の演奏で心が通じ合う。互いの豊かな教養が感じられ優美である。「琴瑟相和す」という言葉を思わせる場面である。直接会って言葉で思いを伝えるという露骨な手段にはない、つつまれた通い合いに思いの深さがあらわれているようである。

参考3　「五六日さぶらひたまひて、大殿に二、三日など、絶え絶えにまかでたまへど、ただ今は、幼き御ほどに、罪なく思しなして、いとなみかしづききこえたまふ」は、左大臣の心配りである。「思しなして」に左大臣の、いくらか疑わしいが、あえて「罪なし」という判断に決着したというのである。

〈解説例〉　A＝源氏は藤壺の宮を理想の女性と思い、彼女のような女性を終生の妻としたいと考えている。そして、藤壺の傍近くにいたいと思い、多くの時間を宮中で過ごしており、左大臣家にはその半分も寄り付かない。そのことに対して、舅の左大臣は、とがめ立てするほどのことでもないと大人の対応をしている。いずれ源氏の君は左大臣家に足しげく訪れるようになると考えているようである。

B＝右の表現や女房たちの選定、また、「御心につくべき御遊び」というところから、左大臣がいかに源氏の君に気を遣っているかがわかる気がする。疑わしくともあえて罪なしとしたのはおだやかな性格からというよりも、源氏の君の心象を悪くしないためのものだったのではないだろうか。帝の御子であり、大切にされていた源氏の君をせっかく婿にむかえ、権力が右大臣にはるかに勝ることができたのだから、気を配っていたのではないかと思う。

参考4「御方々の人々」云々は、左大臣邸の「御方々の人々（源氏の君や大殿の君）」にお仕えする侍女たちは、「世の中」（貴族社会）から格別に優れた者を選びに選んでという意味。受領階級の人たちが左大臣家に縁故を求めて、娘を侍女として送りこもうとする、そういう自薦、他薦の中から厳しく選ぶという意味である。

（解説例） **A**＝宮中でも権力争いは絶えませんが、受領階級でも同じく、大臣家との縁故を結ぶために娘を侍女として送りこむ。ある意味、女性は権力を保持するための道具として扱われてきた部分もあると思いました。

B＝この一文で、源氏の君と大殿の君のために格別に優れた侍女を選んでいる、それだけ二人が特別に大切にされていることがわかります。また、もう一つ、貴族社会での戦い、左大臣にかかわる所、つまり、流れに乗っていける所にお仕えしたい、ついていきたいという人々の強い思いを感じることができました。

C＝君にお仕えするには、ある程度以上の教養を身につけておかなければなりません。そして、侍女として入内して少しでも位の高い人とつながりを持ち、自分の家を昇格させるという願いがうかがえた。何とかして目をかけてもらえるようにと必死で教養や作法を磨いたのだろうと思う。

D＝まだ幼いとは言えども、元服した源氏の君を一人前として扱っているようにとらえられる。帝の実の息子である源氏の君を左大臣が養子としてもらったわけなので、より一層源氏の君を大切にすると同時に、源氏の君を退屈させないようにと、左大臣の気遣いがうかがえる。

【五〇】 源氏の君、淑景舎住まいを好む

うち（内裏）には、もとのしげいさ（淑景舎）を御ざうし（曹司）にて、はは（母）みやす所（御息所）の御方の人々まかでちら（散ら）ずさぶらはせたまふ。さと（里）の殿は、修理職〔すりしき〕、たくみづかさ（内匠寮）に宣旨くだり（下り）て、に（二）なうあらためつくら（改め造ら）せたまふ。もとのこだち（木立）、山のたたずまひおもしろき所なりけるを、池のこころ（心）ひろく（広く）しなして、めでたくつくり（造り）ののしる。かかる所に、おもふ（思ふ）やうならむ人をすゑ（据ゑ）てすま（住ま）ばやとのみ、なげかしう（嘆かしう）おぼし（思し）わたる。

ひかるきみ（光る君）といふ名は、こまうど（高麗人）のめできこえてつけたてまつりけるとぞいひつたへ（言ひ伝へ）たるとなむ。

参考1

「内裏には、もとの淑景舎を御曹司にて」は、宮中に帰参した源氏の君が帝のそばで暮らすといっても、四六時中一緒にいることができないということで、淑景舎（桐壺）を御曹司として使用するのである。歴史的に見ると、春宮が御曹司に使うことなどがあったようである。桐壺巻のはじめは、後宮の妃たちの物語であったので「御局は桐壺なり」という通称で語られていたが、ここは、語り手が身を正した姿勢で語る場面であるので、公的な呼称「淑景舎」を用いている。

次の「里の殿」をあわせて、源氏の君には、1大殿（左大臣邸）の自室、2内裏の淑景舎、3里の殿（二条院）という三つの住まいがあることになる。

（解説例） A＝後宮は入内した帝の妃しか住めない場所だと思っていたので、桐壺の局が源氏の君の住まいになっているので驚きました。桐壺更衣が使っていた部屋であるのは、帝の心遣いなのでしょうか。

B＝源氏の君が後宮の桐壺の局を御曹司に使うことについて、桐壺帝が傍から離したくないと思ったことと関係しているのでしょうか。

C＝宮中に帰参した光源氏は、亡くなった母の使っていた淑景舎を与えられている。亡き母の使用した局を、光源氏はどのように思って見ていたのだろうか。帝は、母を思う光源氏に、良かれと思って与えていたのだと思う。だが、光源氏はそれを嬉しいと思う反面、亡き母を思い出して少し悲しい気持ちにもなったのではないかと思った。

参考2 「里の殿は」は、御祖母北の方の邸宅で、祖母の死去に伴い、源氏の君の保護者である帝が管理してきた。源氏の君が元服したということで、源氏の君に贈与したのであろう。宮廷の力で邸宅全体の改築を実施したことについては「一私人の里邸をここ（内裏の修理造営を司る役所）が管掌して修繕するのだとしたら異例」（新日本古典文学大系）という見方がある。若君が親王でなく源氏になる時点での条件で里邸の改築があったと考えることができるであろうか。

（解説例） A＝里の殿が源氏の元服とともに源氏の君に返されるということになっているが、宮廷の力で改築を行うというようなことがあったのであろうか。源氏の君は、誕生以来、御袴着の儀式（【八】）、読書始の儀式（【三三】）、御元服の儀式（【四一】）という男子の大切な儀式を宮廷の費用を惜しみなく使って挙行している。この改築もそれらと同じだと考えることができるであろうか。

B＝祖母北の方の邸宅は、桐壺帝にとって最愛の女性の実家でもある。桐壺更衣の邸宅をつぶすに忍びなかった帝は、忘れ肩身の光る君に邸宅を贈るために改築していたのだと思う。

参考3 「里の殿は～もとの木立、山のたたずまひおもしろき所なりけるを、池の心広くしなして、めでたく造りののしる」の記述は、平安朝の庭園美を表すことに注目したい。なお、「平安京条坊図」（二二三ページ）に示したように、里の殿は当時の内裏の東南に位置する。現在は二条城の東の京都国際ホテルの一郭になる。このAの位置は玉上琢彌氏の提唱である。

〈解説例〉 A＝「里の殿」は、公費を使って源氏の君のためだけに造られた、当時の最も美しい贅をこらした邸宅で、源氏の君にとって理想の女性と暮らす理想的な場所。

参考4 「かかる所に、思ふやうならむ人を据ゑて住まばやとのみ、嘆かしう思しわたる」は、藤壺の宮についての憧れが語られていた箇所と関連する。「心の中には、ただ、藤壺の御ありさまをたぐひなしと思ひきこえて、さやうならむ人をこそ見め」がそれである。右の「ただ」には、幼い源氏の君のひたむきさがよく表されている。この「ただ」と関係する表現に「幼きほどの心一つにかかりて」がある。また、この後の本文に二度にわたって使われている「のみ」がある。「内裏住みのみ好ましうおぼえたまふ」「思ふやうならむ人を据ゑて住まばやとのみ、嘆かしう思しわたる」がそれである。この藤壺の宮への思慕の気持ちは源氏物語の長編化に関係する。「思しわたる」は、何年間にもおよぶ源氏の君の強い思いを表す。

〈解説例〉 A＝源氏の君は、藤壺の宮こそ理想の女性とし、その理想を求めるように恋をする。源氏物語が長編になったのは、藤壺が理想の女性であり続けたからだと思う。藤壺に対する思いが強いのは、母の面影があったことや、幼少のころのインパクトの強さもあったかもしれないが、それらの条件を満たした女性が現れた、という運命の強さに原因があったのではないかと思う。

B＝「かかる所に、思ふやうならむ人を据ゑて住まばやとのみ、嘆かしう思しわたる」の本文を見ると、源氏の君は藤壺の宮がとても好きで、あこがれの存在であることがよく伝わってくる。本文の意味からは、藤壺の宮のような人を見つけて一緒に住みたいと強く思う気持ちが表現されていて、源氏の君はずっと胸が痛くなるほどに思い続けている。

C＝「かかる所に……」というところに源氏が理想の人を藤壺とおいていることがわかる。元服をしてしまった源氏は、藤壺の姿を見ることができなくなったため、逢いたいという気持ちと理想の人への想いが、源氏の恋を長編化させている。

D＝源氏の藤壺への気持ちはとても一途であり、この思いがあるからこそ、読者は源氏の数々の女性遍歴もどこか許せてしまうのではないだろうか。しかし反面、生涯の女性である紫の上が藤壺のかわりであるのかもしれないと思うと少し悲しく感じる。

参考5 「光る君といふ名は」の一文は、次の三つの面で理解する必要がある。第一は冒頭の「いづれの御時にか」云々とこの結びの文によって、桐壺巻の物語が大きく括られていることである。第二は「光る君という名は」云々が固有名詞の起源説の流れを承け継いでいることである。例えば「竹取物語」の「富士山」という名称の起源記述と同様の表現である。第三は、第一に関連するが、「〜とぞ言い伝へたるとなむ」が今昔物語集などの各説話の結びと関連していることを考える必要があることである。

〈解説例〉 A＝「桐壺」の巻の結びの「光る君といふ名は」云々の文は読者に対して多少唐突な印象を与えるように思う。桐壺巻を形作る大きな枠組みとして、この一文を考えてみると、対応する表現として冒頭の「いづれの御時にか」云々の文がある。この始めの表現において「すぐれて時め」いていらっしゃったのは、源氏の母である桐壺更衣である。更衣は後宮で帝の寵愛を受けて輝いていた。しかし、その輝きは多くの人々によって「目を側めつつ」見なければならないものであった。それに対して、光る君の輝きは後に社会全体を照らすものである。この最後の一文は更衣から若君へのつなぎとなるとともに、光る君の今後を暗示するものとなっている。

B＝冒頭の「いづれの御時にか」で始まり、巻末の「〜とぞ言ひ伝えたるとなむ」で結ばれている。途中では物語の世界に入りこんでしまっているが、説話であるという枠組みをしっかりと取り入れている。今昔物語集や竹取物語などと共通する枠組みが使われていて、紫式部の文学的な環境がうかがえるように思いました。

C＝桐壺巻の結びとして「光る君」の名前の由来が語られることで、長編物語である源氏物語の主人公である光源氏の存在感が強められている。また、源氏の君を「光る君」とたたえるこの文は、物語の第一巻の結びとしてふさわしいと思います。まさにこれから光り輝く源氏の君の物語が語られるのだということが明示されているわけです。

D＝作者は源氏物語をあくまで、一つのフィクションの作品として描いていたのだと思う。作品の中の描写や登場人物の関係性などあまりにリアルだったため、言い伝え等として書き記されている説話作品と似た表現を用いているように思う。しかし、あえてそのような表現を用いるということはどこか、本当にあったことが描かれているのではないかとも思う。

【まとめ】源氏物語・桐壺巻を読んで（学年末レポートから）

A＝源氏物語は、これから始まろうとする物語の中心に源氏の君という主人公をすえるための舞台を整える大きな役割を担っている。両親の悲恋が宮中に不穏な空気を呼び、結果的に母親を亡くした幼子が誕生する。そんな生い立ちにまつわる暗い影も彼の超人的な魅力を引き立てるための一種の演出に過ぎないのかもしれない。成長する過程で外部から加わる力にも損なわれることのない強い輝きをくり返しことばで表されることによって、源氏の君の神がかり的な存在が読者にも刷りこまれていくようだ。しかし、だからこそ類まれな美貌と才能を与えられた源氏の君が唯一どんなに手を伸ばしても届かないもの（義母・藤壺の宮）を求め続ける姿が読者の心を切なくし、また強く動かすことになる。桐壺巻の終盤、元服の儀式で高揚感に包まれた宮中を後にして、源氏の君を取り巻く新しい状況をたんたんと伝えていく中で、ふいに「理想の方とこのようなところで暮らしたいものだ」と、つぶやきにも似た源氏の君の想いが語り出される。ここではじめて源氏の君の人間らしさが浮き上がってくる。存在をもう一度確認するかのように呼称「光る君」を繰り返して桐壺の巻は静かに閉じられる。ここにいるのは完全無欠な主人公の姿でなく誰かを想って悩むというきわめて人間的な現実を生きる一人の姿である。源氏物語五十四帖を通して描かれる人間の「想い」が、この桐壺の巻で動き出したといえるであろう。

B＝愛とは、ただ人々を幸せにするだけでなく、その愛の深さゆえに人の心を鬼に変えたり、生命を絶つ原因にまでなってしまうものである。帝からの愛を独占していた桐壺更衣は、弘徽殿女御をはじめとする女御や更衣たちの嫉妬の対象となり、気苦労の絶えない生活を送ることになる。私はこのような運命に立たされている桐壺更衣のことを、最初はとてつもなくかわいそうな女性だと思った。桐壺更衣は入内した際、帝からの寵愛を受けたいなどと思っていなかったはずである。多くを望まず入内した彼女を待ち受けていたのは、帝からの格別な愛であり、ただの更衣として生活していれば決して受けなかった女の陰湿ないじめであった。私は最初のころは、桐壺更衣に対する帝の愛は、更衣を苦しめるだけのように思えた。桐壺更衣は、他の女御・更衣たちからこのような扱いを受けても幸せであったといえるのだろうかとも感じた。しかし、あれほどまでに自分のことを愛してくれた男性とめぐり会える機会など、一生のうちに何度もない。そのような男性、しかも、それが帝と出会えて、力強く愛されたという点では桐壺更衣はとても幸せな人だと思った。もともとからだが弱かった桐壺更衣は若くして亡くなってしまう。更衣が亡くなった後も愛し続け、想いつづけていた帝の様子から「真実の愛」というものを感じた。一方、愛は時に凶器にもなるということを弘徽殿女御を見ていると感じる。桐壺更衣へ向けられた帝の愛が強ければ強いほど弘徽殿女御の中にある凶器は鋭くなっていった。このような環境の中で生まれ育った源氏の君は、幼くして母君である桐壺更衣と別れたということもあり、更衣の面影を出逢う女性に求めてしまう。私は、源氏の君が追い求めているのは、亡き母にそっくりな人でなく「真実の愛」ではないかと思う。父親である帝が桐壺更衣を深く愛したように、自分もまた一人の女性を深く愛したいと望んでいる気持ちの現れではないだろうかと思う。

C＝桐壺巻は光源氏が生まれる前の桐壺帝と更衣の恋愛から始まっている。この二人の恋愛には厳しい壁があった。それは帝が寵愛したのが後見のない桐壺更衣であったということである。本来、帝は女御や更衣の背後にいる一族の社会的な関係を重視すべきであったが、桐壺帝はこれらのことを無視し、個人的な思いを優先して行動してしまった。これは普通であれば考えられないことであるが、そうした決まりにそむいてしまうほどの、自分を抑えきれないほどの愛情で更衣を本当に求めてしまった。しかし、愛しく思い傍に置き続けていることが裏目に出て、更衣は心身ともに弱ってしまう。その後、更衣はなくなってしまうが、帝は更衣のことが忘れられず更衣の形見である皇子を引き取る。皇子は更衣と同様のことが起きないように慎重に行動する。これは自分の軽率な行動で愛する人を追い詰めることになりかねないことがわかったからではないか。一人の男として、更衣を愛していたが、帝の立場であることを忘れずに行動しなければならないと改めて思いなおしたようにも思う。帝は一人の女性を愛し愛されたことで人間として大きく成長している。これらの帝と更衣の恋愛、心の成長などが描かれている桐壺巻は、長編物語の土台となるものであり、光源氏の恋愛・成長の序章ということができよう。

D＝桐壺巻を読んで、源氏物語は千年も前に書かれた作品であるので、貴族の暮しや時代背景などは想像するしかない。けれど、登場人物の気持ちは十分に理解でき共感もできる。時代背景は異なっても現在でも楽しんで読める物語だと思う。私は桐壺巻を読み始めた時、帝は自分勝手な人で桐壺更衣が振り回されている、更衣は帝の言う通りにして傍にいるだけで、帝のことを好きではないのではないかと思っていた。しかし、帝は更衣を身分でなく、一人の人として、更衣の愛らしい様子や他の人たちとは違う帝への接し方が好きになっていつも傍に置きたいと思った。ここまで帝の寵愛を受けられることはないことであるし、「きよらなる玉の男御子」までも誕生して、更衣は本当に幸せだっただろうと感じるようになった。帝は、政治の事を考えたりしなければならないし、最高位という立場から弱い所も見せられなかった。そんな中で、桐壺更衣だけが、弱い部分も見せられる存在だった。だからこそ、更衣が病気になり弱っていっても、自分の傍から離したくない、離れたくなかった。それなのに、永遠の別れがきてしまい、とてもつらかっただろうし、心に大きな穴がぽっかり空いてしまったと思う。そんな穴を埋めてくれたのは、桐壺更衣が残してくれた若君だろう。その若君が祖母北の方の元にいた時は、帝は本当に寂しい思いをしていただろう。若君が宮中に戻ってきた時は、うれしい気持ちと母親の分まで大切に育てていこうという思いだったたろう。帝がここまで桐壺更衣と若君を大切に思ってくれて、桐壺更衣は幸せであったと思う。

E＝今まで、桐壺巻は序章だということもあって深く読み込もうと思ったことはなく、桐壺巻が源氏物語においてこれほど重要だとは思ってもいなかった。一年を通して桐壺巻の一文一文の意味を考えていく作業は、根気のいる作業だし、じれったく思ったりもした。しかし、桐壺巻は源氏物語の中でも特別な巻であることがわかったし、自分にとっても特別な巻にすることができたように思う。源氏物語の作者である紫式部は今から千年も前の人だけれど、その作者が一文一文に込めた思いや意図を自分なりに考え、他の人の考察を知ることで、私たちなりの答えを出していくことには、とてもやりがいが感じられ、「文学」の面白さを噛みしめることができた。

F＝源氏物語というくらいであるから、この物語は源氏の君の物語であり、その父の桐壺帝や母の桐壺更衣のエピソードは、いわゆるプロローグにあたる。しかし、そのプロローグのうちに十数年間の歳月が流れており、人物や出来事が深く描写されているおかげで、これから始まる長い物語に向けて、読者は確かな人物像と、その生い立ちを頭に入れた上で読み進めていくことになる。ともあれ、この桐壺巻を読み終えて思うことは、われわれ人間のもつ本質というものは、今も昔も変わりがないものだということである。今から千年も昔、一人の女性の手で描き出されたものは、繊細で雅ではあるけれども、現代に生きるわれわれと変わりなく、悩み、喜び、感動し、悲しんで涙を流す人々の姿であった。源氏物語が、ひいては多くの古典文学作品がわれわれを魅了してやまない理由は、こういった人物の創出にあるのだろうと思えてならない。

G＝全体的に桐壺巻を読んで思ったことは、登場人物が詳細に描かれていることである。人物の姿が細かく描かれているという意味ではなく、文章のなかのある語句や強調などの助動詞などをうまく使うことで、その人物の奥深いところでゆれる感情を読み取ることができるのである。例えば、本文の【二七】に帝が「かくても月日は経にけりとあさましう思しめさる」という文章がある。この一文だけでも、帝の悲しみが時の流れの速さに驚いているところでわかり、「あさまし」を加えることで自分が更衣のいない生活に慣れていくことに対しての嫌悪感を抱いていることが伝わってくる。このように繊細であると同時に柔らかくて美しい表現が、源氏物語の中にちりばめられている。また、その美しい世界の中でも、人の美しい姿、醜い姿の両方が描き出されている。桐壺更衣、藤壺の宮という二人の女性の美しさと、桐壺更衣に嫉妬や憎悪を抱いていた女御、更衣たちがここでは代表される。美しいだけでない人々や美しいからこそはかないものが描かれているようである。

H＝桐壺巻の前半部は源氏の母である桐壺更衣と桐壺帝との悲しい恋物語である。前半部は後の源氏のもつ性質や人間性に大きな影響を与える部分なので、とても重要であると思う。ここで更衣が後宮の弘徽殿の女御を筆頭とする女性たちにいじめられて死んでしまうことによって、源氏は後に藤壺を愛し、紫の上を愛し、その上でまだ多くの女性を求めずにいられないような飢えを心に抱えもつことになったのではないかという読みを読者がすることができるようになるからである。もしも、ここで更衣が生きていたならそもそもこの物語は成立しないと言えるが、あえて考えてみるならば、源氏はおそらくただの遊び人のように見えるのではないかと思う。何の理由もなく、多くの美しい女性たちと関係をもつ恵まれた人。桐壺巻で父と母の悲恋、そして母の死を描くことにより、源氏はどこか精神的に、魂のどこかに満たされぬ部分があり、その充足を求めて多くの女性との関係をもってしまう、非のうちどころがなく立派でありながら悲しい人物像が生まれたのではないでしょうか。

I＝光源氏は、巻の後半部から徐々に中心人物になっていく。十二歳という若さのため、まだ幼いが、詩歌や音楽はもちろん、学問の才能もあり、何よりも容貌がすばらしいという稀有な美質をもつ人物である。母に似ているという藤壺を慕い、その反面、本妻である葵の上のことは情がわかないのか訪ねることが多くはない。これは、同じく本妻だが形式だけで通われることの多かった弘徽殿の女御と帝、桐壺更衣の関係を連想させることができる。しかし、決定的に異なるのは、藤壺が帝の女御であるために、源氏がどれだけ慕っても、その思いが成就することがないということである。その後、源氏は藤壺を理想と思いながら様々な女性と恋をする。藤壺への想いはかなわなかったが、その思慕を胸に源氏がどういう風に成長していくのかが気になるところである。

J＝光源氏は不幸な存在だと感じた。母の愛を受けることなく育ち、祖母は幼いころに他界する。唯一の肉親である父は「帝」という立場のために父親としての愛情をなかなか示すことが出来ない。よって、光源氏には常に「家族」というものが欠けている。このことから、今後はずっと母の姿を追いかけ、あちこちで家族を作ろうとするのではないだろうか。美貌も才能も名声も得た光源氏ではあるが、永遠に「母の愛」を手に入れることができないと思うと、もの悲しさを感じる。

K＝桐壺巻を読み返してみて、最も印象的だったのが、物語を通しての帝の変化である。物語の始まりでは桐壺更衣への寵愛はまさに自分本位というものであった。帝という立場が手伝ってのことだと思うが、周りのことや更衣の立場などがいっさい考えられず、その結果、愛する更衣を失うことになってしまう。しかし、後半になると、帝は愛する若君の幸せを第一に考え、自らの願望は抑えるまでに成長した。そして、源氏の元服の際にはすっかり父親としての姿を見せている。

L＝私は、桐壺巻を通して源氏の君をはじめ一人一人の人物を見てきたが、最も印象深かったのは藤壺の宮である。なぜなら、藤壺の宮は桐壺巻に登場する人物の中で、誰よりも複雑な心境を抱いていたのではないかと思われるからである。藤壺の宮は、失意にある帝を見かねた女房たちにより、亡き更衣と瓜二つであるという理由で入内させられている。このことから、帝は一人の女性として藤壺を見ていたのかという点が疑問になる。もし性格の面で桐壺更衣と似た部分がなかったとしたら、帝や女房たちの判断も変わっていたのではないだろうか。藤壺には、自分の知らない女性の影に縛られるという苦しみがあったように思われる。さらに、源氏の君と接する際には、母親として接しなければならない状況にとまどいを感じていたことであろう。帝とは年齢が離れており、源氏の君より五歳年上ということを考えると、姉としての役割に徹する方が自然である。帝の妃として、源氏の君の母親代わりとしての立場は、自らの気持ちに素直にふるまうことが難しいのではないだろうか。以上のことを考えると、藤壺の宮には複雑な思いが常にあったように思われる。多くの人々から愛され、慕われているが、その反面誰よりも不安定で曖昧な立場にいるように、私は感じた。

源氏物語・桐壺巻の構成（節・内容・年齢）

節	場面	書き出し	行数	行事等	構成A	構成B	構成C	年齢
1	帝の愛を独占する更衣の紹介	いづれの御時にか	3	冒頭	3	①	①	
2	帝の寵愛ぶり	はじめより我はと	9		(一)			
3	更衣の健気さ	かむだちめ、うへ	8					
4	更衣の両親の願い	ちちの大納言は	6		23		26	
5	皇子誕生、帝寵愛する	さきの世にも	9	若宮誕生	(二)	②	②	
6	第一皇子の母女御の疑い	はじめよりおしなべて	17					
7	桐壺の局の更衣	御つぼねはきりつぼ	15		50		41	1
8	盛大な御袴着の儀式	このみこみつに	9	若宮の袴着の儀式	(三)	③	③	
9	更衣危篤に陥る	その年の夏、みやす所、	9	母桐壺更衣の危篤		④		
10	更衣の病に帝苦悩	かぎりあれば、	11	そして、逝去、葬送				
11	帝と更衣の永久の別れ	てぐるまの宣旨	14					
12	更衣の逝去	御むねのみつと	7					
13	無心の皇子	みこは、かくても	8			⑤		
14	悲痛な母北の方	かぎりあれば、	11			⑥		
15	三位の位の追贈	うちより御つかひ	13		73			
16	帝、更衣を恋いわびる	はかなく日ごろ	11	死後の法事	(四)	⑦		
17	台風一過、涼しい夕暮れ	野わきだちて、	9	靫負命婦、母北の方を弔問。夕月夜が上りはじめ、山の端に沈むまでの一夜の物語		⑧		
18	靫負命婦、母北の方を弔問	命婦、かしこに	7					
19	母北の方に対面	みなみおもてに	9					
20	帝の伝言と手紙	しばしはゆめか	20					
21	母北の方の悲痛な思い	いのちながさの	15					
22	闇に沈む母北の方	くれまどふ心の	21					
23	悲嘆にくれる帝	うへもしかなん。	12					
24	辞去時の歌の贈答	月はいりがたの、	14					

25	北の方参内にまどう	わかき人々、	8			201			283	3
26	命婦、帰参して奏上	命婦は、まだ	17				⑨			
27	北の方への慰め	いとかうしも	12							
28	更衣への追憶に沈む	かのおくり物	15							
29	弘徽殿の女御、宴を催す	風のおと、むし	9							
30	更衣の鎮魂歌	月もいりぬ。雲	23							
31	若君帰参	月日へてわか宮	9	一の皇子立坊	(五)	17	⑩	④	9	4
32	祖母北の方亡くなる	かの御おば	8					⑤	8	6
33	若宮の秀でた資質	いまはうちにのみ	18	読書始め	(六)	56	⑪	⑥	74	7
34	高麗人、若宮の将来を予言	そのころ、こまうど	12	観相			⑫			
35	高麗人、若宮の詩に驚喜	弁も、いとざえ	12	詩の宴						
36	若宮に源氏姓を付与	みかど、かしこき	14							
37	桐壺更衣に似た女性	年月にそへて、	18	藤壺の宮の入内	(七)	65	⑬			
38	先帝の四の宮の入内	ははきさき、	20					⑦	47	11
39	源氏の君、藤壺の宮にあこがれる	源氏の君は、	11				⑭			
40	源氏、藤壺並び称される	うへも、かぎりなき	16							
41	源氏の君、元服	このきみの	9	元服と結婚	(八)	77	⑮	⑧	109	12
42	帝、元服の儀式に落涙	おはします殿	9							
43	成人の装いで美しさ加わる	かうぶりしたまひ	8							
44	左大臣の愛娘	ひきいれの大臣	12							
45	帝、愛娘を問う	おまへより、	20							
46	源氏、左大臣邸で結婚	その夜、おとど	6							
47	左大臣の政治力強まる	このおとどの	13				⑯			
48	類なき藤壺の宮	源氏の君は、うへ	9	藤壺の宮への思い	(九)	20	⑰			
49	藤壺の宮への慕情高まる	おとなになり	11							
50	源氏の君、淑景舎住まいを好む	うちには、もとの	12	むすび						

桐壺巻の構成について

1　桐壺巻の本文は、明融臨模本の本文とする。各丁の表、裏の行数は、八行か九行の割付になっている。九行の割付は巻の中ごろに多い。全体で五九四行である。なお、歌による改行を別にすると、地の文における改行はみられない。

2　「源氏物語の構成」表は、全体を五十の場面に分けている。この五十場面は、行数でいえば、三行（冒頭）を最少とし、第三〇場面の二十三行を最多としている。

3　これらの五十場面を、物語の展開、また、源氏の君の成長に重きを置いて整理すると、構成Aのように全十一節の内容にまとめることができる。「物語の展開」の上では、この物語の枠組みとしての巻頭、末尾の表現が設定されている。その中間の九節が内容に基づく構成ということになる。

4　本書が使用したテキスト「古典セレクション・源氏物語1」は、全十七節に分けている。その区分は、本表の構成Bとして掲げた。構成Bは、構成Aの特定の部分を独立させる意図が働いている。例えば、前節に含めるのが良いか、後節に入れるのが適切かが問題になる第八場面などは、テキストのように独立させるという見方もありうる。

5　桐壺巻を源氏の君の年齢中心に整理すると、構成Cのように全八節にまとめることができる。

6　以下、構成Aの全十一節構成の見方で全五十場面について説明してみたい。

7　桐壺巻は、語り出しの冒頭、語り結びの末尾という物語の枠組みに支えられている。「桐壺巻の構成」表では、これらの枠組みを節として数えていない。その枠組みによって語られる九つの内容を節として数える。

8　第㈠節（第二～四場面）は、冒頭を受けて、桐壺と帝の相思相愛を語る内容になっている。

9　第㈡節（第五～八場面）は、第㈠節を受けて若宮の誕生を語る。これら第㈠、㈡節は、周囲の悪感情（憎悪、嫉妬、反発、嫌悪など）とそれによっていっそう二人の愛情が高まり、それがまた悪感情を生み出すという悪循環的な様相を呈している。

10　第㈢節（第九～一五場面）は、桐壺更衣との別れ（離別・死別）が語られている。はじめて季節が提示され、更衣の病が次第に重くなり、宮中からの退出が語られる。なお、臨場感を出すために鳥辺野の葬送に母北の方が付き添う状況が設定されている。

11 第㈣節（第一六～三〇場面）は、桐壺更衣の死を偲ぶ帝が靫負命婦を弔問に遣わす内容が語られている。夕月夜が山の端に顔をだした時刻から、西山に沈むまでの半日が語られている。第一六場面は、命婦を弔問に遣わす場面の導入、第三〇場面は、桐壺更衣への鎮魂歌としての役割を担っている。第㈣節は、全体として古今集の部立の哀傷に該当する。

12 第㈤節（第三一～三二場面）は、若宮が宮中に帰参するも一の宮が立坊、祖母北の方が亡くなる内容が語られている。

13 第㈥節（第三三～三六場面）は、若宮の聡明さを描出すると同時に、源氏物語の長編的な伏線を用意している。優れた高麗の相人の予言によって、帝は若宮を臣籍に下す判断をする。

14 第㈦節（第三七～四〇場面）は、桐壺更衣によく似ている藤壺の宮の入内が語られている。源氏の君が母更衣によく似ているということで、あこがれを抱くことが語られる。

15 第㈧節（第四一～四七場面）は、源氏の君の元服の儀式と結婚が語られている。

16 第㈨節（第四八～四九場面）は、大人になった源氏の君の藤壺の宮に対する気持ちが語られている。特に、第㈥節と第㈧節は中間の第㈦節をはさんで、童と大人の違いによる宮中における振る舞いの違いをくっきりと語っている。

17 最終の第五〇場面は、この巻の結びで、冒頭と照応して、桐壺物語の外枠を構成している。

紫式部関係図

（主要人物に限定して掲げる）

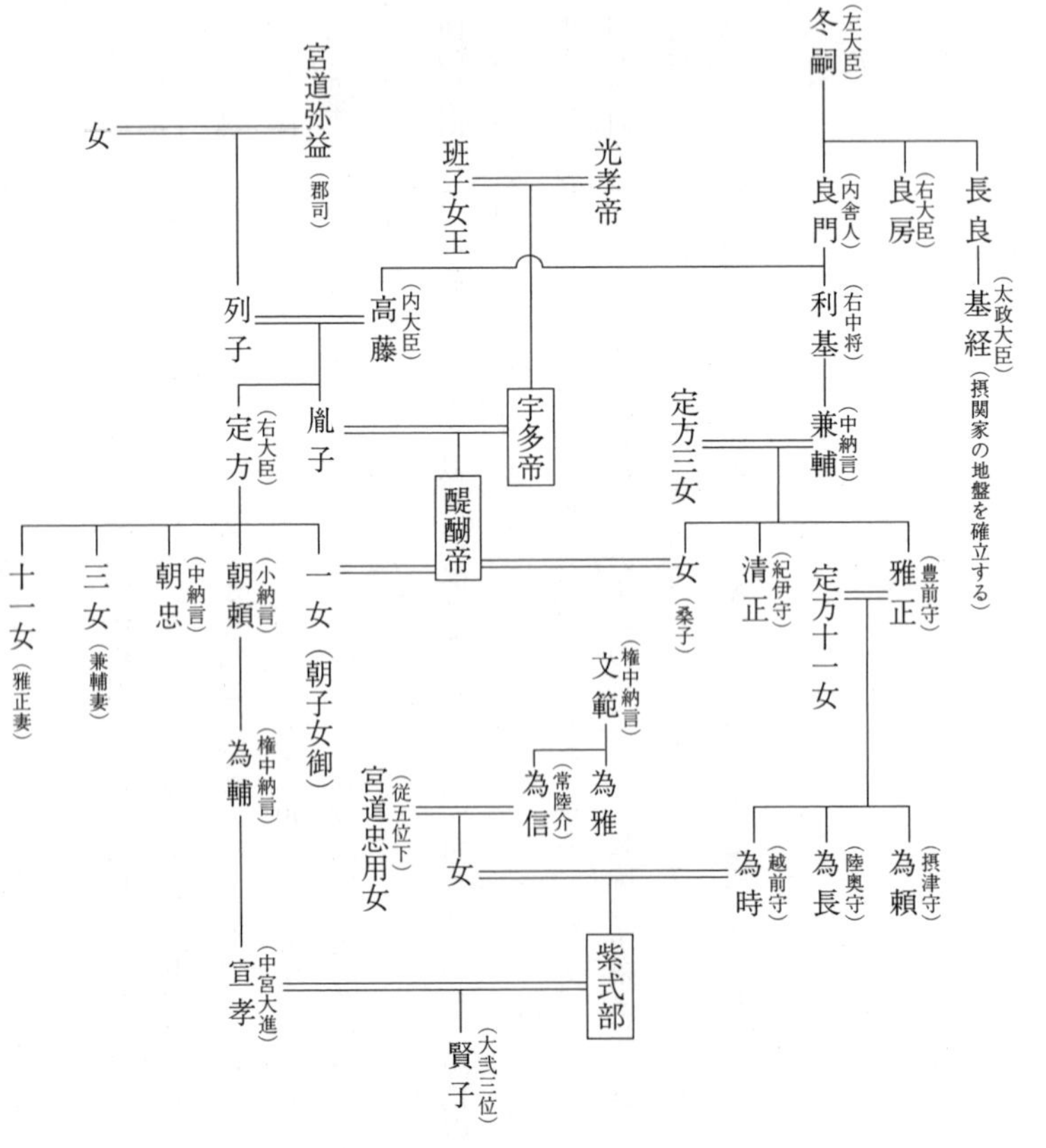
冬嗣（左大臣）
長良
良房（右大臣）
良門（内舎人）
基経（太政大臣）（摂関家の地盤を確立する）
利基（右中将）
兼輔（中納言）
定方三女
光孝帝
班子女王
宇多帝
宮道弥益（郡司）
女
列子
高藤（内大臣）
胤子
定方（右大臣）
醍醐帝
女（桑子）
清正（紀伊守）
雅正（豊前守）
定方十一女
一女（朝子女御）
朝頼（小納言）
朝忠（中納言）
三女（兼輔妻）
十一女（雅正妻）
為輔（権中納言）
文範（権中納言）
為雅
為信（常陸介）
宮道忠用女（従五位下）
女
為頼（摂津守）
為長（陸奥守）
為時（越前守）
紫式部
宣孝（中宮大進）
賢子（大弐三位）

（注釈）

① 藤原冬嗣（左大臣）は、嵯峨天皇の信任が厚かった。長男の長良は早世、二男良房が後を継ぎ、基経に繋ぐ。

② 冬嗣の六男良門は、早世したため位が内舎人にとどまっている。

③ 高藤は成人して良房に引き取られる。今昔物語集巻二十二の第七語で語られるように、列子をめとり、胤子をもうける。胤子は源定省にとつぐ。源定省は後に親王に復帰し、春宮、そして即位（宇多天皇）。嵯峨天皇を産む。高藤は、醍醐天皇の外祖父ということで内大臣にまで昇進した。

④ 高藤と列子の間の子供は、宇多帝に入内した胤子以外に弟の定方などがいる。胤子は醍醐帝の生母。

⑤ 定方は皇后胤子の弟ということで醍醐天皇の信頼をえる。娘に恵まれる。一女は醍醐天皇に入内。三女は、兼輔に嫁ぎ、雅正、桑子などをもうける。十一女は雅正にとつぎ、為時（紫式部の父）を産む。

⑥ 兼輔は醍醐帝の御代の文壇の中心。定方と親しく付き合った。小野に別荘をもつ。娘（桑子）を醍醐帝に入内させる。後撰集に載る「人の親の心は闇にあらねども子を思ふ道にまどひぬるかな」は更衣桑子を想う気持ちを読んだ歌で、源氏物語で引用最多の歌。

⑦ 藤原文範は小野郷に別荘をもつ。二男為信は宮道一族の宮道忠用の娘との間に一女をもうける。紫式部の生母で、式部が幼いころに死去。父為時は後妻を邸宅に入れなかった。

⑧ 紫式部は十七歳年長の宣孝と結婚し、一女（賢子）を産む。三年足らずで夫に死なれる。

⑨ 紫式部の二人の曽祖父に兼輔と定方がいる。いずれも百人一首に選ばれている。百人一首でいえば夫宣孝の祖父の弟の朝忠も選ばれている。右の系図では、式部とその娘の大弐三位を含めて五人。

⑩ 藤原公任の「三十六歌仙」に兼輔、清正、朝忠の三人が選ばれている。

（まとめ）

これらの事項から、紫式部は冬嗣の六男良門の二人の子息、利基―兼輔、高藤―定方の二つの系統を受け継いでいる。また、母方の曽祖父藤原文範の流れも加わっている。

桐壺巻人物関係図（主要な人物に限定する。複数の呼称から一つを用いる）

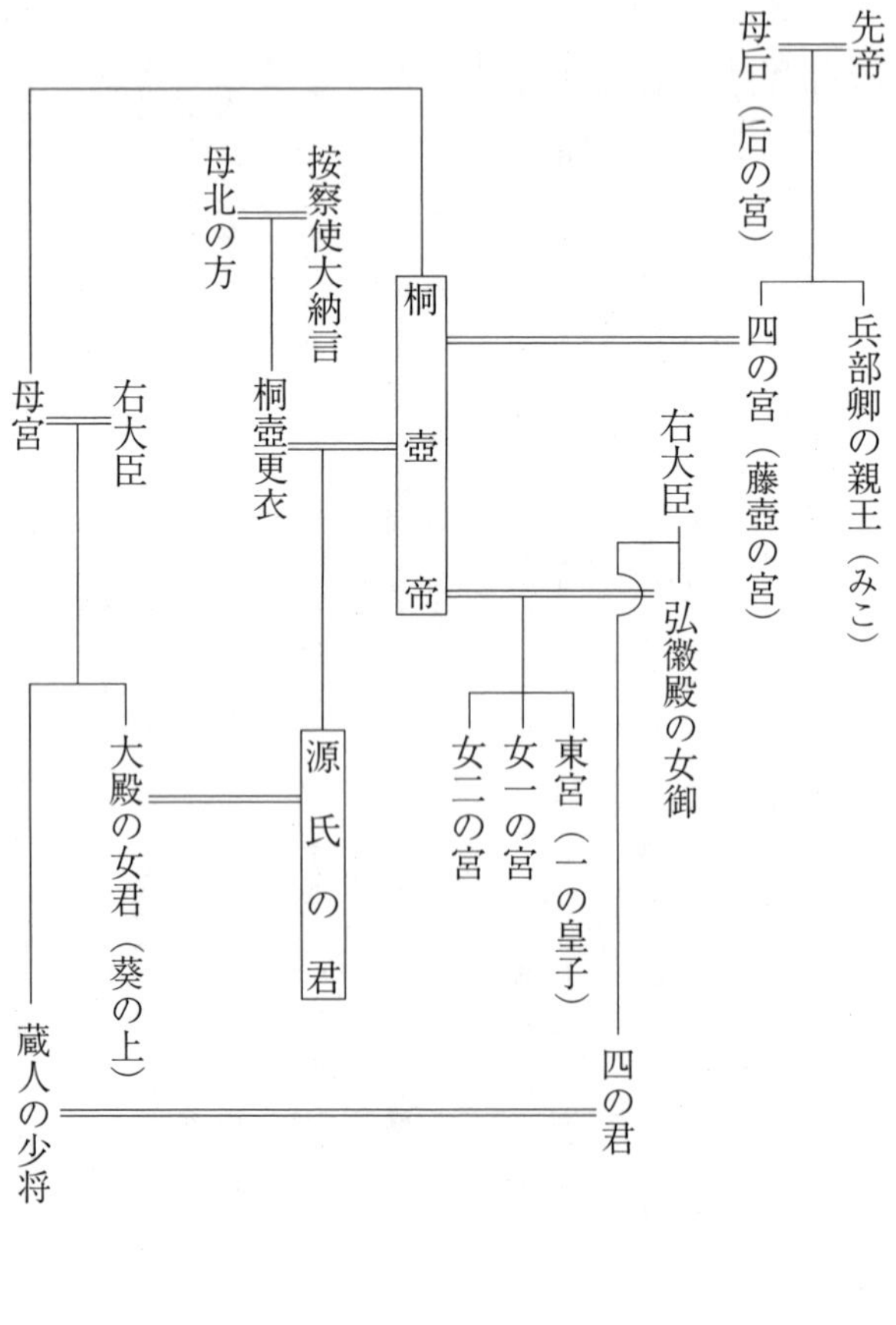

平安京条坊図

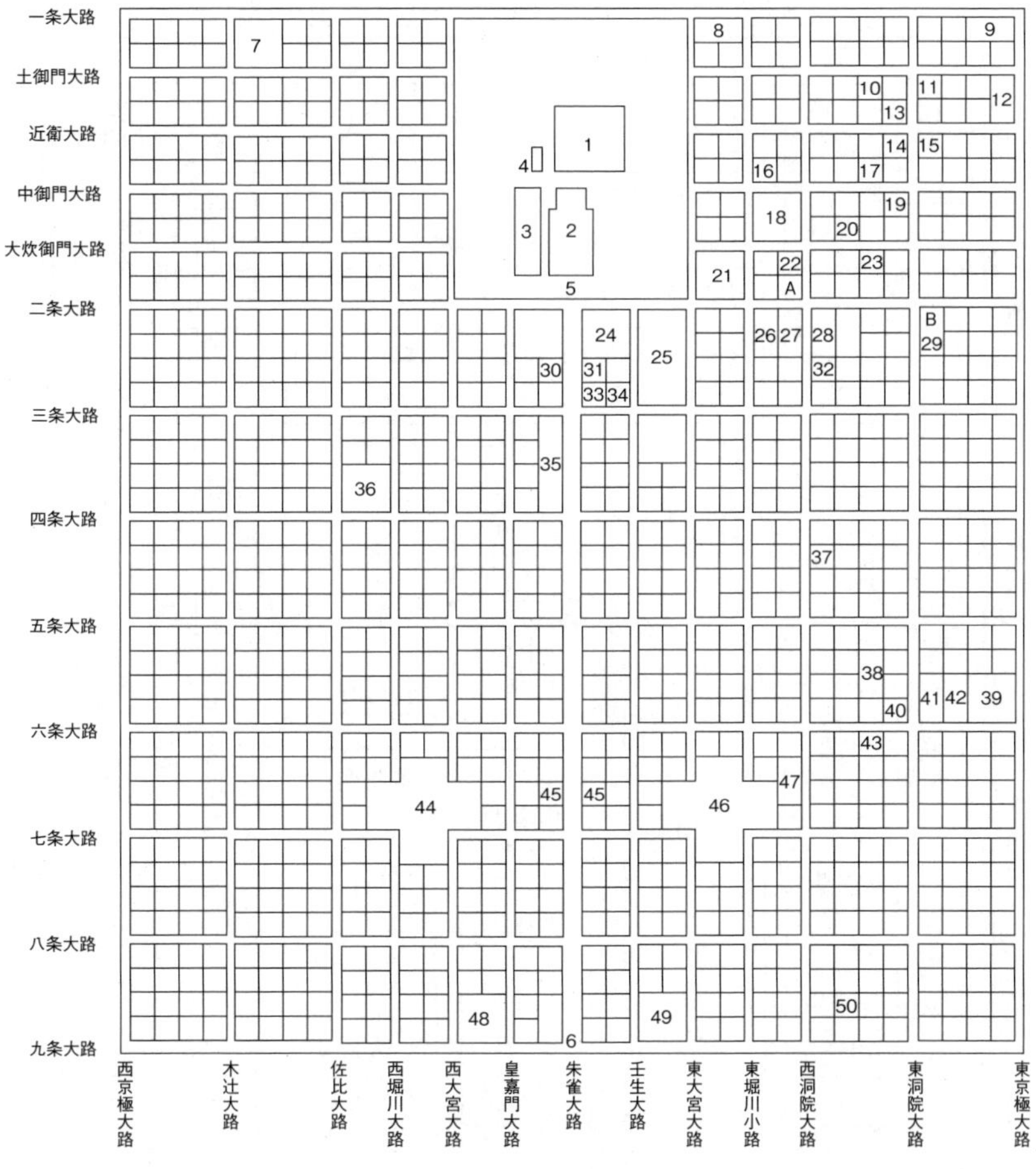

1 内裏　2 朝堂院（八省院）　3 豊楽院　4 真言院　5 朱雀門　6 羅城門　7 宇多院　8 一条院　9 染殿
10 土御門殿　11 高倉殿　12 京極殿　13 枇杷殿　14 小一条殿　15 花山院　16 本院　17 菅原院　18 高陽院
19 近院　20 小松殿　21 冷泉院　22 陽成院　23 小野宮　24 大学寮　25 神泉苑　26 堀河院　27 閑院
28 東三条殿　29 小二条殿　30 右京職　31 左京職　32 高松殿　33 奨学院　34 勧学院　35 朱雀院
36 淳和院（西院）　37 紅梅殿　38 小六条殿　39 河原院　40 中六条院　41 六条内裏（白河天皇）　42 六条院
43 海橋立（大中臣輔親）　44 西市　45 鴻臚館　46 東市　47 亭子院　48 西寺　49 東寺　50 九条殿

（注）『京都時代MAP平安京編』（光村推古書院 平成20年4月）は桐壺更衣の里邸をNo.22の陽成院の二条大路側としている。他方、『京都源氏物語地図』（社団法人紫式部顕彰会編 思文閣 2007（平成19）年11月）はNo.29の小二条殿としている。これは内裏よりいっそう遠くなる。なお、現在の京都御苑は東洞院大路の東側に移っている。

平安京大内裏図

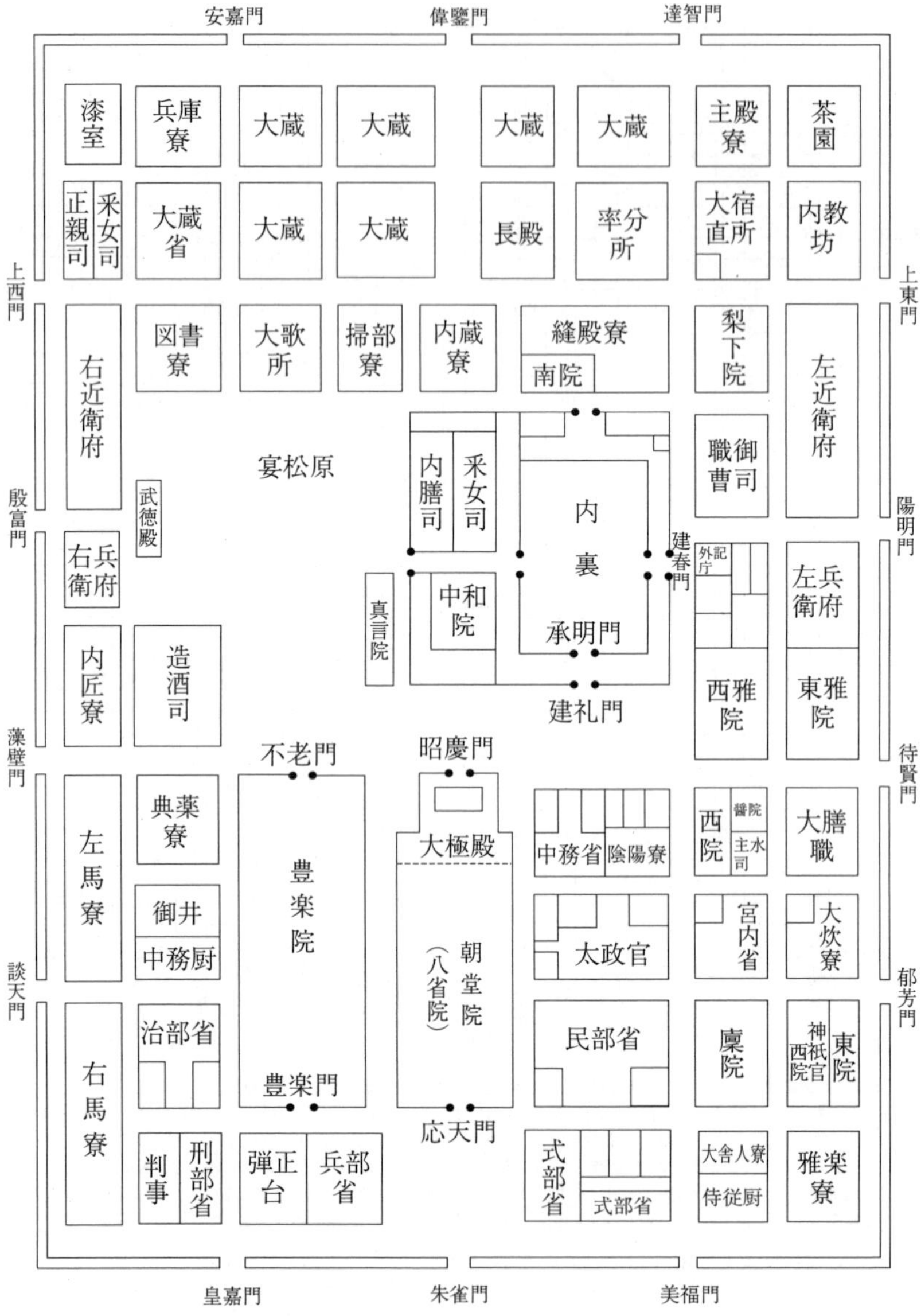
安嘉門
偉鑒門
達智門
漆室
兵庫寮
大蔵
大蔵
大蔵
大蔵
主殿寮
茶園
正親司
采女司
大蔵省
大蔵
大蔵
長殿
率分所
大宿直所
内教坊
上西門
上東門
右近衛府
図書寮
大歌所
掃部寮
内蔵寮
縫殿寮
南院
梨下院
左近衛府
宴松原
内膳司
采女司
内裏
職御曹司
殷富門
陽明門
武徳殿
右兵衛府
建春門
外記庁
左兵衛府
中和院
真言院
承明門
内匠寮
造酒司
建礼門
西雅院
東雅院
藻壁門
待賢門
不老門
昭慶門
左馬寮
典薬寮
豊楽院
大極殿
中務省
陰陽寮
西院
醫院
主水司
大膳職
御井
中務厨
朝堂院
（八省院）
太政官
宮内省
大炊寮
談天門
郁芳門
右馬寮
治部省
民部省
廩院
神祇官西院
東院
豊楽門
応天門
判事
刑部省
弾正台
兵部省
式部省
式部省
大舎人寮
侍従厨
雅楽寮
皇嘉門
朱雀門
美福門

平安宮内裏図

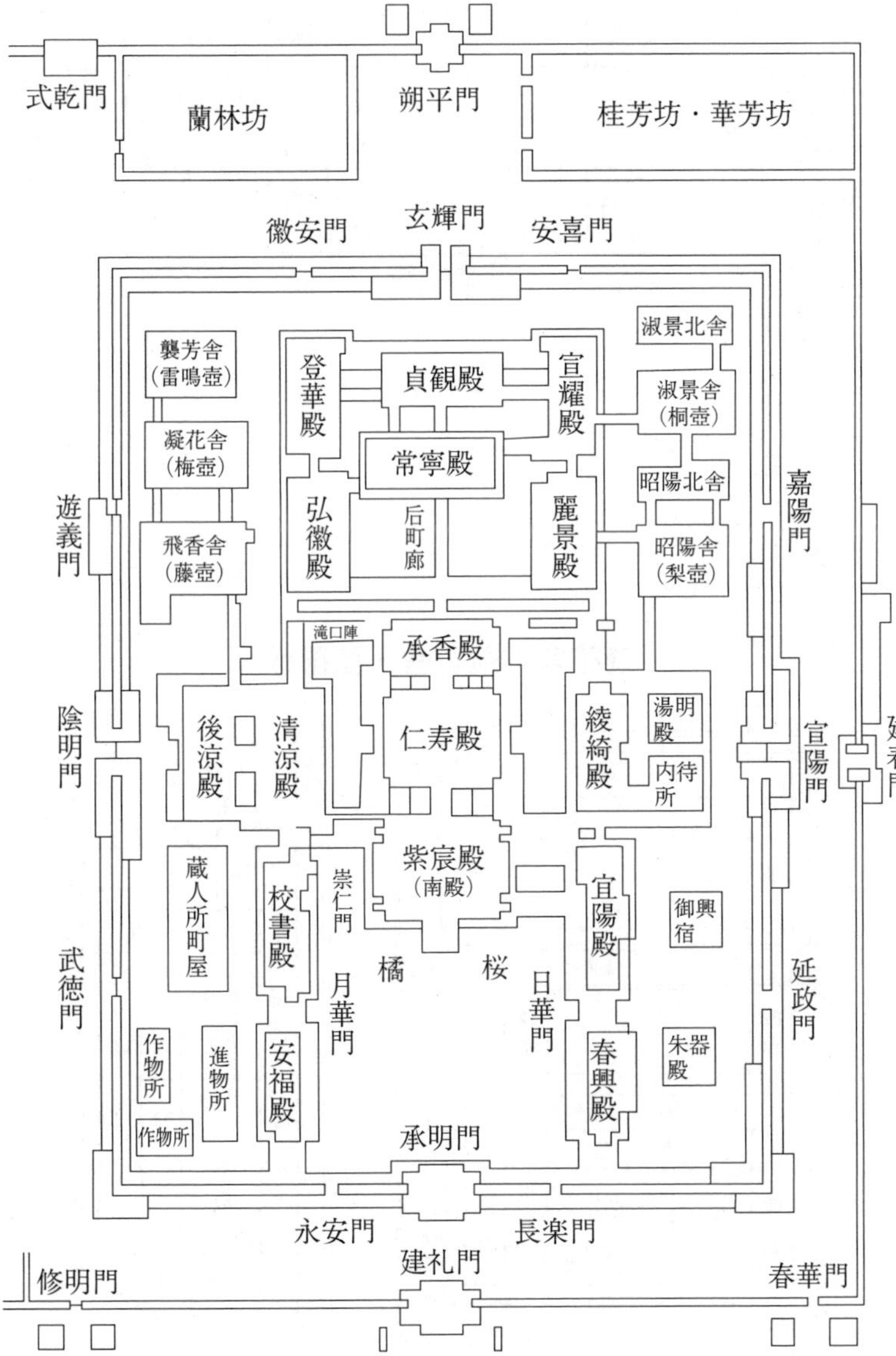
式乾門
蘭林坊
朔平門
桂芳坊・華芳坊
徽安門
玄輝門
安喜門
淑景北舎
襲芳舎
（雷鳴壺）
登華殿
貞観殿
宣耀殿
淑景舎
（桐壺）
凝花舎
（梅壺）
常寧殿
昭陽北舎
嘉陽門
遊義門
弘徽殿
后町廊
麗景殿
飛香舎
（藤壺）
昭陽舎
（梨壺）
滝口陣
承香殿
陰明門
後涼殿
清涼殿
仁寿殿
綾綺殿
湯明殿
内侍所
宣陽門
建春門
蔵人所町屋
校書殿
崇仁門
紫宸殿
（南殿）
宜陽殿
御輿宿
武徳門
橘
桜
月華門
日華門
延政門
作物所
進物所
安福殿
春興殿
朱器殿
作物所
承明門
永安門
長楽門
建礼門
修明門
春華門

紫宸殿

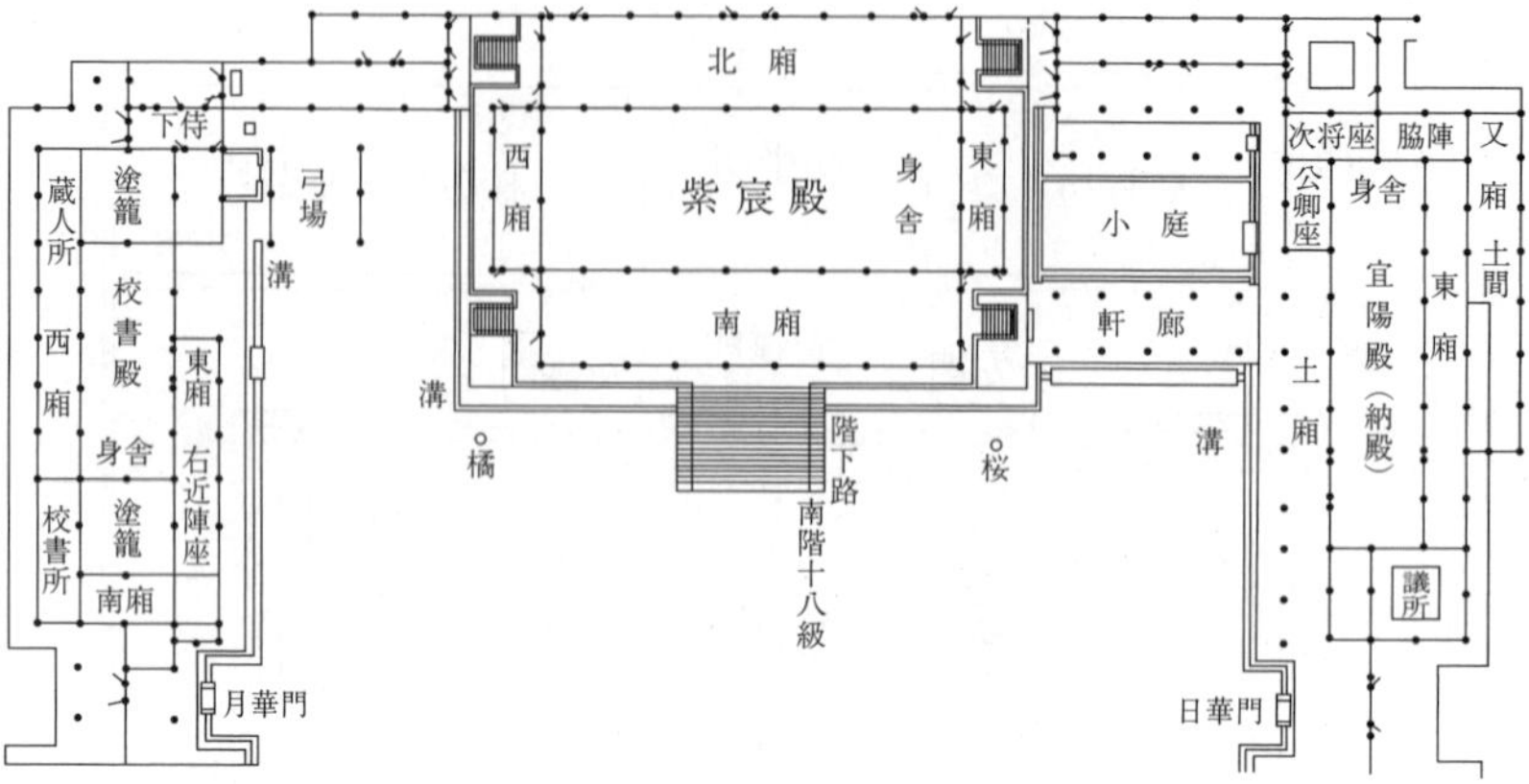

凝花舎・飛香舎・弘徽殿

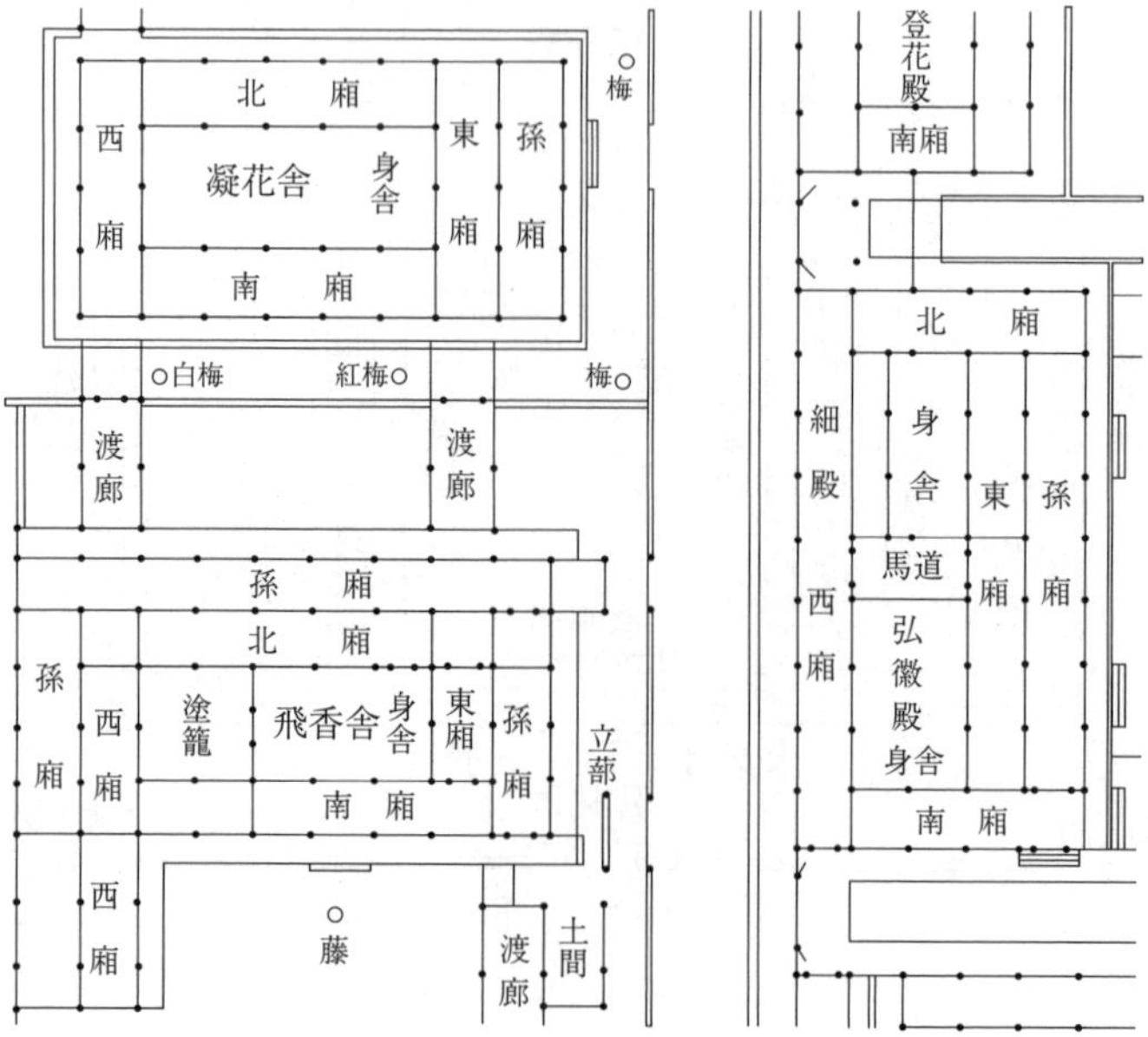

清涼殿・後涼殿

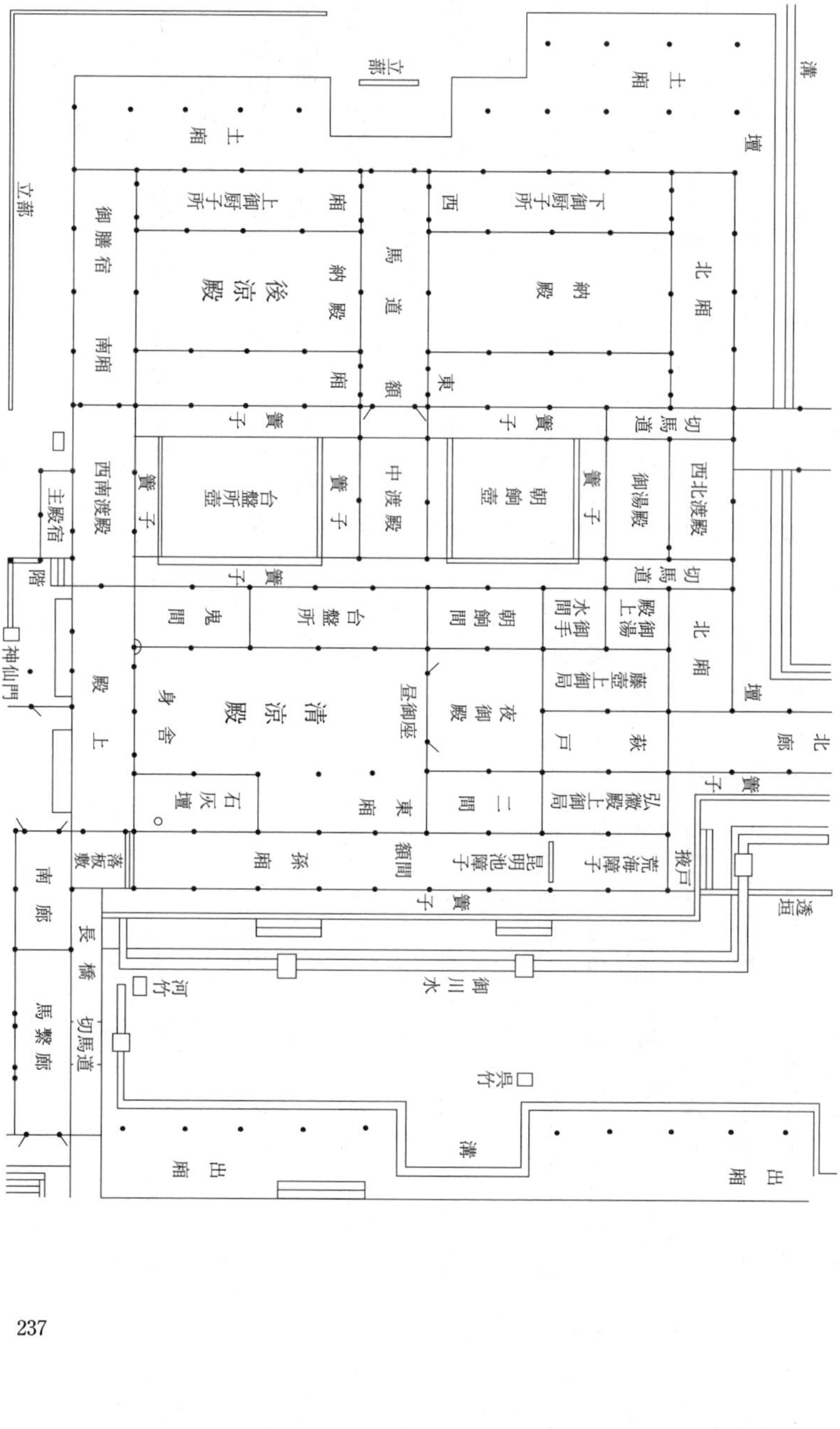

清涼殿
殿上
昼御座
夜御殿
石灰壇
孫廂
東廂
朝餉間
台盤所
鬼間
御湯殿上
御手水間
藤壺上御局
萩戸
弘徽殿上御局
二間
荒海障子
昆明池障子
額間
落板敷
簀子
北廂
北廊
朝餉壺
台盤所壺
中渡殿
西南渡殿
西北渡殿
御湯殿
切馬道
後涼殿
納殿
上御厨子所
下御厨子所
御膳宿
南廂
北廂
西廂
東廂
馬道
額
土廂
立蔀
壇
溝
透垣
御川水
河竹
呉竹
出廂
長橋
切馬道
馬繋廊
南廊
神仙門
主殿宿
階
掖戸

あとがき

私は、大学では学部も大学院も源氏物語を研究テーマに取り上げた。それで、最初の大学に勤務していた十七年間は源氏物語の講義を楽しみ、論文をまとめたり著書を出したりした。ところが、ちょうど五十歳になった年に現代語の共同研究機関である国立国語研究所から誘いがあった。そこで、源氏物語などの研究書も持参して上京したが、それらの箱は開梱することもなく、数年後に送り返すことになった。

京都橘大学に勤めることになったのは、国立国語研究所の先輩である宮島達夫氏の誘いによる。平安文学と日本語学の二人の教授が退職する都合で両方できる人がほしいということで、声をかけてくださったのである。その話を受諾した私は十五年間梱包したままの源氏物語の図書を大学の研究室に送った。おそらくそれらの図書は、日の目を見て喜んだに違いない。

京都橘大学文学部の日本語日本文学科の学生は、これは学風であろうが、温和、謙虚でありつつ熱心である。学問の実効性が叫ばれている時勢にもかかわらず文学部日本語日本文学科を志望する学生である。授業中に質問はしないが、心に思うところがあふれていて、その表出にやきもきしているようであった。そこで、毎時のレポートの提出というかたちで思いや疑問などを確認することにした。これは、学生の表現力の育成にも役立ったのではあるまいか。

京都橘大学の校名に使われている「たちばな」は、御所の紫宸殿の南面に植えられている樹木に由来がある。紫宸殿の奥の帝の御椅子から見ての右側が橘で、左側が桜である。『日本後紀』（全現代語訳・森田悌　講談社学術文庫）の大同三年六月十三日に「宮中内に一本の橘の木がある。しぼみ枯れて数日を経過し、すでに生気は尽きていたが、急に葉や花が生きかえり、清らかで愛すべきさまとなった。このため右近衛府が奉献して宴飲を催し、身分の差に応じて物を賜った」とある。橘はかおり高い花で、古今集の夏巻に「五月待つ花橘の香をかげば昔の人の袖の香ぞする」（一三九番　題しらず　読み人しらず）と歌われている。この歌は伊勢物語にも取り上げられている。実は、大内裏の西側にかつての京都橘学園の校舎があったということで、新村出氏が校名に採用することを提案したということである。橘の花は清楚な白い花で、果実と同じく清新な香りに特色をもつ。

ところで、大学の住所は「山科区大宅《おおやけ》山田町」である。「続日本紀」や「日本後紀」を読むと、帝が狩猟を楽しんでいる。その地名に山科（山階）が出てくる。問題は「大宅」で、二つの説がある。一つは山科がもともと肥沃な土地であったということで、宮廷の公《おおやけ》の土地であったことに由来する。他一つは、今昔物語集の巻第二十二の「高藤内大臣語第七」に語られる「大宅寺《おおやけでら》」の由来である。藤原冬嗣の孫の高藤がまだ十五、六歳のころ、山科に鷹狩に出かけたが、苛烈な雷雨のため一軒の家に雨宿りをした。結局、その家で食事の接待を受けて泊まることになった。高藤は接待の少女を見染めてその夜契り明かした。翌朝、別れに際し佩刀を与えて、再会を約束したが、その道案内ができる男が田舎に帰ったことなどがあって再度の訪問までに六年が経過した。やっと訪ねえた家の主は山科の郡司で宮《みや》道弥益《ぢのいやます》である。早くも二十歳に成長していた娘（列子）は愛らしい幼女を連れて現れた。それが自分の子どもであると知った高藤は列子を正妻に迎える。その後、成長した高藤の娘（胤子）は源定省に嫁す。源定省はその後再度親王になり、春宮を経て即位する。それが宇多天皇である。女御の胤子には男皇子が誕生した。それが後の醍醐天皇である。列子の父（宮道弥益）は自らの家を寺とした。それが現在の勧修寺である。また、列子はその東の山辺に堂を建立した。それが大宅寺であるという。今昔物語集の説話はこういう話である。その大宅寺であるが、現在は廃れて大学の通学路脇の竹やぶに大宅廃寺跡を残すだけになっている。なお、内大臣藤原高藤の子どもの一人に藤原定方がいる。これが三人いる紫式部の曽祖父の一人であり、父方の曽祖父の藤原兼輔とともに、醍醐天皇の御代の文化を支えた。いずれも藤原冬継から出ている。

こうして、平成十九年度、二十年度の学生と桐壺巻を読んできた成果を一冊の図書にまとめて刊行できたことを喜びとしたい。私は、平成二十一年三月をもって京都橘大学の勤務を終えるが、本書がその在職の証しということになる。なお、原稿の活字化については、南山大学の日本語教師をしている福富七重さんに手伝っていただいた。

本書は、長年深い縁のある明治書院から刊行していただいた。また、校正等については専門誌『日本語学』の編集に長年携わっている佐伯正美さんのお世話になった。記して、深い謝意を申し上げる。

著者紹介

甲斐睦朗（かい・むつろう）

1939年台湾生まれ。1961年広島大学教育学部卒業。1973年神戸大学大学院修了。愛知教育大学教授、国立国語研究所所員、国立国語研究所所長、京都橘大学教授を歴任。

［編著書］『源氏物語の文章と表現』（桜楓社）、『小学校国語教科書の語彙表とその指導』（光村図書）、『語彙に着目した読み方指導』（明治図書）、『文学教材の読み方実際』（明治図書）、『わかむらさき－源氏物語の源流を求めて－』（明治書院）など。

読《よ》み解《と》き源氏《げんじ》物語《ものがたり》—桐壺巻《きりつぼまき》の光《ひかり》と影《かげ》—

平成21年3月30日　初版発行

著者…………甲《か》斐《い》睦朗《むつろう》

発行者………株式会社 明治書院
代表者 三樹 敏

印刷者………藤原印刷株式会社
代表者 藤原愛子

製本者………協栄製本工業株式会社
代表者 山崎達男

発行所………株式会社 明治書院
〒169-0072 東京都新宿区大久保1-1-7
電話 03-5292-0117 振替 00130-7-4991

ISBN978-4-625-64402-3

装幀…………市村繁和（i-media）